Ildefonso García-Serena

EL HIJO DEL DOCTOR

Vegueta Narrativa

Sobre el autor

Conocí a Ildefonso García-Serena cuando dirigía uno de los mayores grupos de comunicación de España. Me sorprendieron su visión, su lucidez y su humanidad.

Ildefonso lleva toda su vida buscando y uniendo artesanalmente palabras y conceptos. Su pluma te atrapa y te obliga a acompañarla. Cuando leí esta novela, viajé con ella a lugares conocidos y a países remotos, sentí la ausencia del que se va y reflexioné sobre el gran drama de la emigración que sigue azotando a nuestra sociedad y separando a seres queridos. Es un regalo recorrer la historia desde finales del siglo XIX de la mano de sus personajes, siguiendo la magia de sus palabras.

Por su interés social e histórico, su calidad literaria y su fuerza narrativa, esta obra ha sido seleccionada para el lanzamiento de la nueva Colección de Narrativa de Vegueta.

Por Eva Moll de Alba, directora de Vegueta Ediciones.

Ildefonso García-Serena nace en el exilio republicano español de Latinoamérica en 1949, recién llegados sus padres a Buenos Aires. Descendiente de boticarios, comerciantes y agricultores aragoneses, regresa a España con su familia y pasa su infancia y adolescencia en Barbastro y Zaragoza. Después de graduarse en la Escuela Oficial de Publicidad y licenciarse en Ciencias de la Información, se traslada a Barcelona donde trabaja en diversas empresas, para después retomar su primera vocación. Desarrolla a lo largo de treinta años una intensa carrera publicitaria internacional, creando campañas para marcas e instituciones. Además, ha sido articulista, decano, profesor y ha escrito ensayos sobre innovación y creatividad.

En 2016 publica *Elogio de la Chireta*, una crónica local costumbrista, y en 2019 presenta su segunda obra publicada, en la que sus personajes recorren ciento diez años de historia española, europea y latinoamericana.

© **Ildefonso García-Serena**, 2019

© **Vegueta Ediciones**
Roger de Llúria, 82, principal 1ª
08009 Barcelona

General Bravo, 26
35001 Las Palmas de Gran Canaria

www.veguetaediciones.com

Colección dirigida por **Eva Moll de Alba**
Diseño de colección: **Sònia Estévez**
Ilustración de cubierta: **Sònia Estévez**
Maquetación: **Anna Bosch**
Fotografía: **Elisabeth Serra**

Segunda edición: octubre de 2019
ISBN: 978-84-17137-58-8
Depósito Legal: B 23145-2019
Impreso y encuadernado en España

Ildefonso García-Serena

EL HIJO DEL DOCTOR

Vegueta Narrativa

Índice

Nota previa del autor

Este relato es un tributo a todas aquellas personas que vivieron con dolor y dignidad la emigración europea en unos tiempos tan difíciles como olvidados, y a los millones de emigrantes y refugiados que la continúan sufriendo, aún peor, en el siglo XXI.

Los hechos esenciales de la novela sucedieron en la realidad, pero las situaciones, personajes y nombres corresponden al ámbito estricto de la ficción.

El lector puede consultar un árbol genealógico de personajes al final de la novela. (Pág. 411)

A mis padres.

Prólogo
Año 1999. Diciembre

Un siglo y once años después de la desaparición de Román Muñiz, dos hombres caminaban deprisa por la terminal del aeropuerto de Barcelona.

Buscaban la puerta de embarque de su próximo enlace. El hombre menudo llevaba el mismo traje con el que había salido de viaje dos semanas antes, el único que tenía, el que se ponía en los funerales y las bodas. Nervioso, Cuco casi corría, pensando que tendría que volar de nuevo, aunque esta vez lo haría solo. Era el último trayecto desde Argentina antes de llegar a su isla, pues su compañero se quedaría en Barcelona.

Ya en la puerta de salida, su amigo Leo, el Hijo del doctor, quiso despedirle con un abrazo, pero conociendo el carácter del mallorquín, se contuvo. Cuco no era de la clase de hombres que se abrazan y se besan con otros por cualquier motivo. Finalmente, Leo optó por tenderle la mano.

–Buen vuelo, Cuco –dijo.

Primera Parte

Roma no está en Roma,
está toda entera donde yo estoy.

CORNEILLE

Entre día y noche no hay pared
1888

Fue en 1888 cuando Román Muñiz pronunció aquella frase. Su voz resonó en el silencio de la noche otoñal y después se expandió, limpia, mucho más allá de la Sierra de Arcos, hacia las regiones del este, atravesando campos, cordilleras y después mares. Y lo hizo durante más de ciento diez años. Probablemente su eco aún no se ha extinguido:

–Hijo, entre día y noche no hay pared. Adelántate, que ya te alcanzo.

Esa tarde, ya casi de noche, Román, un agricultor enjuto de ojos brillantes, regresaba con su hijo mayor de la feria de Zaragoza. Detuvo su caballo a la puerta de la fonda, a pocos kilómetros de Ariño, el pueblo de Teruel donde vivía. Fue entonces cuando dijo aquella frase, la última que le escucharía su hijo, un muchacho de quince años. Sus palabras pasarían de generación en generación como una herencia indeseada, una leyenda maldita o un epitafio sin sentido.

El mozo, entendiendo que el padre estaba cansado y que se quedaría a dormir en la fonda, obedeció disciplinado y se alejó al trote rumbo al pueblo para avisar a su madre. Al día siguiente, Román no se presentó en casa. Tampoco el segundo, ni los posteriores. Inquietos, la madre y sus cuatro hijos acudieron al cuartel de la Guardia Civil para dar la alarma e iniciar su busca. Todos se temían lo peor, pues los asaltos y robos en las vías de la península eran en aquellos años muy frecuentes. Los salteadores de caminos, a pesar de su imagen romántica, eran violentos y el ensañamiento con sus víctimas era moneda corriente.

Aunque de inmediato se organizaron batidas, no se halló ningún rastro del desaparecido. El sargento Ramírez, un verdadero sabueso destacado en Ariño, consideró al menos cuatro hipótesis. La primera fue, por supuesto, la agresión criminal. La segunda, que Román hubiera tenido un accidente y hubiese caído por algún barranco, y que la vegetación ocultara su cuerpo y su cabalgadura. También sopesó la del suicidio, frecuente entre campesinos en aquellos años de miseria y pesimismo. Además se justificaría la desaparición de los cuerpos si el procedimiento hubiera sido el de lanzarse a alguna dolina con agua, uno de esos cráteres que aparecen en el sur de Aragón a causa de sorprendentes efectos geológicos.

Y la cuarta posibilidad: el meticuloso sargento puso a un par de guardias a investigar en los garitos de juego de Teruel y Zaragoza por si Román hubiera sido un jugador que hubiese perdido hasta la camisa sin saberlo su familia; este era un caso frecuente, y muchos acababan quitándose de en medio por una larga temporada.

Sin embargo, la idea que prevaleció fue la del asalto con asesinato.

La familia vivió la desaparición del marido y padre como una espantosa tragedia, pues a la pena y el dolor se uniría la inmediata ruina económica, ya que los hijos eran demasiado jóvenes para dedicarse a las labores del campo y comercializar sus productos. Pasados tres meses, Edelvira, la esposa, se vistió de luto y los cuatro hijos –de entre quince y diez años– se consideraron huérfanos.

La vida continuó para ellos con la angustia que para toda familia supone la desaparición súbita de uno de sus miembros. La madre –antes una mujer decidida y llena de salud, todavía bella– fue revistiéndose de amargura mientras su rostro parecía cada día más macilento. Sin quejarse jamás de su desdicha, solo salía de casa para labrar y sembrar. No compartió con nadie su dolor, ni en privado con sus hijos, ni en público con sus vecinos.

Edelvira no sostuvo el horrible fardo que le había caído encima con el estoicismo de los humildes, o con su fe religiosa, sino apoyada en un carácter hecho de piedra, del mismo material inmutable del terruño donde había nacido. Y es que, como decían las mujeres al verla pasar por las calles de Ariño, fría y circunspecta, «las penas, incluso con cuchillo de palo degüellan».

Un viaje en busca de respuestas
1999

Hacía frío en el aeropuerto de Barcelona. Era invierno y habían regresado a España desde el clima cálido del sur de América. Cuco estaba algo nervioso. Ya en la puerta de salida hacia su isla mediterránea, Mallorca, Leo quiso despedirle con un abrazo, pero se contuvo.

–Buen vuelo, Cuco –dijo.

–*Moltes gracis* –contestó el otro en mallorquín.

Cuco dudó un momento. Temía haber sido parco. Y eso que le estaba sinceramente agradecido al Hijo del doctor. Porque ahora sabía que a Leo le llamaban así. Quiso añadir algo amable.

–¡*Eeep*! Que sepas que he aprendido... *coses* –dijo sin aclarar a qué cosas se refería.

Esa forma misteriosa de expresar sus ideas o sus deseos, inconclusa, era uno de los secretos de su atractivo como persona.

–¡*Eeep*! He aprendido muchas *coses*, amigo –repitió Cuco levantando la mano a modo de saludo, mientras desaparecía tras la puerta del *finger*.

Después de retirar su equipaje, Leo se dirigió rápidamente a la salida de la terminal. Él también, como Cuco, había aprendido de aquel viaje. Un viaje que era una deuda con el pasado. Un viaje con una motivación muy personal.

Leo había nacido medio siglo atrás en Buenos Aires y había regresado a España con su familia cuando era muy niño. Siempre le habían intrigado las verdaderas razones por las que sus padres lo decidieron así. Ese retorno inesperado quedó envuelto en un halo de misterio. Hasta que en 1982, durante su primer viaje a Argentina ya adulto, descubrió por qué algunas cosas habían sucedido de manera tan extraña.

Sus padres, españoles ambos, vivieron exiliados en Francia, tras muchas vicisitudes vividas durante la Guerra Civil. Un impulso les empujó a emigrar a Argentina después de la contienda mundial, tal como hicieron miles de españoles republicanos. Su situación en ese país, en un principio muy precaria, después prosperó y la familia se instaló en Tucumán, donde disfrutaron de un confort excepcional tras veinte años de inestabilidad y penurias.

Sin embargo, en 1955 y sin motivos aparentes, volvieron inopinadamente a España, el país para ellos más hostil y peligroso del mundo.

Casi treinta años después del regreso de la familia a su tierra natal, Leo volvió a Tucumán y allí encontró, en el fondo de una cartera de cuero, una explicación a aquel extraño regreso. Entonces creyó que ese capítulo de la vida de sus padres quedaba aclarado y se dio por satisfecho.

Aunque el Hijo del doctor no pudo completar entonces la historia de toda su familia. Algo había quedado oculto a sus ojos, porque no solo sus padres habían emigrado a aquel país, sino que mucho antes que ellos existió una parte de la familia que también lo había hecho. Leo había oído hablar a sus parientes de un suceso acaecido más de un siglo atrás. Esa tragedia familiar, la desaparición de su bisabuelo, llevó a emigrar a finales del siglo XIX a una parte de sus antepasados paternos, de los que él nunca supo nada. Ello había sucedido en una pequeña villa minera de la provincia de Teruel, Ariño.

Ahora, al descender del avión, pensó que, en efecto, el viaje que acababa de hacer con Cuco había sido mucho más largo de lo pensado al inicio. Era el más extenso en el tiempo de toda su vida. Había transitado exactamente a lo largo de más de cien años. Y de algún modo, en ese viaje en el tiempo había descubierto a muchas personas que no esperaba conocer, cuyas historias le acompañarían siempre. A cambio del esfuerzo, ahora ya tenía las respuestas. O casi.

En el aparcamiento le esperaba su coche. Introdujo en el portaequipaje la maleta y un largo tubo de cuero con letras doradas: Cañuelas. New Western Railways of Bs. As.

Edelvira y Román
1866-1888

Aquella noche de 1888, cuando Román Muñiz desapareció en la carretera de Ariño, su esposa Edelvira Alcaine era una mujer enamorada. Y bella, ciertamente, aunque no era el tipo de belleza que los hombres del siglo XIX entendían. La suya era inusual, anticipando los patrones de años posteriores, los del cinematógrafo. Tenía el cabello negro y ondulado, y lo peinaba en una melena con raya que le nacía en la frente. Eso ya hubiera bastado para distinguirla de las demás mujeres, invariablemente ataviadas con el moño a la manera de la reina regente. Su rostro era alargado y anguloso, con pómulos firmes, acentuando una boca grande de labios finos. Destacaban unos ojos brillantes rodeados de largas pestañas. Su cuerpo era quizá demasiado alto y de recia osamenta, una mujer de caderas anchas, lo que la hizo parecer a los ojos de muchos hombres una hembra deseable para procrear. Su marido le había engendrado cuatro hijos que parió sin incidente alguno, lo que confirmaba su buena salud.

Mucho antes de estar casada, Edelvira Alcaine había dado muestras de saber siempre lo que quería y cuando lo quería, y en el caso que nos ocupa, supo que Román Muñiz le gustaba desde que lo vio un verano, en el baile del pueblo. Decidió que aquel chico menudo y fibroso de tan buenas maneras sería su hombre. Tenía solo doce años y él apenas era un poco mayor, pero desde entonces fue ella la que llevó la iniciativa. Hacía lo posible por coincidir con él jugando a la taba con otros chicos y chicas, y los domingos en misa se sentaba a su lado en el banco de la iglesia, o detrás.

A los catorce ya no quedaba en la comarca ninguna chica que se acercase a Román, pues todo el mundo sabía que Edelvira, con aquella llamarada de fuego en los ojos, había marcado su territorio y también el destino de ambos. Cuando ella cumplió quince, y mientras los demás celebraban el correcalles del mediodía, los dos se escaparon a la huerta, cerca del río Martín.

Ella se bañaba con una camisa larga. Todavía no se habían inventado los bañadores, aunque improvisaban para que no les pillaran desnudos. En las fiestas de la villa de Ariño había más oportunidades de verse a solas para las parejas furtivas que en las ciudades, donde los lugares públicos estaban controlados por los guardias municipales. El joven Román llevaba una camiseta de rayas y unos pantalones blancos que ella decía que le quedaban graciosos. En aquellas tardes de verano ya se habían metido en los remansos del río cogidos de la mano. Con quince años recién estrenados, ella provocó su primer beso, metidos en la hoya de agua, entre los juncos. Fue un acto instintivo, porque ninguno de los dos tenía ni una noción sobre cómo se besaban las parejas.

Selló los labios de él con los suyos. Al principio, Román no notó nada, pero cuando introdujo su lengua en la boca de Edelvira sintió un estremecimiento y supo que su sexo cobraba dureza, a pesar de estar metido en el río hasta la ingle. Ella percibió que algo desconocido le quemaba mientras crecía sobre su vientre. No tardaron ni un minuto en salir del agua y saltar a la orilla para refugiarse bajo los árboles, sobre una alfombra de hierba ocre que en primavera había sido verde. Allí mismo Román empezó a desnudarla guiándose por el ritmo de la joven.

Román era un tipo honrado a carta cabal, hecho de una pieza. Una roca, aunque no un hombre altivo. El físico del joven Muñiz era discreto, salvo los ojos y su cuerpo enjuto. Su carácter no era como el de los demás maridos. Se levantaba al filo de las cinco de la mañana, lo que incluso para aquellos años era temprano, y se acostaba poco después de oscurecer. Siempre tenía algo en que trabajar y poca pereza para montar las caballerías.

Era sociable y por ello pertenecía a la cofradía más numerosa y antigua de Ariño. En Semana Santa era el primero en desfilar bajo el paso de la Virgen Dolorosa y la Cruz, mandando el pelotón de nazarenos dispuestos bajo el carruaje. Se requería para el mando no solo destreza sino también cierta autoridad, la que sin duda denotaba su mentón cuadrado y unas inusuales cuencas de los ojos que recordaban la forma de un triángulo.

No es que fuera bajo de estatura; solo lo parecía cuando caminaba cogido de Edelvira. Las malas lenguas decían que ella no usaba moño para no parecer tan alta. Pero lo era. Román Muñiz, en cambio, sacaba partido a la perfección motora de su esqueleto caminando erguido, al contrario que la mayoría de campesinos, que veían cómo sus espaldas se iban, poco a poco, curvando como juncos.

Estaba delgado porque en realidad era de la clase de hombres que pasan con casi nada. Un buen hombre.

* * *

En aquel tiempo era una norma que los padres arreglaran los matrimonios, pero en el caso de Edelvira y Román no hubo necesidad. Los Alcaine se llevaban bien con sus vecinos los Muñiz y ninguna de las familias opuso resistencia a su enlace, de manera que ella aún no había cumplido los veinte años cuando fueron a la iglesia acompañados de toda la familia y un sinfín de amigos y vecinos. Corría el año 1871.

Ese día se juntaron más de cien invitados, incluso llegaron otros Muñiz de los pueblos de Alloza y Escatrón, y después de la entrega de los anillos y las bendiciones comenzó una fiesta interminable. El almuerzo, la merienda, la cena y el resopón a media noche... Todo sucedió en la calle junto a la casa de la novia, animado por los músicos que llegaron en carro desde Alcañiz. No eran solo tres, la ronda de músicos habitual, sino media docena. Todavía eran buenos tiempos, por lo que después del vermú llegaron platos y más platos, que iban saliendo de la cocina. Pero las protagonistas, novios aparte, fueron las enormes bandejas de barro cocido con cordero y pollo que emergían al patio, una tras otra, guisados en todas las formas conocidas.

Los postres no faltaron a partir de las tres, la hora convenida para ello: las tortas y natillas, y también la fruta confitada y los dulces de fritura enharinada, postres de sartén. Al final, poco antes del verdadero colofón, el pastel, llegaron los melocotones de viña, enteros, adobados con un alcohol que parecía melaza, azúcar y canela en rama. La tarta nupcial de varios pisos viajó en un carro tirado por una mula enjaezada de flores blancas y lilas. Llegó aquella misma mañana desde Alcañiz, cuyas dos tahonas rivalizaban en fama con las mejores pastelerías de Zaragoza. Alguien levantó la voz para gritar: «¿Y las peladillas, maño?», y solo entonces, como por encantamiento, cayó del balcón una tormenta de pedrisco, sedoso, dulce, en colores blanco, rosa y azul, que comenzó a rebotar sobre las mesas, el suelo, la propia gente y hasta la mula de Alcañiz, que, asustada, se apartó. Y todo el mundo se rio como si fuera lluvia de verdad, y cada uno hizo lo que pudo, es decir, pillar y meter en los bolsillos, sin ningún rubor, todos los dulces que le fue posible. Era la abundancia lo que caía del balcón, y dejar que los niños escondieran las peladillas en las faltriqueras sin disimulo era pura alegría. En eso tan sencillo consistía la alegría de los que tienen un único momento de protagonismo en la vida, como lo es la propia boda.

Después de que los niños se cobrasen su botín, la tarde se hizo más espesa y, junto con algunas nubes oscuras, aparecieron las jotas con letras antillanas y anises y botellas de aguardiente y unos puros oscuros, retorcidos y resecos, de Cuba o de Puerto Rico, de los que por entonces aún se podían encontrar en los pueblos de España por razones muy tristes y obvias.

Pero los novios seguían allí, entre risas y chanzas, hasta que alguien dijo, forzando al himeneo: «Román, arrea, hombre, que para mañana será tarde».

Y entonces la pareja desapareció en las sombras de la calle como si un mago los hubiera tocado con su varita, porque de hecho nadie les vio, o nadie pareció saber en qué dirección habían escapado. Ese era el secreto mejor guardado, dónde pasarían los novios la noche, y solo lo conocía el leal padrino, o sea, el padre de la novia, y lo demás eran suposiciones.

Los años siguientes trajeron al matrimonio cuatro hijos, que fueron llegando con la alegría propia de quien sabe que cada uno de ellos viene con un pan bajo el brazo, como se dice, para arar la tierra o para lo que sea. Ninguno murió, una suerte nada común, y ninguno era mayor de edad cuando aconteció la desaparición de Román.

Ese día hacía una semana que había salido de viaje con su hijo José. Eran pocas jornadas de ausencia, pero Edelvira le echaba en falta. Se aguantaba porque siempre había rehusado acompañarle en esos desplazamientos breves a la capital. En realidad, ella nunca esgrimió motivo alguno, o nadie pudo recordarlo, pero era evidente que le molestaba mucho salir de su pueblo, tal vez porque en el pequeño mundo que era Ariño todo estaba bajo su control. Lejos de él se sentía algo perdida.

Sus amigas las vecinas, las que sí acompañaban a sus maridos de viaje, le contaban la excitación que les producía la novedad, el ajetreo de las calles de la ciudad, los vestidos de las mujeres, tan elegantes y diversos, los bailes y las verbenas que se organizaban con motivo de la feria. Ella siempre había comentado que estaba muy ocupada con la prole y nunca había revelado a nadie que en realidad no le gustaban nada las fiestas en Zaragoza, ni sus gentes. No se le había perdido allí nada porque ya había estado en el Pilar; cuando niña, sus padres la llevaron para pasarla por el manto de la Virgen, el doce de octubre, en las fiestas mayores. Tenía cinco años y su padre la había alzado sujeta por los hombros para que pudiera besar la pequeña oquedad en la sagrada figura que los continuos roces de labios habían excavado, siglo a siglo, beso a beso.

Después había salido a la enorme plaza, alborozada. Había tanta gente bailando y cantando jotas que en un descuido se soltó de la mano de su madre y estuvo perdida más de media hora mientras sus padres daban voces entre la gente. Sintió el terror al vacío y la angustia que solo conocen los niños que han pasado por esta experiencia. Giró sus pies en todas direcciones hasta que los vio a lo lejos, entre la multitud. Y a su madre que lloraba. Pero Edelvirita no lo hizo.

Permaneció muda, el resto de esa jornada y las siguientes, hasta que pronto recuperó el habla y ya nadie se acordó de lo que había pasado.

Un año después de la desaparición
1889

El día en que su marido desapareció, o lo mataron, Edelvira Alcaine se había pasado las últimas horas de la tarde preparando su plato preferido, las migas de pastor. Cortaba con parsimonia las láminas del pan seco; ese movimiento del cuchillo calmaba su impaciencia. Como solía hacer cuando él regresaba de viaje, añadiría varios maderos al fuego del hogar, a la espera de su vuelta.

Pero el único que apareció por la puerta fue el hijo, José. Su contrariedad y la de todos fue evidente. Cenaron en silencio y se acostaron temprano para que el despertar les trajera la luz del amanecer y con ella al padre y marido. Aunque Edelvira no comentó nada esa noche, al mediodía de la jornada siguiente ya sabía que algo terrible había sucedido. Entonces reunió a sus cuatro hijos en el zaguán, junto a los caballos y el carro. Les dijo que se iba al cuartel de la Guardia Civil de Albalate con su hijo mayor, y les advirtió que tal vez no podrían regresar ese mismo día. Dejó a los pequeños al cuidado de su hija Dolores.

Mientras tanto, el alcalde de Ariño organizó una batida por los montes y los caminos. Fueron más de treinta hombres los que salieron al alba y regresaron de noche sin ningún resultado.

La intuición de la tragedia no alteró el rostro de la mujer hasta que regresó tres días más tarde. Después de poner la denuncia, habían pasado las horas muertas esperando noticias de los guardias, que los miraban con compasión. Las noches angustiosas se sucedieron en el carro cubierto con una lona. Cuando regresaron ambos, madre e hijo, Edelvira lo hizo ya como una presunta viuda y todos en el pueblo sabían que lo era.

Las semanas y meses siguientes fueron vividos con angustia infinita. En todo ese tiempo nadie vio caer una lágrima de sus ojos, con la excepción de su hija mayor, quien contaría años más tarde que su madre no dejó de llorar ni una sola noche. Edelvira pensó que su hija no la oía, pero no fue así. Solo era una mujer que necesitaba ser fuerte.

Con igual sigilo acostumbraba a salir de casa justo antes del anochecer, casi a escondidas, y caminaba sola hacia las afueras de Ariño. Cualquiera que la hubiera visto a esas horas, sin rumbo, mirando a los lados del camino, saliéndose de él por los atajos, deteniéndose detrás de las zarzas, espesas y cada vez más oscuras, escuchando el viento que comenzaba a espantar las hojas de las encinas y olivos, habría adivinado que guiaban sus pasos la esperanza y el deseo de atisbar una señal, por débil que fuera. Regresaba abatida, pero se equivocaría quien pensara que su alta figura, recortada sobre las primeras sombras de la noche y el ocaso en lo alto de la sierra, era la estampa de una mujer vencida. Su tenacidad surgía de la seguridad de que su hombre, su marido, tan justo, tan bueno, no podría desaparecer de su vida sin una explicación, cualquiera que hubiera sido su final.

Sentía que el mismo Destino estaba en deuda con ella. Muerto o vivo, Román tendría que aparecer y cada día quedaba uno menos para que el cielo, o Jesucristo, o la Virgen, cumplieran con la misma lealtad. No les pedía que se lo devolvieran vivo, sino que les fuera revelada su suerte a ella y a sus hijos, pues no habían hecho otra cosa que rezar y trabajar todos los días de su vida.

El día del primer aniversario de la desaparición, todo el mundo sabía que había pasado un año de la ausencia de Román, pero nadie en Ariño se atrevió a decir una palabra. Tampoco nada de particular acaeció ese día hasta la tarde. Eran pocos minutos después de las seis y oscurecía cuando Edelvira ensilló su caballo y salió a la carretera. No habló mucho. Solo les dijo calmadamente a los suyos que no se preocuparan, que pronto regresaría. Los hijos quedaron extrañados y en silencio. Si rehusaron preguntarle fue porque en aquella casa nada había sido normal desde que el padre había muerto, desaparecido o Dios sabe qué.

Dieciocho horas más tarde, ya bien entrado el día siguiente, la mujer estaba de vuelta. Bajó de la montura con naturalidad y nada dijo; todos la esperaban despiertos. Su hija mayor, Dolores Muñiz, notó que su aspecto y la expresión de su rostro, inexpresivo y pálido como nunca lo había visto antes, revelaban que algo en ella había cambiado. No tenía idea de dónde había ido ni por qué, pero intuyó que algo extraordinario había sucedido. Nuevamente sus hijos no se atrevieron a preguntarle dónde había estado todas esas horas, toda aquella noche en la que ninguno de ellos había podido dormir.

Un parto en plena noche
1934

El otoño lanzaba ya sus primeras nevadas y las laderas de los montes veían desaparecer los rojos y los ocres. Los hombres del pueblo fueron a decirle al joven doctor que la mujer estaba de parto. Llegaron al consultorio de la villa de Campo desde su aldea, en lo alto de la montaña, espantados por la tragedia que barruntaban.

Mariano, nieto de Román Muñiz y recién licenciado en Medicina, se dio prisa en preparar el maletín de urgencias. Después de calzarse las botas, ensilló su caballo y se lanzó al camino en plena oscuridad. Llegaron una hora más tarde y, tras examinar a la parturienta, el doctor comprobó que los manuales habían descrito perfectamente el caso: se trataba de una intervención de urgencia, de lo contrario podrían morir la madre y el bebé. Lamentó que el manual de partos se hubiera quedado abajo, en el consultorio. Por suerte, en las clases de ginecología y obstetricia de la Universidad de Zaragoza, el catedrático Recasens se había esmerado en describir con minuciosos dibujos y croquis las diferentes técnicas de los partos complicados, incluyendo la cesárea.

Sin embargo, aquella noche Mariano se sentía tan solo un licenciado bisoño. Los dibujos de su profesor sobre la pizarra se perfilaban en su memoria y lo remitían al recuerdo de aquel anfiteatro con bancos en el que él, un estudiante rezagado que había empezado tarde la carrera, se sentaba en primera fila porque no quería perderse ningún detalle de lo que pasaba en el estrado. El aula parecía una pequeña plaza de toros con gradas que ascendían hasta el gallinero, donde el humo del tabaco formaba una nube espesa que competía con el olor a formol.

Mariano recordó aquella mañana en que se habló en el aula del parto mediante cesárea, un método que había tenido muchos detractores en el siglo XVIII, y no únicamente por razones médicas. Su introductor en España, Diego Mateo Zapata, terminaría encadenado en una mazmorra por culpa de la Inquisición.

Pero esa noche de otoño pertenecía a 1934 y era preciso actuar con presteza. El animoso doctor extrajo el manómetro de su maletín y tomó la tensión arterial a la mujer; comprobaría inquieto que estaba muy baja, pues había perdido mucha sangre. Después de ordenar la inmediata salida de la estancia al marido y a las vecinas se dirigió a la madre de la parturienta:

—Señora, ¿sabe usted hacer sopas?

La mujer lo miró sorprendida. Pensaba que aunque el médico no hubiera cenado esa noche, no parecía el mejor momento para ello. Cuando ya se disponía a salir para cumplir con el encargo, el doctor elevó la voz sin desviar la mirada:

—Hágame dos ollas de sopa, pero no le ponga ajo. Y tampoco pan. Solo el caldo, haga el favor.

La madre no entendió nada. Se disponía a obedecer cuando el médico alargó el brazo para tomar su maletín.

—Hierva todo esto aparte —ordenó.

Eran dos bisturís, las pinzas, aguja de sutura y la jeringa. También sacó una ampolla de color tenuemente opalino con un filamento en su interior flotando en una sustancia acuosa. Se había acercado una silla y no apartaba su vista de la cama mientras volvía a tomar la tensión a la joven que, cada vez más pálida, desfallecía. Había cerrado los ojos y por debajo de sus párpados se escapaban algunas lágrimas. Entonces se acercó al oído de la muchacha y susurró unas palabras que nadie pudo oír.

Ella pareció tranquilizarse.

El riesgo de morir de parto era entonces muy alto, y todas las mujeres lo sabían. Las intervenciones podían ser letales si no había antisépticos para prevenir una infección. Las sulfamidas no se inventarían hasta el año siguiente y el empleo de la penicilina no llegó hasta los años cuarenta. Afortunadamente en la cartera del médico siempre había un frasco con solución de yodo que podría evitar la septicemia, aunque en ese momento el problema más urgente era la pérdida de sangre. Y el doctor adoptó la decisión de quien antes había sido mancebo de farmacia: fabricar allí mismo el suero fisiológico necesario para reemplazar la sangre perdida. Sabía que el caldo empleado en las sopas de ajo, sin ajo ni pan, posee la concentración de sal necesaria como para ser considerado un verdadero suero, tan eficaz como el mejor de los producidos en un laboratorio.

Probó con ayuda de una cuchara su grado de salinidad. Después de agitar bien el líquido, redujo su temperatura sacando la olla al exterior. Helaba. Tomó la gran jeringa y comenzó a inyectar. El color volvió al rostro de la parturienta. Después extendió todo el frasco de tintura de yodo por el vientre de la muchacha y con la ayuda de cloroformo la durmió.

–No pare de hervir agua. Ahora sin sal, por favor –volvió a ordenar antes de tomar el bisturí.

Todo fue tan rápido como si la intervención se hubiera practicado en un hospital. A los pocos minutos, madre e hija estaban fuera de peligro y los berridos de la criatura se oían por el valle anunciando que el peligro había pasado. El doctor procedió a cerrar el vientre con la habilidad de quien ha estado cosiendo cuerpos toda su vida. Era manifiesto que ahora estaba contento; había desaparecido de su rostro toda señal de preocupación. Tenía razones para sentirse aliviado porque había pasado miedo y, por fin, gracias a Dios, todo estaba bajo control.

* * *

El doctor Mariano Garcés Muñiz habría de acreditar en el futuro su aplomo, a veces en ocasiones en las que su propia vida estaría en juego. A pesar de su temperamento a veces irritable, el hombre se podía trasformar en un témpano cuando necesitaba conservar fría la cabeza.

Regresó al valle envuelto en una densa neblina que subía de la tierra amenazando con ocultarlo todo. Temió incluso perderse entre las trochas desdibujadas. Entró en la villa cuando clareaba y, a pesar de su habilidad a caballo, notó un espasmo en los glúteos. Aunque por esa época el doctor aún se permitía alguna copa de vino, lo que se recetó a sí mismo antes de acostarse fue una de cazalla, setenta grados de alcohol que se le agarraron a la garganta como la dentellada de un gato salvaje. «Qué más da», pensó, «un día es un día». Extenuado, dormiría hasta la tarde, cuando le despertó su novia, la chica más guapa del valle de Campo.

La más bella del valle
1932

Cuando estalló la Guerra Civil, Mariano y Aurelia aún no se habían casado. Lo harían un poco después, ya en plena contienda.

El médico había llegado a la villa de Campo cuatro años antes, en 1932. No hacía mucho que se había licenciado y debía continuar sus prácticas, pues entonces no existían en la facultad los cursos del rotatorio. La villa pirenaica junto al río Ésera parecía un destino atractivo. Ubicada en una comarca extensa donde acudían a comprar los habitantes de las pequeñas poblaciones aisladas por las altas montañas, contaba con una plaza mayor, una iglesia románica, escuelas nacionales, una fonda, varios comercios, farmacia, un juez de paz y el café Abaz con su fábrica de gaseosas. Además de estar a un tiro de piedra de la capital de la comarca ribagorzana, Graus, destacaba por ser paso obligado hacia la gran montaña blanca del Turbón y el balneario de Las Vilas del Turbón.

El mismo día de su llegada a Campo en el autobús de línea, Mariano se encontraba en la plaza Mayor. Era verano y estaba departiendo con la persona que había acudido a recibirle, el señor José Baldellou, un hombre elegante, canoso, alto y delgado, vestido con un traje tostado de suave algodón egipcio.

Por encima de sus cabezas se agitaban decenas de banderolas de papel que colgaban entre los balcones de la plaza. El señor Baldellou, juez de paz, comerciante, propietario de algunas tierras y recaudador de contribuciones, había sido comisionado por el alcalde para facilitarle alojamiento. Estaban hablando precisamente de ello cuando pasaron tres señoritas conversando alegremente.

Ninguna de ellas habría cumplido los veinte, pero sus tacones y los elegantes vestidos hasta casi los tobillos les daban un aire de mujeres sofisticadas. Parecían recién salidas de un cartel de la mejor tienda de moda de Barcelona. Habían comenzado ya las fiestas de la Virgen de Agosto y la más alta de las tres, de tez muy blanca y melena de charol rizado, volvió el rostro hacia ellos sin detenerse, sonriendo mientras se alejaba.

No hubo palabras, pero la joven había llamado la atención del médico, que se había quedado mudo. Finalmente preguntó a su anfitrión:

—¿La conoce usted?

A lo que el hombre replicó con su retranca ribagorzana:

—¿A cuál se refiere?

El señor Baldellou sabía que a su hija Aurelia se la tenía por una de las chicas más bellas de Campo, aunque no por ello había que confiarse. Tenía otras tres hijas, de manera que como padre y comerciante prudente no podía dejar pasar la oportunidad de emparejar a la mayor, que había terminado sus estudios en Zaragoza. Él era un hombre tradicional, además de vecino al que se podía pedir un buen consejo y se le tenía por una persona de letras, cuyos frecuentes artículos en el *Diario de Huesca* eran leídos con respeto. Ese era uno de los motivos por los que había querido que su hija mayor tuviera cultura. En Campo, a esas alturas del primer tercio de siglo, todavía la gente hablaba una especie de *patois* que ningún forastero entendía, la lengua ribagorzana original mezclada con el castellano que, irreversiblemente, la había colonizado. Solo las familias acomodadas de la montaña hablaban un castellano estricto y ese era el punto que, muy sutilmente, a menudo marcaba la diferencia.

Mariano insistió:

–Me refiero a la del vestido verde.

–Ya lo creo que la conozco, es mi hija mayor –respondió sonriendo–. Es muy lista. De todas sus hermanas es la que me lleva como *cagallón por cequia*.[1]

–No comprendo...

–No se preocupe, doctor. Yo me entiendo, es nuestra manera de hablar. Y como ya vamos para las fiestas, mañana estará invitado a comer en mi casa si no tiene compromiso. Le presentaré a mi familia.

Por supuesto que Mariano no tenía ningún compromiso. La verdad es que el señor José no necesitaba insistirle mucho porque el flechazo había sido mutuo.

Fue allí, en el comedor de la casa de la calle Nueva, donde Mariano y Aurelia se hablaron por primera vez, sentados uno al lado del otro, aunque hacía más de veinticuatro horas que el destino ya los había embarcado en una larga aventura. En aquella misma estancia tendrían lugar, pocos años después, escenas menos felices para los protagonistas, ya casados.

---

[1] Literalmente, hez de vaca seca empujada por la corriente de una acequia. Figurado: Persona arrastrada por la voluntad de otra.

Celebraron su boda a finales de julio de 1936, recién estallada la guerra. Lo hicieron por la administración civil, ya que no tenían lugar ceremonias religiosas. En la «zona roja» de la Ribagorza ni siquiera quedaban sacerdotes para llevarlas a cabo, pues la mayoría de ellos estaban huidos y muchos habían sido asesinados.

Pese a todo, la vida continuaba, y en aquella familia nació el primer hijo, poco tiempo antes de que el reciente padre fuera alistado en el ejército de la República y enviado a Barcelona como médico.

Fue después, con Mariano lejos del hogar y con el ejército nacional ya ocupando toda la región del Ésera, cuando sobrevino la tragedia: el bebé, solo con su madre en Campo, contrajo una enfermedad infecciosa, difteria, y murió.

El médico del Ejército Nacional acuartelado en el pueblo, el capitán García, atendió con encomiable diligencia al niño y después de su fallecimiento envió una carta a su colega a través de las trincheras. Era una carta a dos caras, estremecedora, escrita a máquina y firmada, explicando la enfermedad y sus esfuerzos por evitar el final de su hijo.

Aurelia quedó conmocionada tras ese inesperado suceso y el infeliz pequeño fue inhumado en el antiguo cementerio, junto a la iglesia. Fue una de las últimas personas enterradas allí, pues el nuevo camposanto, que el propio doctor había diseñado, todavía estaba en construcción cuando empezó la guerra... Aurelia guardó en lo más profundo de su ser aquella ausencia que nadie podría sustituir.

Tal vez por eso, nueve años más tarde, emprendería la aventura más peligrosa de su vida: intentar reunirse con su marido.

Aunque ella nunca lo explicaría así.

Una tarde en el Liceo
1937

A lo largo de los primeros meses de conflicto, había quedado claro que en Barcelona no había solo una guerra civil sino varias. Comunistas de diferentes siglas, anarquistas y sindicalistas –grupos pertenecientes a la misma República que se defendía del ejército sedicioso– estaban enfrentados en una lucha a muerte mientras perdían la guerra en el resto de España. Los altercados en las calles de Barcelona entre distintas facciones eran diarios. En palabras de Azaña, todo era una «... histeria revolucionaria que pasa de la palabra a los hechos para asesinar y robar; ineptitud de los gobernantes, inmoralidad, cobardía, ladridos y pistoletazos».

La disputa de fondo eran dos concepciones muy distintas de la guerra. Simplificando, los anarquistas querían hacer al mismo tiempo la revolución social y la guerra contra el fascismo, mientras que una parte de los comunistas, siguiendo consignas de Moscú, querían ganar primero la guerra y después hacer la revolución. Andaban liados a tiros la CNT-FAI, el POUM, la UGT, el Partido Comunista y el propio gobierno de la Generalitat. En esta lucha de todos contra todos hubo muchos muertos. Se contaron más de quinientos, y más de mil heridos solo en aquel mes de mayo de 1937.

Una noche, Mariano y sus compañeros del cuartel de Carabineros fueron invitados al Teatro del Liceo de Barcelona. Alguien de la Comandancia Militar había conseguido entradas gratis. Fue invitada la plana mayor de la compañía de Masnou y cinco guardias subieron esa tarde al palco, entre ellos el doctor Muñiz. El capitán del grupo –un joven comunista con carné, además de oficial al servicio del gobierno– reconoció al entrar a la platea nada menos que al jefe de los anarquistas de Cataluña. El antiguo metalúrgico de cabellera esmaltada con brillantina iba acompañado por una escolta de individuos portando brazaletes que no disimulaban sus armas largas, automáticas. En el que había sido sanctasanctórum de la burguesía y la nobleza, el líder anarquista iba en mangas de camisa, con la correa de la pistola cruzándole pecho, como un héroe novísimo desafiando al viejo mundo que se derrumbaba a su paso. Se llamaba García Oliver y durante mucho tiempo fue el dueño de Barcelona y de la revolución que lo había cambiado todo.

Nada más verlo, el capitán de Carabineros se alteró muchísimo. Sin pensarlo ni un segundo, desenfundó su pistola y habló en voz baja para que solo lo pudieran oír sus compañeros:

–¡Me cargo a ese cabrón! –exclamó mientras se incorporaba sobre el palco para apuntar a su víctima.

Instintivamente, Mariano le sujetó el brazo mientras dos guardias, ambos suboficiales del Cuerpo, le devolvían con fuerza a la butaca.

–Calma, calma –dijo uno de ellos–. Nos matarán y morirá más gente. ¡Aquí no podemos hacer nada!

El capitán se volvió mirando con furia a sus subordinados. Le quemaba la sangre, pero optó por sentarse mientras enfundaba el arma. El que había hablado era el sargento, un profesional bregado en el combate desde sus primeros tiempos de soldado en África. Era un experto enfrentándose al contrabando de tabaco y a los grupos que lo controlaban en Cataluña; un tipo tranquilo, acostumbrado a intervenir en altercados y al que todos conocían por Picotas. Le llamaban así por los cráteres que se asomaban a su cara, secuelas de una varicela mal curada. Tras licenciarse del ejército de África, y por méritos en el servicio, había ascendido a sargento. Su nombre era Santiago Obiols.

La verdad es que aquella tarde en el Liceo el grupo de Carabineros de Masnou había corrido un gran peligro. Cuando se encendieron las luces del teatro los anarquistas habían abandonado la sala. Los agentes del orden se dirigieron al tren de Mataró para regresar a su acuartelamiento y el doctor Muñiz se retiró a su pensión mientras la guerra seguía, no solo en el frente y en el mar.

* * *

La fama de Picotas venía de una historia que se contaba de él, cuando todavía era un simple número de los Carabineros y quedaba mucho tiempo para que estallara la guerra. Se encontraba de uniforme en la barra de un bar del barrio de Gracia de Barcelona cuando irrumpió un hombre armado. Por lo visto, el tipo pretendía matar allí mismo a otro que al parecer se veía a escondidas con su mujer y que en ese momento estaba jugando una partida de cartas.

El marido burlado, ebrio de aguardiente y rabia, se echó la mirilla de la escopeta a la cara. Entonces el carabinero se plantó en dos zancadas entre los individuos. –Vamos, bájala –ordenó Picotas–. No quiero que nadie vaya a la cárcel. –Y señalando hacia atrás con el pulgar, añadió–: ¡Ni siquiera por este gilipollas!

El hombre torció el gesto y levantó el cañón, al tiempo que amartillaba el arma.

–¡La cárcel es para hombres! –gritó con toda la fuerza de sus pulmones.

Picotas cerró un segundo los ojos, esperando el estruendo que le partiría en dos. Conocía bien el efecto de un disparo de postas a bocajarro. Primero se desprendería la cabeza del tórax, aventada como una granada, y si el agresor disparaba dos veces, el cuerpo saltaría varios metros hacia atrás.

Súbitamente abrió los párpados y se dio la vuelta, dando la espalda al que le amenazaba. Tomó por el hombro al amante y dándole un empujón le ordenó salir del bar. Ahí acabó todo. El carabinero ni siquiera arrestó al que le había amenazado, sino que lo condujo entre sollozos a su domicilio. Se lo entregó a su esposa, no sin antes explicarle lo que había pasado. «A partir de aquí es cosa vuestra, ¡arreglaos, coño!», les dijo al despedirse.

Las noticias de ese tipo corrían como la pólvora. Para todos era un héroe de carne y hueso. «Hay que echarle huevos para aguantarle la mirada a un borracho desesperado con un arma», decían de él cuando le veían pasar con la escolta.

Al principio de conocer a Picotas, el doctor Muñiz desconocía esta historia. El sargento le había caído bien, y la verdad es que no hubiera podido decir por qué. Pensó que era debido a que parecían coincidir en sus ideas sobre la política. Estaba claro que era un hombre serio, pero eso no era suficiente para fraguar una amistad. Pudo influir que se llevaran pocos años de diferencia, aunque el sargento era algo mayor, cercano a los cuarenta. En fin, podrían ser muchos los motivos; probablemente era cuestión de un simple e instintivo respeto mutuo.

El caso es que ambos salían a cenar los sábados y a almorzar algún domingo a la Barceloneta, un barrio menestral con restaurantes que servían el pescado procedente de las subastas a pie de barca. Mariano se alojaba en una pensión de la calle Princesa, cerca de la catedral. Las habitaciones con balcones estaban en la primera planta y desde la suya, tras la ventana, el doctor podía ver el rótulo de El Rey de la Magia, un establecimiento singular de juegos y bromas cuyos potingues mágicos le recordaban la oficina de farmacia de Ariño.

El doctor acudía al destacamento de Masnou tres o cuatro veces a la semana, mientras Picotas redondeaba su salario como vigilante en una fábrica de material militar del Maresme. Como oficial, Mariano disponía de una paga algo superior, pero necesitaba más ingresos para enviar dinero a su familia. Para ello se había registrado en el Colegio de Médicos de la provincia y ejercía como facultativo suplente en Rupit. Picotas, con algún excedente en el bolsillo, solía invitarle a teatros y cafetines, lo que a Mariano no le importaba ni le avergonzaba porque tenía la firme opinión de que el dinero pertenece en cada momento a quien más lo necesita.

La ciudad de Barcelona era la retaguardia más animada de la España en guerra. No muy lejos de ella, en el frente, la avidez de sangre continuaba firme cobrándose millares de víctimas, cada vez más jóvenes. Eran dos mundos diferentes. En la metrópoli el bullicio era solo interrumpido por las sirenas que alertaban del próximo bombardeo.

Ya desde 1937, los Savoia S-79 de la aviación legionaria italiana que ayudaban a Franco a ganar la guerra despegaban de Mallorca para lanzar sus bombas sobre la ciudad dormida. Antes de caer con su fuerza mortífera, indiscriminada, el único sonido audible eran las carreras de la gente huyendo en la noche sobre los adoquines de piedra. Después del estruendo emergían las columnas de humo elevándose por encima de los tejados y una brasa florecía aterradora en el cielo de la ciudad; después de ella regresaba el silencio mientras en las aceras los servicios de rescate ordenaban los cuerpos de las víctimas: niños, jóvenes, mujeres.

Tardaría años en saberse por qué los objetivos de los aviones italianos y alemanes no eran militares –los cuarteles, las fábricas de armamento, los depósitos de avituallamiento, los ferrocarriles, los aeródromos, las cuadras de caballos de remonta– sino civiles: las calles, los mercados, las escuelas, los parques. No sabían entonces los barceloneses que eran los conejillos de indias de una guerra futura que lo sería sobre todo contra la población, una guerra del terror por el terror, la misma que un lustro después dejaría en ruinas las ciudades de Europa, aplastando especialmente las alemanas, en una suerte de ironía del destino.

El 29 de mayo de 1937 hubo en Barcelona ochenta muertos y más de cien heridos. En marzo del año siguiente aún fue peor: los aviones italianos provocaron en tres días de bombardeos continuados más de mil víctimas mortales, la mayoría civiles y muchos niños, en el mismo centro de la ciudad.

Ninguno de los dictadores antagonistas de la República

quiso después hacerse responsable de aquella carnicería que escandalizó al mundo, pero se sabe que Mussolini había tenido un mal día, un ataque de celos, un dolor testicular ante sus aliados, cuando dio la orden criminal de lanzar las bombas sobre la cuadrícula del Ensanche barcelonés.

Incluso después de la matanza, la mañana siguiente amanecía ante las playas barcelonesas más viva que antes del castigo aéreo. Tras el bombardeo regresaba el ajetreo, el gozo por la vida, como si los ciudadanos de la capital catalana adivinaran que quedaba poco tiempo, que llegaba el final de casi todo. Barcelona estaba habituada a convivir con las heridas y, hecha a la derrota, saldría fortalecida después de cada caída. La villa de los iberos layetanos se comportaría como siempre, como una ciudad rebelde.

No matarás
1937

A pesar de la guerra, en Barcelona abrían temprano los teatros y los cinematógrafos, los cafés concierto, los *music-hall* y también los bailes de pago, para recibir a una turba de milicianos, soldados, obreros e incluso campesinos que, tras su jornada de ventas en el mercado, se quedaban una noche para echar una cana al aire. Los hombres que estaban de paso acababan la jornada empapados en alcohol, y muchos de ellos lo hacían en los burdeles del barrio del Raval, los de más bajo nivel.

Muy consciente de los peligros de las afecciones venéreas, un gran problema de salud pública que afectaba sobre todo a los soldados, el joven doctor trataba de mantenerse apartado de aquellos ambientes.

—Amigo Obiols —se dirigía a su amigo por su nombre, detestaba los apodos—, tengo la impresión de que en esta guerra muere más gente por el puterío que por las balas. ¡Vaya con cuidado!

—Sí, doctor, no se preocupe, que yo me cuido —repuso el otro riendo.

El guardia disfrutaba de su conversación. Sentía tanto respeto por el aragonés que acabaron fraguando una verdadera amistad. De hecho, ejercía de guardaespaldas de su amigo. Barcelona se había convertido en una ciudad peligrosa incluso cuando no caían bombas. Mucha gente iba armada y a menudo bajo los efectos del alcohol. Mariano evitaba llevar el uniforme y ello reducía su margen de seguridad en las calles, pues, al fin y al cabo, con aquel atuendo tenía derecho a llevar su pistola bien a la vista.

Una tarde en la que ambos paseaban por la calle Consejo de Ciento vieron a un reducido grupo de milicianos que conducían a dos jóvenes atados por las muñecas. Les empujaban usando las culatas de sus fusiles. A Picotas le faltó tiempo para increparles.

–¡Eh, vosotros! –Levantó la voz antes de llegar hasta el grupo–. ¿A dónde lleváis a esta gente?

–Estos van presos, sargento –dijo el cabecilla.

En esos meses los piquetes anarquistas de la CNT-FAI –que habían controlado Barcelona el año anterior– aún detenían arbitrariamente a quienes les parecían desafectos, a pesar de que las fuerzas de Orden Público recuperaban ahora el control de las calles por orden del gobierno de la República.

–Y... ¿se puede saber de qué se les acusa? –inquirió el sargento cerrando el paso a la comitiva.

–Son curas –dijo el hombre apuntando con el máuser a los detenidos–, los hemos pillado escondidos en un piso...

–Pero ¡qué curas ni qué niño muerto! –exclamó Picotas–, ¡si estos no tienen ni dieciocho años!

–Diecisiete –repuso uno de los dos jóvenes–, somos seminaristas.

–Pues tú, ya lo has oído –observó Picotas–, llevas detenidos a unos críos, así que ya los estás soltando.

—¿Soltarlos? Yo tengo órdenes de llevar a esta gente a la calle de Las Cortes —se resistió el miliciano.

—Aquí las órdenes las doy yo —sentenció el sargento apoyando la mano sobre la culata de su pistola—. Primero, señores, esto es una detención ilegal de niños. Segundo, vosotros no sois la policía. Y tercero, si no los soltáis ahora mismo os llevo detenidos a los tres. El secuestro de menores es mucha cárcel. Así que déjalos libres y andando de paseo que *p'a hoy* ya es tarde.

El cabecilla anarquista primero miró a sus compañeros. Después se quitó el gorro rojo y negro y obedeció. Con una navaja fue cortando las ligaduras que sujetaban las manos de los seminaristas. No hubo más palabras y se marcharon. Los muchachos dieron las gracias tímidamente y, apretando el paso, tomaron la dirección contraria. Se perdieron entre la gente.

—Pobres, no sé si podrán escapar a esta locura —dijo Mariano—, pero estoy orgulloso de usted.

—¡No soporto a esta gentuza! —exclamó Picotas—, ¡son como perros rabiosos! Creen que la solución de España está en matar a todos los que no piensan como ellos. ¡Salvajes!

—Sí. La República no vino para esto. Pero la rebelión militar ha exacerbado los ánimos y el Gobierno perdió mucho tiempo dejándoles hacer. No estoy seguro de que podamos ganar esta guerra.

—Confiemos en la República. Cuatro o cuarenta mil «comecuras» no pueden echarlo todo a perder. Mire, doctor, el pasado 25 de abril una fuerza de nuestros compañeros de Puigcerdá obligó a los de la CNT a que nos entregaran el control de las aduanas con Francia que los muy cabrones retenían. A mí me enviaron de refuerzo. Creo que el doctor Negrín está haciendo un buen trabajo en el Ministerio...

–Pues confiemos. Y para celebrarlo vayamos a divertirnos al Villa Rosa –propuso el médico tomando por el brazo a su compañero.

Pueblo Nuevo
1937

El Villa Rosa era un cafetín para hombres y mujeres que sobreviviría como establecimiento tras los años de guerra. A él acudían indistintamente personas solteras o emparejadas sin temer por su reputación, muy al contrario que otros establecimientos. Ambos estaban libres de compromisos familiares en ese momento, pues Obiols era soltero y Mariano tenía lejos a su mujer. Sus aventuras amorosas –si es que se las podía llamar así– no pasaban de lances menudos, flirteos en los cafés, generalmente con enfermeras y oficinistas. El doctor explicaría después a Aurelia –seguramente sin necesidad– que él solo había tratado de secundar a su compañero para ayudarle a encontrar novia, algo que consideraba de todo punto imprescindible. Y es que Picotas le había confesado su gran timidez, debida al aspecto desagradable de su rostro. A ello el doctor Muñiz había respondido que eso eran pamplinas.

–Mire, Obiols, déjese de historias. A las mujeres, si valen la pena, solo les pueden interesar dos cosas: su seguridad personal o la de su prole. ¿Me ha entendido? Y por lo demás... ya sabe que ellas dicen que el hombre y el oso...

El doctor no era consciente del machismo que implicaban sus palabras. Pero en aquel tiempo todos los hombres lo eran, y también la mayoría de las mujeres sin saberlo.

Ese domingo en el Villa Rosa conocieron a dos muchachas y las invitaron a cenar. Las chicas no aceptaron de entrada, pero tampoco rehusaron de plano. Después de retirarse al ambigú para deliberar, debieron de pensar que, bien mirado, el hecho de que aquellos hombres se presentaran como carabineros podía ser un cuento chino. Por otra parte, les parecían interesantes. No se atrevían a pedirles a unos guardias su identificación, pues en ese caso probablemente se molestarían, e idearon entonces una estratagema. Una de ellas simuló que le había desaparecido el bolso y afirmó que creía que el ladrón se encontraba en ese momento en los lavabos de caballeros. Picotas se levantó de la mesa como si tuviera un muelle en el trasero y se fue directamente hacia allí. Inquietas las dos mujeres por el lío que probablemente se estaba montando por su culpa, le siguieron y oyeron como el carabinero exhortaba a devolver el bolso a los inocentes hombres que se encontraban dentro. Sin embargo, en un detalle de nobleza, el sargento se puso de espaldas a los presentes en el mingitorio, aparentando que de esta manera no vería reaccionar al supuesto culpable del hurto.

–¡Quien haya sido que lo devuelva y aquí no ha pasado nada! –prometió en voz alta–. Si no aparece, acabaremos todos en comisaría.

Antoñita, una de las chicas, decidió regresar a la antesala del aseo de señoras y dijo en voz alta para que la oyeran desde el sector de caballeros:

–¡Qué tonta soy, perdón a todos, me lo había dejado en el tocador...!

Después de este chusco episodio los cuatro se fueron a cenar. Ellas entre muchas risas, convencidas de que estaban en buenas manos. Después de la agradable cena, Mariano quiso retirarse a dormir temprano. En realidad le estaba dejando el campo libre a su compañero, quien se había prendado de la ocurrente muchacha de cabellos rubios y quería acompañarla hasta su casa. Antoñita era maestra nacional en el barrio de Pueblo Nuevo y miliciana anarquista en su tiempo libre. Tras un par de horas de charla les había enseñado orgullosa su foto vestida de combatiente con el popular mono azul y el gorro rojinegro. Cargaba un mosquetón al hombro y sonreía enseñando unos dientes perfectos. Se parecía mucho a la actriz Carole Lombard. Cuando el doctor lo mencionó ella dijo que ya le gustaría, pero que la actriz estadounidense era más delgada. Los dos hombres primero se miraron y luego rieron a carcajadas. Antoñita no entendió a qué venía aquel jolgorio.

En las siguientes semanas Mariano notó que Picotas se había ido interesando cada vez más por la miliciana del popular barrio donde vivía con su madre, en la plaza del General Prim, aquel militar de Reus que se había jugado la vida en África al que Isabel II había hecho marqués, y que, noble y todo, durante la revolución de 1868 gritaría: «¡Abajo los Borbones!» mientras enviaba al exilio a la monarca para traer la I República. La plaza Prim estaba presidida por árboles gigantes de grandes copas que competían con las chimeneas de las fábricas del barrio, y que algún indiano catalán, nostálgico de Argentina, había hecho plantar convirtiéndola en un oasis verde. Los obreros y pescadores del barrio más anarquista de la ciudad se reunían allí, bajo la protectora sombra de Prim y, sobre todo, de los exóticos y colosales ombús. Ahora los revolucionarios de la II República seguían la tradición libertaria y el prudente Picotas acudía allí a festejar con quien ya era su novia, aunque siempre vestido de civil.

Los enamorados continuaron viéndose con frecuencia, lo que fue en detrimento de las salidas del doctor con el sargento. A Mariano no le importaba, al contrario. El afecto por su amigo era mutuo y el médico estuvo encantado de visitar a la madre de la chica, que había caído enferma, una oportunidad que aprovechó para sugerir que la buena mujer ayudase todo lo que pudiera en aquella relación, pues el sargento era un hombre de grandes cualidades. Dio a entender que su compañero acabaría siendo general y que las oportunidades, en los buenos negocios, están en comprar cuando todavía el producto es barato, como era el caso, pues su amigo todavía era un suboficial y era muy seguro que ascendería.

* * *

El último domingo de mayo de 1937 un submarino nacionalista había torpedeado un barco de pasajeros frente a las costas de Cataluña. El transatlántico *Ciudad de Barcelona* se hundió en dos minutos; murieron más de ochenta personas y resultaron heridas varias decenas. La República había iniciado la cuenta atrás del desastre mientras España se estaba convirtiendo en el campo internacional de toda clase de experimentos de guerra. Era la primera vez que se bombardeaban ciudades desde el aire y se torpedeaban barcos repletos de civiles.

Mariano se preguntó si la barbarie tenía límite. ¿Qué clase de entrañas tendría el oficial que dio la orden de torpedear fríamente un barco indefenso, abarrotado de inocentes? Probablemente era de la misma condición que los milicianos que asesinaban sin juicio previo a civiles y religiosos en la retaguardia republicana. Tardaría un tiempo en entender que en una guerra no hay razones personales, porque el único objetivo es la aniquilación del enemigo, que a su vez puede acabar con tu vida. En una guerra civil lo que en esencia se busca es la aniquilación de las ideas.

En aquel barco había brigadistas internacionales que habían venido a combatir en las filas republicanas, pero también muchos civiles. Mariano pensaba en la violencia en su propio bando: matar curas, por ejemplo, para muchos no era un objetivo en sí mismo, sino la expresión de la voluntad de erradicar para siempre la religión, a la que se le atribuían secularmente muchas de las desigualdades e injusticias, pues se la había asociado al poder de las clases privilegiadas. Antes del inicio de la guerra había ya una larvada lucha a muerte, y cuando la contienda estalló ambos bandos empezaron a cobrarse sus respectivas revanchas.

Las milicias anarquistas que llegaron a Aragón desde Cataluña el veinte julio de 1936 encerraron en el salón de actos del colegio de los Escolapios de Barbastro a muchos de ellos, al obispo y a todos los jóvenes misioneros y seminaristas claretianos de la ciudad, a los que pasaron por las armas contra las tapias del cementerio. Después de intentar que abjuraran de su religión con toda clase de vejaciones y amenazas, los fueron sacando del colegio en pequeños grupos para ejecutarlos en plena noche a la luz de los faros. Fueron cincuenta y uno, y ninguno ignoraba que podría librarse de la muerte renunciando a sus creencias.

Exilio, barro y frío
1939

A comienzos de 1939, Mariano perdería de vista a su amigo, el sargento primero Santiago Obiols. Fue durante los días de la debacle de la República en Cataluña y la precipitada huida a Francia del ejército derrotado. El repliegue militar –más bien una desbandada– impidió que pudieran despedirse, por más que Mariano tratara de dar con él. Todo fue confusión en Barcelona y casi nadie sabía lo que tenía que hacer, salvo los sindicalistas, los milicianos y los jefes políticos, que ya habían decidido que el único camino era el del exilio. La II República resistía en Madrid con enormes dificultades y tensiones internas, y sus dirigentes en Cataluña hacía tiempo que habían dado la guerra por perdida.

El doctor Muñiz ya no regresó a su unidad en Masnou y no supo si Picotas había sobrevivido a la huida ni qué había sido de su novia miliciana. «Pobres amigos, maldita guerra, no se conforma con la sangre de los soldados, todo lo arruina», pensó. «Su» República se había esfumado, su esposa estaba lejos, él tendría que exiliarse y sus amigos habían muerto o desaparecido. Decir que estaba «profundamente entristecido» –como dejó escrito en sus memorias– está muy lejos de lo que de verdad sintió camino de Francia.

La estampida de Barcelona impidió a Mariano despedirse de nadie. Su historia fue la misma que la de los cientos de miles de españoles que salieron de su país entre enero y febrero de 1939. Jóvenes y ancianos se agolpaban en las carreteras hacia Latour-de-Carol, Bourg-Madame o Le Perthus, las primeras poblaciones francesas junto a las fronteras españolas. Al principio eran mujeres, niños y ancianos. Después se les unieron masivamente militares con el uniforme regular o la boina de miliciano; llevaban las mantas cruzadas sobre el pecho y caminaban sobre el barro que había formado la nieve al mezclarse con la tierra y el aceite de las tanquetas. Atravesaban la frontera abandonando sus armas antes de pasar, vigilados por los gendarmes. La mayoría circulaba a pie, algunos en vehículos privados, otros en camiones y blindados o en sus mulos y caballos. Con ellos, muchas mujeres y niños portando sus enseres acompañaban al ejército en retirada. Detrás habían quedado miles de muertos y desaparecidos.

Hubo hombres que nunca regresaron, como Edmundo, el tío de Aurelia, todavía un joven esposo con tres hijos, que debió de caer en alguna trinchera pocos meses después de alistarse en el ejército legítimo. No tenía ninguna obligación, pues su estado civil y sus hijos le eximían de ella, pero él no podía quedarse en Campo trabajando en el obrador o tocando el saxofón por las tardes como le gustaba hacer, porque la guerra se mantenía con levas improvisadas de soldados cada vez más jóvenes, casi niños.

Desapareció en el frente sin dejar rastro, como muchos que nunca llevaron una placa numerada tras la cual hubiera un nombre, a pesar de que las ordenanzas militares de todos los ejércitos la exigieran. Era una guerra donde a menudo a los muertos se los enterraba en fosas comunes, sin identificar. Todas las guerras son miserables, pero esta era tan descarnada que se consideró que el metal que hubiera servido para hacer las placas era más necesario para fundir proyectiles. Y esa fue la triste razón por la que nunca se supo dónde cayó aquel voluntario que se había pasado la vida alegrando la de los niños de la montaña cuando fundía los caramelos que ya nunca más regresarían al valle.

La desaparición de Edmundo dejó un hueco inmenso, un agujero emocional en su familia mucho mayor del que hubiera supuesto su muerte.

En febrero de 1939, los noticieros internacionales reprodujeron imágenes de niños en la frontera que escapaban mientras sonreían a las cámaras, como si aquella locura fuera un juego, como si se marcharan de excursión, como si aún vivieran sus padres. Aquellos desdichados morirían casi todos, a cientos.

Las autoridades francesas encerraron a los refugiados hacinados en las playas durante aquel invierno atroz. Morían rodeados de alambre de espino, a diez grados bajo cero, atravesados por una humedad que llegaba a sus huesos como una sierra helada. Los gendarmes vigilaban que nadie pudiera salir de las alambradas, a pesar de que no eran prisioneros de guerra sino refugiados en el país de la Libertad, la Igualdad y la Fraternidad. Nadie en Europa hubiera previsto un comportamiento tan apático y negligente como el del primer ministro francés Édouard Daladier.

Los que estaban cruzando a Francia lo hacían derrotados; llegaban a un país cuyos policías y guardias senegaleses les trataban con inmensa suspicacia, incluso con desprecio. No era esa la actitud del pueblo llano, que acudía a ellos con alimentos y con mantas. Poco después, esas mismas personas que se prestaron a ayudarles sufrirían la humillación de los invasores alemanes. Y al final de la guerra, con la liberación, vitorearían a los combatientes republicanos en sus calles como a sus héroes. Porque los españoles fueron la primera línea de los libertadores de París, antes de que entrara en la capital ni un solo soldado francés.

Pero en aquel invierno helado de 1939, solo estaba permitido salir de las playas de Francia si un residente galo reclamaba al refugiado español por su nombre o si este se alistaba en la Legión Extranjera. En el primer supuesto, el residente tenía que responder dándole trabajo en su fábrica o taller. Ese fue el caso de Mariano, rescatado por Santiago Sanz, hermano mayor de los herreros del valle de Campo, quienes habían emigrado a la región de Burdeos mucho antes de la guerra. Vivían en Bègles, dedicados a la herrería y al torno, y eran tan próximos a la familia de Aurelia que tan pronto como tuvieron noticia de la situación se presentaron en el campo de concentración. Bajo su generosa tutela, y sin posibilidad de validar su título de médico, en el taller de los Sanz Mariano trabajó como aprendiz de tornero.

—Te ha quedado muy bien este pisapapeles, doctor —dijo un día Santiago contemplando la pieza de hierro que le mostraba Mariano, recién torneada.

—Reconozco que no está mal para ser lo primero que hago, pero, vamos, con este diseño no creo que se vendieran muchas. Fíjate, hubo un tiempo en que mi padre quería que yo fuese con él a trabajar al taller de los Escoriaza, pero mi madre se puso hecha un basilisco.

—Las madres siempre tienen razón, Mariano —zanjó su paisano.

El comentario no le dejó indiferente. Le trajo el recuerdo inevitable de la suya. La imaginó en su casa del Gancho, cada vez más apagada, inclinada sobre el mostrador haciendo las sumas de siempre, más cortas, porque en la España de la posguerra no quedaba casi nada que vender. Ahora ya no vivía su padre y pudo imaginar lo que sería su vida, a solas con la tonta de su hermana Pilar gastándose lo poco que pudiera tomar de la caja. Menos mal que todavía estaba allí el bueno de Pedrito, el sobrino, un espíritu todavía muy joven, pero de plata de ley.

Los meses que mediaron entre su salida del campo de refugiados de Argelès, que era un eufemismo para no llamarle por su verdadero nombre, campo de prisioneros, y el estallido de la Segunda Guerra Mundial, fueron para él un paréntesis del que guardaría un buen recuerdo. Cuando siete meses después, en septiembre de 1939, Francia se declaró en guerra contra Alemania, la policía francesa se presentó en el taller de los Sanz preguntando por el doctor.

Lo habían localizado con la intención de movilizarle para la nueva guerra de Europa, pues en las ofensivas los médicos cotizan mucho más que los torneros, los mecánicos, los carpinteros, los albañiles o los arrieros. Sin la frágil esperanza de su existencia en el frente, de sus insignias rojas sobre las ambulancias, ningún ejército del mundo combatiría, ninguna tropa saltaría fuera de las trincheras con la bayoneta calada. Incluso más que los generales, los oficios de médico y artificiero son el bien escaso en las guerras, curando heridas y manipulando municiones, codo a codo. De Aníbal a Napoleón, de Alejandro al almirante Nelson, el juego infernal es ese: herir y curar.

Yo ya estoy muerto
1942-1944

Mariano había escapado de una conflagración propia para meterse de lleno en otra, extranjera. No hay guerras buenas, pero aquella era mucho más grande e iba a durar casi el doble.

El ejército de Hitler sustituyó al francés mediante el armisticio, y los alemanes no tuvieron ninguna dificultad en quedarse con los profesionales y obreros republicanos españoles que precisaban para sus necesidades militares. A Mariano Garcés Muñiz le forzaron a elegir entre devolverle a la España de Franco –lo que implicaba la muerte o la cárcel– o trabajar en la Organización Todt, dependiente del ejército y del Ministerio de Armamento nazi y dedicada a la construcción de infraestructuras civiles y militares. Tuvo mucha suerte de ser médico; los oficiales de la división de trabajos del Reich le permitieron conservar su bata blanca y su fonendoscopio.

Le pusieron a atender a miles de prisioneros republicanos españoles que construían el Muro del Atlántico en el oeste de Francia y en las islas del Canal. Sus jefes eran médicos de la Wehrmacht, ya que entonces la llamada OT dependía del ejército. Vivía continuamente desplazado en convoyes de tren por toda Francia siguiendo a las compañías de obreros. Sufrían constantes bombardeos de la RAF británica en los que morían muchos prisioneros, lo cual era aprovechado por la propaganda alemana para rendir «homenajes» a los valientes que se habían «sacrificado» por los valores del Reich.

El verano de 1942 fue enviado a las islas británicas del Canal –concretamente a Jersey– junto a otros quince mil cautivos, entre los que había republicanos españoles, cientos de judíos y muchos prisioneros rusos. Distribuidos por batallones en condiciones deplorables, construían todo tipo de fortificaciones: túneles, escolleras, búnkeres y hospitales, algunos bajo tierra.

Entre aquellos hombres que pasaban por la enfermería había uno que le llamó poderosamente la atención. Debía de tener unos diez años más que él, cincuenta y pico, y su rostro le resultaba familiar.

–¿No nos hemos visto antes? –preguntó el médico.

–No creo –repuso secamente el republicano.

Mariano extrajo un paquete de cigarrillos del bolsillo de la bata y le ofreció uno. El prisionero de la Todt rehusó con la cabeza.

–A ver, ábrase la camisa –dijo Mariano colocando el extremo del fonendo en el pecho del español–. Veamos cómo está ese fuelle.

–Está como tiene que estar, no se preocupe usted. Ya me lo han mirado antes –repuso el otro con indolencia.

El doctor miró con atención su rostro mientras cambiaba la posición de la membrana de goma sobre el pecho.

–Respire fuerte.

–Ya le he dicho que estoy bien –replicó malhumorado.

–Bueno, sí. Está bien. El caso es que... yo le conozco. Dígame, ¿de dónde es usted?

—¡Soy de Santander! —exclamó el hombre alzando la voz.

El médico no comprendía por qué aquel tipo estaba de tan mal humor. Era la actitud contraria a la que adoptaban los obreros cuando interrumpían el trabajo para ir a la enfermería, pues ello significaba una jornada menos de trabajos forzados, o más incluso si los sanitarios disponían su baja. Mariano reparó entonces en aquel destello feroz en los ojos del hombre y de repente recordó también su voz.

—¡La hizo usted bien buena! —exclamó el doctor apoyando la mano sobre el hombro del prisionero como si le conociera de toda la vida.

Este, sorprendido, se giró inmediatamente hacia quien parecía haberle reconocido.

—¿A qué se refiere?

—No se me haga el *longuis* —repuso Mariano con una expresión amable—. Usted es cántabro, ¿no?

—Sí.

—Pero vivía en Zaragoza, amigo. Por aquella faena le metieron noventa años... ¿no es así?

El hombre se había abrochado la camisa y ahora su actitud parecía menos altanera.

—Sí, aunque yo no le conozco a usted de nada, doctor. —Era la primera vez que se dirigía al médico con aparente respeto—. O no le recuerdo. De aquello hace muchos años.

—¡Desde luego! —repuso Mariano casi riendo—. Toda una vida... A ver..., ahora han pasado veintitrés años. Usted se llama Domingo. El famoso Inocencio Domingo. Su foto estuvo en todos los periódicos durante mucho tiempo.

En agosto de 1920, cuando Mariano tenía dieciocho años y Zaragoza vivía una importante agitación obrera, un atentado acabó con la vida de tres empleados municipales. El autor de los disparos fue un albañil llamado Inocencio Domingo, cuyo rostro era precisamente el que tenía delante.

—Por favor, doctor, no diga nada, me fusilarían hoy mismo.

—Estese bien tranquilo, soy una tumba. La verdad es que no apruebo lo que hizo, se lo digo claramente, aunque creo que ya pagó su precio, ¿no?

—Sí, sabrá que cuando llegó la República pude salir de la cárcel —explicó—. ¿Aún tiene ese pitillo?

Mariano extrajo dos cigarrillos negros. Un oficial de la guardia del hospital se los proporcionaba gratis sin pedir nada a cambio. Tal vez fuera porque le había tratado discretamente un herpes genital que el alemán no quería que conocieran sus compañeros médicos.

—Mire, Inocencio, le voy a contar un secreto. He sabido que la Gestapo está comprobando las historias de todos los españoles con sus fuentes en España. Cualquier día le tocará a usted y sabrán quién es. Puedo hacer que venga como enfermo aquí la semana que viene y hospitalizarle. Tráiguese algún objeto metálico que no pinche, pero que se pueda ver por rayos X. Como es preceptivo, usted llegará con su ficha de prisionero, que quedará aquí retenida. Cuando le devolvamos al barracón me ocuparé de que la ficha se quede aquí olvidada, y de esa forma nadie podrá husmear en su vida, sencillamente porque usted no estará en las listas enviadas a España. ¿Qué le parece?

El hombre había palidecido ligeramente. No le tenía miedo a la muerte, pero con las SS o la Gestapo había cosas peores.

—Doctor, puede imaginarse lo que se lo agradezco. Es usted un verdadero camarada.

—Lo haría por cualquier prisionero en su situación.

–De todas formas...

–Mire, esa República nuestra era una buena cosa –afirmó Mariano con un punto de vehemencia en la voz–, o al menos esa era la intención, y si perdimos la guerra fue por culpa de gente como usted. ¿Puedo preguntarle algo, Inocencio?

–Lo que quiera, doctor.

Ahora, ya más relajado, dejó ir dos graciosas volutas de humo.

–Entre nosotros: si pudiera, ¿volvería a hacer aquello otra vez o ya se le ha pasado la rabia?

El prisionero calló unos segundos como si meditara la respuesta.

–No, hombre –respondió mirándole a los ojos–, qué tontería. No los mataría, esos ya están bien muertos. ¡Mataría a otros como ellos!

Lo dijo con una sonrisa de oreja a oreja que a Mariano no le pareció en absoluto una broma cínica, sino todo lo contrario: la expresión del fanatismo ciego, un resentimiento perdurable y eterno.

Pasados unos días, y después de haber llevado a cabo la maniobra de distracción de la ficha, el hombre al que Mariano llamaba *Siete vidas* desapareció, pues ya no podría regresar al hospital. No volvería a verle nunca más, algo que el médico no lamentaría en absoluto.

No fue el único a quien Mariano rescató de las garras de los nazis. Al republicano Lafuente Fernández, a quien conocía del valle, le sacó del camión donde se lo llevaban para fusilarle. *El Chato*, miembro de la Resistencia, ya se había fugado tres veces. Un pájaro de cuenta. El doctor, con su aplomo habitual, usó la excusa de que el prisionero tenía aspecto de estar en las últimas y que el reglamento del campo prohibía fusilar a enfermos. Como fuere, *El Chato* sobrevivió a la guerra y murió por causas naturales muchos años más tarde, reconocido como un héroe en Francia.

En la Organización Todt, Mariano tenía como jefe directo al teniente coronel de la Wehrmacht, Markus von Gross, un médico bávaro que había estudiado en París y con el que hablaba en un francés aceptable. No era una persona de carácter fácil. Atendía con profesionalidad pero con dureza a los miles de prisioneros que trabajaban en las obras. Una mañana, le llamó a su despacho y nada más llegar le espetó desde su sillón, detrás de la mesa:

–*Herr* Muñiz, tengo que enviarle a Alemania inmediatamente.

–¡Qué me dice, *Oberstleutnant, c'est impossible...*!

–*Naturellement, c'est possible, Herr Doktor* –cambió a su idioma–, *es ist ein Befehl von oben.*

Mariano no hablaba alemán, aunque gracias al latín de su bachillerato en los Escolapios supo que aquella frase no dejaba lugar a dudas: era una orden de arriba. Le enviarían a Alemania, que estaba ya siendo intensamente bombardeada y en trance de sufrir la temida invasión de los aliados. Se necesitaban médicos. Intuyó que moriría allí por las bombas, o incluso peor, en un campo de concentración, como lo hicieron miles de republicanos españoles. O a manos de los rusos, cuya fiereza se lo llevaba todo por delante. Con los arrestos que le quedaban, contestó mirando a los ojos al hombretón de Múnich:

–Lo siento, coronel, no pienso ir a Alemania. Prefiero que me pegue un tiro ahora mismo –dijo señalando la cintura del oficial, de donde colgaba la pequeña Walther dentro de su cartuchera. Este se puso súbitamente de pie y desde detrás de su escritorio apoyó las palmas en la mesa preguntando:

–¿De verdad prefiere que le fusilen?

Mariano trató de mantener la calma y lentamente empezó a quitarse la bata:

–Doctor, sabe lo que me espera en Alemania. Yo ya estoy muerto. Tengo cuarenta y dos años y mi único hijo murió en España. A mi mujer no la volveré a ver. Hágame un favor, acabemos ya.

Entonces el oficial volvió a sentarse con aire de abatimiento. Tras un silencio dijo:

–Mire, yo además de médico soy soldado, y tengo que obedecer las órdenes. Ustedes, los españoles, son gente de otro planeta. Sencillamente no les entendemos. El Führer ya ha comentado que la División Azul española tiene los soldados más indisciplinados y desastrados del Reich. Pero no retroceden. Y sus aviadores se suben a los cazas alemanes borrachos, y vuelan casi desnudos en pleno invierno. Cuando regresan después del vuelo, caen redondos por el efecto de la calefacción sumada al alcohol. Sé que usted me habla en serio y que no tiene miedo…

–¿*Alors*? –musitó el doctor Muñiz, a quien a esas alturas de la conversación no le llegaba la camisa al cuello.

–Póngase enfermo; si tiene una gastroenteritis no le podré trasladar a Alemania. Yo mismo le firmaré la baja médica. En dos semanas tendremos aquí tanto trabajo acumulado que tampoco le podré enviar a otro sitio.

–Gracias, *Herr Doktor*.

–No me haga ninguna broma y, sobre todo, no lo comente.

No se vaya de la lengua. Me estoy jugando el cuello por usted. Y ahora –dijo sin levantarse–, ¡váyase!

–*Merci*... –musitó el español. Pero el otro no le dejó acabar.

–*Allez vous à faire foutre!* –concluyó con fastidio. Tenía razón en mandarlo a la mierda, pues se la estaba jugando por su colega. Al terminar la guerra, el doctor Muñiz trató de establecer contacto con él y nunca lo consiguió. Tal vez muriera en la retirada, o en la defensa de Berlín.

* * *

Cuando muchos años más tarde contó esta anécdota en Argentina a su amigo el Negro Llobril, este le diría:

–Pero qué boludo es, doctor. Es usted un héroe.

–¡No, hombre! Créame, yo estaba totalmente *cagao*, pero no me interesaba en absoluto que se notara. Ni héroe ni valiente: cabeza fría.

El Hijo del doctor constataría, décadas después, que los valientes en realidad no existen. Los héroes, sí. Son los que, teniendo miedo y pudiendo elegir, deciden dar la vida por algo o por alguien.

Aunque la verdadera heroína era su madre, Aurelia. Nunca debió cruzar aquellas montañas.

Fuego cruzado
1946

Siete años después de finalizada la Guerra Civil, Aurelia Baldellou atravesaría a pie las montañas para reunirse con Mariano, exiliado en Francia. Afortunadamente la Segunda Guerra Mundial también había terminado. Fue entonces cuando Mariano decidió que el reencuentro con su mujer no podía esperar. La única forma de hacerlo era tan clandestina como peligrosa: que ella emprendiera la huida cruzando los Pirineos hasta llegar al primer pueblo francés donde pudieran reunirse.

Este viaje se organizó con la ayuda de un profesional avezado, un pastor de Plan, un pueblecito colgado de las paredes de la montaña. El señor Puértolas solo accedía a pasar personas que estuvieran en buenas condiciones físicas para enfrentarse a una travesía así. Aunque en el otoño de 1946 la actividad guerrillera había disminuido, aún quedaban partidas de maquis españoles, comunistas y socialistas republicanos, que llegaban desde Francia armados hasta los dientes. Eran hombres y algunas mujeres que habían peleado antes en la Guerra Civil y en la Francia ocupada, y que ahora pretendían continuar su lucha para reconquistar el país. El eventual fuego cruzado entre estos combatientes y los cientos de guardias civiles desplegados en la zona obligarían a los fugitivos a esconderse en el bosque durante el día y recorrer los kilómetros de montaña de noche. Pocos escenarios en toda Europa eran tan peligrosos como aquella frontera, y no solo a causa del frío.

Por ello, cuando en la madrugada del martes 29 de octubre de 1946 Aurelia se abrazaba a sus hermanos pequeños en el comedor de su casa, nadie daba un duro por su vida. Sus padres intentaban simular delante de los niños una tranquilidad que en absoluto sentían, pero al final, en el momento de salir, se aferraron a sus manos como si nunca más fueran a verla. Fue una de las pocas veces en su vida que se vio desolada a la señora Consuelo, mientras su marido trataba de tranquilizarla. Aurelia se dirigió a su madre en el ribagorzano del valle, algo que no hacía desde niña: «*Maina, no pllore*, que mi marido sabe lo que hace». Algunos dijeron que Consuelo nunca perdonaría a Mariano, su yerno, por la existencia desdichada que hizo vivir a su hija mayor; también que fue aquella noche terrible de la despedida cuando comenzó su inquina. Pero otros sostienen que la causa fue que ambos tenían un carácter demasiado fuerte, ella tal vez más, como sus cinco hermanos y hermanas, los Abaz, todos de izquierdas menos el mayor, que se había hecho de Falange antes de la guerra, dando lugar a muchas discusiones entre ellos.

Su hermano José acompañó a Aurelia en automóvil carretera arriba en dirección a Benasque. Ella viajaba en la parte de atrás tendida en el suelo. Solo pudo incorporarse una vez que hubieron pasado el puesto de la Guardia Civil a la salida de Campo. Unos doscientos metros antes de llegar a Seira se detuvieron. Era el lugar de encuentro acordado con el guía, y allí estaba Manuel Puértolas, en la desviación que conduce al caserío de Barbaruens, al pie de la gran montaña del Cotiella.

–Buenas noches –dijo sonriente en voz baja mientras levantaba el brazo.

El señor Puértolas sonreía a los hermanos Baldellou para tranquilizarles, aunque sabía muy bien lo que a él y a Aurelia les esperaba después. Cruzar por los barrancos de aquellos macizos de casi tres mil metros no era una excursión. Tras Barbaruens seguirían el camino forestal que conduce a través de los barrancos de Trigas y del Pino Negro, la ermita de la Virgen de La Plana, el collado de la Cruz y después las montañas de San Juan de Plan. Desde allí todavía quedarían muchas horas por delante hasta asomarse al barranco de Guarbena y después a las gargantas de Espitel. Un poco más y ya estarían en Francia. Eso si antes no los descubrían. Realmente el viaje era una temeridad. José, que adoraba a su hermana mayor, tomó en silencio sus manos y las besó hasta que ella echó a andar, aferrándose a la bandolera de tela que le cruzaba la espalda.

Cuando hubieron recorrido tan solo unos metros, el hermano lo pensó mejor y comenzó a correr tras Aurelia, desesperado. Daba zancadas por la pista de tierra y piedras, decidido a acompañarla hasta el final. Solo pudo evitarse aquella locura por la presencia de su mujer, Lola, quien bajó del coche y lo retuvo sujetándole por el brazo.

Los fugitivos desaparecieron enseguida en la oscuridad. Si los divisaban las patrullas de la Guardia Civil les tomarían por milicianos armados y no habría tiempo para preguntas. Durante el día, bajo los matorrales que ya amarilleaban, Aurelia dormía con una manta enrollada al cuerpo y los pies cubiertos con doble calcetín de lana. Puértolas lo hacía solo a ratos y procuraba vigilar su sueño entre cabezadas, apoyado en el paraguas de mayoral que le servía también de bastón. No usaba tabardo ni boina de pastor, sino un traje de pana con coderas de cuero que con los años había perdido todo el brillo y al que en invierno se añadía un chaleco y una camisa de tela de gabardina en la que faltaban las puntas del cuello, roídas por el uso.

Las primeras nieves cubrían el paisaje y el frío cortaba la piel. En algunos momentos, según confesaría Aurelia años más tarde, agotada y con los pies destrozados, deseó detenerse y morir allí mismo. Las montañas que de niña le habían procurado momentos felices ahora se erguían delante de ella como gigantes invocando su poder. El señor Manuel, cuando la oía expresar su deseo de pararse, se limitaba a cargarla sobre sus hombros hasta que amanecía. A veces, para descender sin ser visto por los soldados, Puértolas se lanzaba rodando ladera abajo; apretaba los brazos al cuerpo y formaba un huso que rodaba hasta detenerse al final del ribazo.

—Aurelia, *no pllores* —le decía—, haz como yo, no tengas miedo. Venga, vamos a comer.

Tenían que contentarse con algo de pan y longaniza de Graus, algunos frutos secos y queso. No llevaban latas ni carne que se hubieran podido calentar, pues el humo les habría delatado. Puértolas alargaba el tiempo de la cena en un silencio prudente pero cálido, cortando pausadamente sobre su refajo los trozos de longaniza y creando una repentina atmósfera de confianza. Aurelia recordaría que utilizaba el acero a la luz de la luna con la precisión de un chef. Esa cena en la oscuridad era el único momento bueno del día, la recompensa por estar vivos. Bien sabía él por su experiencia de otros viajes anteriores, igualmente duros, igualmente cargados de angustia, cuáles eran los efectos del mondongo frío sobre las almas, mucho más alimenticio incluso que sobre los cuerpos. Después de tantas guerras pasadas, se podría decir que sin el auxilio de la carne de cerdo embutida, curada al viento ribagorzano, nunca se habrían podido salvar tantas vidas en las montañas de Huesca.

Era ya la tercera noche y el extremo cansancio de los viajeros se hacía evidente en sus movimientos, cada vez más lentos. Ahora, cerca de la frontera y próximos al final del puerto que les pondría fuera de peligro, caminaban exhaustos, muy despacio. El cerebro de Aurelia tenía que dar una orden a sus piernas para avanzar cada paso. Manuel caminaba unos metros por delante de ella cuando unos disparos estallaron a su espalda. Aurelia se volvió y aún pudo ver los fogonazos que de una manera irreal, fantasmagórica, iluminaban la oscuridad del entorno con la cadencia frenética del tableteo de un subfusil, pero no podía distinguir al que disparaba. Se lanzó instintivamente al suelo. Cayó sobre un peñasco y un saliente le aplastó una costilla del flanco derecho, aunque no se apercibió del dolor, anestesiada por el pánico, hecha un ovillo sobre sí misma, con la cabeza entre los brazos y el mentón clavado en el pecho. Cerró los ojos para no ver la llegada de la muerte, como lo hacen los condenados frente al pelotón de fusilamiento. Agarrotada, no se movió ni un milímetro. Se sentía ya muerta.

Sin embargo, y negando el final de sus días, un torrente de sangre acudió a su cabeza, donde su cerebro se mantenía en alerta. Tras los disparos, oyó el ruido sobre los guijarros de unos pasos precipitados que se acercaban y que, no obstante, sobrepasaron su cuerpo caído; se alejaban en dirección a la montaña, donde estaba Manuel. Continuaron en la pendiente hacia arriba, hasta que se extinguieron, o tal vez se detuvieron, un poco más allá.

Estremecida, oyó de nuevo tiros y después un balbuceo inconcluso, sordo, como el de alguien que se atraganta con el hueso de una ciruela. Imaginó el cuello alto y espigado de Manuel atravesado por una bala, ahogado en su propia sangre. Aún pudo oír cómo el cuerpo se desplomaba sobre la tierra. «Ahora volverá y acabará conmigo», pensó Aurelia. Y como si hubiera escuchado su pensamiento, el maquis –o lo que fuera, tal vez un guardia civil– caminó hacia ella. Es probable que fueran menos de diez segundos, pero ella conservó toda su vida el recuerdo de aquellos pasos haciendo crujir la hierba. Sin embargo, el hombre volvió a pasar de largo como si ella no existiese o fuera una roca más.

Permaneció muy quieta un rato y cuando el dolor se hizo más evidente comprendió que la contusión podría acarrearle complicaciones más graves, si es que no moría en aquellas montañas. Entonces escuchó la voz de Puértolas:

–Aurelia, ¿estás bien?

Así pues... ¡El señor Manuel estaba vivo! Pudo incorporarse con dificultad, a pesar de que un dolor agudo en el pecho anunciaba la probabilidad de alguna costilla rota. Puértolas no había sido víctima de los disparos, pues ninguno de los contendientes lo había visto, aunque estaba seguro de que en el enfrentamiento alguien había resultado herido. Con la ayuda de su linterna de mano, localizó enseguida el cuerpo sin vida del maquis sorprendido en la montaña, con toda seguridad por un miembro de las patrullas de la Guardia Civil. Era un hombre aún joven, con un bigotito fino que no le cubría por completo el labio y de cuya comisura salía un hilillo de sangre. Las balas le habían reventado el pecho. Puértolas metió las manos en los bolsillos de la guerrera del desgraciado y en el derecho encontró una carterita de cuero con algunos documentos, y entre ellos lo que parecía una carta de residencia francesa y un *laissez passer*, una forma de salvoconducto. «Lo devolveremos a su familia y los maquis vendrán en un par de días a recuperar el cuerpo», masculló el pastor en voz baja mientas se guardaba la cartera en el bolsillo de su pantalón. Visto que aquel paraje era extraordinariamente peligroso, no había tiempo que perder, así que prosiguieron su camino apretando el paso.

Aurelia no se rompió nada durante el viaje, pero su cuerpo no se libró de magulladuras y heridas en la cara, los brazos, las piernas y, sobre todo, en los pies. Puértolas no se consideraba un héroe, sino un hombre curtido, heredero de una tradición de comerciantes y pastores acostumbrados a cruzar sin miedo puertos de montaña en un trasiego continuo, no solo para pasar mercaderías –naturalmente sin pagar impuestos–, sino desde muy antiguo también para liberar a prófugos del Estado. A cada revolución o pronunciamiento militar en Francia o España le seguía un goteo de fugitivos que huían de la guillotina o del garrote vil.

En el caso de la fuga de la esposa del doctor Muñiz, Manuel se había jugado la vida porque era amigo de los Baldellou –al fin y al cabo, bien mirado, todos trabajaban en ambas orillas de la Hacienda Pública, unos cobrando impuestos y otros haciendo todo lo contrario– y porque todavía había cosas importantes en la vida de la montaña, donde todos se conocían, cosas que valían mucho más que el dinero, mucho más que la riqueza que va y viene. En cambio, ayudar a los conocidos, hacer un favor, no solo era un deber sino un timbre de orgullo para las familias, y también, si acaso, un cheque por cobrar si un día fueran mal dadas. Se arriesgaba lo que fuera: por honor, por el nombre de la familia y por un razonable sentido de la mutua asistencia.

Cumplió el encargo como de él se esperaba. Aurelia llegó a su destino el 3 de noviembre después de cinco noches y varios kilos perdidos. Su marido la abrazó emocionado con una retahíla de expresiones de afecto, aunque también inquieto por su aspecto apagado y frágil. Su cabello parecía estopa negra en contraste con una piel traslúcida pegada a los huesos. Pero estaba viva.

El señor Puértolas vivió aún muchos años y siguió prestando su ayuda a los que huían a Francia a través de la frontera. Los *maquisards* acabaron casi por desaparecer cuando comprendieron que el apoyo de los aliados a Franco –especialmente de Churchill, por sus intereses estratégicos frente al comunismo de Stalin– hacía muy difícil la reconquista de España por las armas.

Aun así, la frontera continuó mucho tiempo siendo un lugar peligroso. Acaso Manuel habría vivido muchos más años si su legendario arrojo no le hubiese jugado una mala pasada y no se hubiera subido a aquel andamio de albañil. Después de desafiar tantos años a los fusiles y mirar a la muerte de frente como a una amiga, fue muy lamentable que el hombre del eterno traje de pana acabara sus días por un vulgar accidente laboral, al caerse de la torre de la iglesia. Aunque su muerte fue muy sentida, no fueron muchos al entierro porque la mayoría de los que le amaban estaban al otro lado de la frontera, exiliados.

Mariano decidió que pasarían tres días en el elegante Hotel Belossi de la ciudad de Toulouse. Cuando esa noche Aurelia salió de su primer baño, que duró horas y en el que no faltaron las sales de París, ya había decidido que todas las tristezas y miedos del pasado quedarían allí, diluidos entre el agua y la espuma. Tomó la determinación de ser una mujer alegre todos los días que le quedaran por vivir y de que desde entonces nadie oiría de sus labios un solo lamento. Habría de mantener su pacto con la supervivencia hasta el final de su vida y nunca quiso saber nada de los viejos recuerdos, nunca quiso mirar atrás.

Se puso a prueba a sí misma el día que dejaron el hotel. El conserje de la mañana saludó a la pareja: «A*u revoir, madame et monsieur Muñiz*», dijo circunspecto a la vez que sonriente, como solo saben sonreír los franceses ante estas cosas. Aurelia había notado la expresión de sorpresa inicial del hombre que la miraba desde el mostrador y también la habitual familiaridad con la que trató a su marido. Pero ella ya estaba de regreso, en su sitio y en su vida, en la de él, y eso era lo único que contaría en el futuro.

Entretanto, en Campo, la Guardia Civil había sido alertada de la ausencia de Aurelia por los vecinos afectos al nuevo régimen. Al poco del chivatazo comenzaron a presentarse agentes de paisano en el domicilio de sus padres acompañados de una pareja de guardias. El voladizo del balcón de la casa era tan bajo respecto de la calle Nueva –siempre adornada con centenares de macetas con flores ocupando unas aceras estrechas por las que nadie caminaba– que los tricornios de charol casi lo rozaban. Por orden de la superioridad, aquellos hombres querían averiguar el paradero de Aurelia.

La señora Consuelo, hostigada y con el pecho embargado por un sentimiento de rabia, de buena gana habría barrido el balcón con la escoba para que todas las cagarrutas de pájaro les hubieran caído encima a los guardias. La guerra había terminado siete años antes y se atrevían a venir allí, a su propia casa, a preguntarle por su hija. Les respondió encogiéndose de hombros, antes de darles fríamente la espalda. «No sé para qué la quieren ustedes, pero si acaso vayan y pregunten en Barcelona.»

La mujer ya sabía que Aurelia había llegado a Francia, aunque nunca olvidaría aquella noche de la despedida. Había sido un momento muy duro y no había podido dormir hasta que la supo completamente a salvo. A ella, que con el tiempo sería conocida como la abuela de Aragón porque llegaría a cumplir ciento siete años, la vida no le ahorraría su cuota de desgracias.

«Nos tendrá que acompañar, señora», dijo el policía de paisano de más edad mientras señalaba con un gesto el vehículo que les esperaba en la calle.

Tras unos minutos para dar instrucciones a su hija Carmen, la mayor de las que quedaban en la casa, y amontonar en un pequeño maletín de viaje unas mudas, Consuelo Abaz, vestida de oscuro, bajó con parsimonia los escalones y antes de que los guardias la tomaran del brazo para conducirla hasta el automóvil se persignó ante la figurita de la Virgen de Bruis que su padre le había regalado y que había estado en su casa de La Fueva desde tiempos inmemoriales. Así fue como se la llevaron a la comisaría de Huesca. Sus hijas mayores se asomaron al balcón para despedirla con expresión desencajada, mientras los vecinos que habían visto la escena contenían la respiración. Consuelo volvió el rostro hacia ellos y esbozó una sonrisa que quería trasmitir tranquilidad. El policía del bigote gris dijo: «Vamos, señora, que es para hoy».

El Opel Olympia se puso en marcha y salió a la plaza para después abandonar el pueblo a toda velocidad. Consuelo iba detrás acompañada por uno de los guardias, que no pronunció una sola palabra en todo el trayecto. Antes de llegar a Huesca, la mujer ya se había dormido, recostada sobre la ventanilla. Se despertó cuando el ruido del motor cesó. Los dos días que siguieron fueron una sucesión de duermevelas en una pequeña estancia de la comisaría central que hacía las funciones de calabozo para mujeres, y de la que la sacaron tres o cuatro veces para llevarla a un despacho donde un funcionario la interrogaba con las mismas preguntas, una y otra vez, mientras un secretario tecleaba una máquina de escribir. Aquellos hombres –y la mujer que la escoltaba desde la celda– actuaban sin ningún entusiasmo, como si comprendieran la inutilidad de sus pesquisas y con la convicción de que no iban a conseguir ni una sola palabra de aquella mujer de piedra, ni dónde estaba Aurelia, ni por dónde se había ido. La madre no les iba decir absolutamente nada.

Fue en la mañana del tercer día, al llegar al lugar del interrogatorio, cuando Consuelo vio a su hermano Raúl, el mayor de los seis, todos nacidos en La Fueva, departiendo tranquilamente con sus interrogadores. Todos fumaban y Raúl llevaba puesto su uniforme de falangista, con las botas, el correaje y la insignia de jefe local, dos flechas verdes. El mismo uniforme que se había puesto el día de la Victoria, en abril de 1939, para desfilar con sus camaradas por las calles de Campo.

Raúl Abaz, comerciante de excelente reputación y padre de familia, se había pasado media guerra escondido hasta que llegaron los soldados nacionales a la villa; pensaba que si le encontraban los rojos del Comité, cuyo jefe era precisamente uno de sus hermanos, Rafael, no estaba claro que este hubiera podido evitar su desgracia. Dijeron los vecinos que al principio de la sublevación militar, tomado el poder por las fuerzas de izquierdas, Raúl había huido del pueblo. Especularon con la idea de que pasó semanas ocultándose en un nicho del cementerio del pueblo de Fonz, donde nadie le conocía, con la tapa de cemento entreabierta para poder ver la luz del día. Después pudo escapar a la zona nacional y allí comentaba a sus camaradas que una tumba era el lugar perfecto para esperar la muerte, si le descubrían. «Te haces una idea de dónde puede acabar la cosa», añadía sonriendo con su retranca ribagorzana. Lo que es seguro es que Raúl nunca renunciaría a sus ideas fascistas, basado en que toda Europa estaba amenazada por la llamarada del comunismo y que solo su ideario podría preservar los valores de la civilización.

–Ah, mire, aquí tenemos a su hermana –dijo el interrogador habitual con un aire entre ceremonioso y adulador–. Ya le he dicho que ella no ha soltado ni media palabra, pero ya sabíamos desde el principio que no nos iba a decir nada. En fin, doña Consuelo, es usted libre de volver a su casa cuando quiera, solo tiene que firmar aquí para salir...

–Yo no le firmo nada. No he venido aquí por gusto, y por lo tanto nada tengo que firmar.

El policía miró a Raúl con expresión de aburrimiento mientras se encogía de hombros. Esa mañana curiosamente se había vuelto más sobrio y educado.

–Allá usted, señora, nosotros ya hemos redactado el acta, haciendo constar en ella su silencio y, si es que hay juicio por la desaparición de su hija, el señor juez decidirá lo que sea.

Consuelo no miró al investigador y salió de aquel lugar acompañada por su hermano, quien la llevaría en su automóvil directamente a Campo. No se cruzaron palabra durante el trayecto; ambos sabían que no quedaban razones para hablarse y que cada uno estaba cumpliendo el papel agrio que el destino les había asignado. Mientras la ciudad quedaba atrás, pasados ya los viejos porches con sus arcos y sus cafés, antes tan animados y ahora casi desiertos, Consuelo pudo recordar a su hermano treinta años antes, en el campo de arar de aquel pueblo del otro valle, el de La Fueva, donde nacieron los Abaz, jugando a capitanear a sus hermanos pequeños, cuando los veranos traían el aire cargado de heno y todos eran aún niños, y él era un buen mozo alto y delgado. Subidos en los trillos de tablones de madera y lajas de piedras afiladas, daban vueltas en la era persuadidos de que esos carros hechos para desgranar el trigo no eran tales, sino barcos combatiendo a los enemigos en un mar de paja, amarillo y crujiente. Reían y gritaban a los mulos para que corrieran más y más rápido, sin conseguirlo.

Los dos hermanos, sumidos en el mutismo mientras avanzaba el automóvil, ya no se reconocían, solo eran habitantes de un país roto en dos mitades: unos eran los vencedores y otros los vencidos. A sus cincuenta años, Consuelo pensó que lo único que allí quedaba inalterable después de la catástrofe era el río que seguía horadando la montaña, el rumor de aguas bravas que había unido a los habitantes de la Ribagorza durante milenios. Pero ahora, ese nosotros había terminado para siempre, o por lo menos hasta el final de las vidas de todos ellos.

Así, cada uno de los dos hermanos pensó que nada tenían que decirse. ¿Para qué hablar? El automóvil se detuvo delante de la calle Nueva y ella, bajándose, se despidió con un simple «gracias». Él no contestó.

* * *

Aurelia fue enterrada muchos años después, casi nonagenaria, en el fondo del valle en el que había nacido, junto al pequeño barranco sin nombre bajo el que discurría el formidable río Ésera. Entre los cipreses, en aquel pequeño recinto de paredes blancas e intensa belleza, asomaba sobre la tierra cubierta de musgo una cruz de piedra traída del cementerio viejo, el que antes estuvo junto a la iglesia. Conservaba una placa de porcelana casi ilegible y en ella podían adivinarse las iniciales del primero de sus hijos.

Por pura casualidad, aquella modesta parcela de eternidad donde la depositaron miraba directamente al imponente macizo del Cotiella.

La carta
1892

Habían pasado más de cuatro años desde la desaparición de Román cuando llegó aquella carta a casa de los Muñiz. Había sido enviada desde Argentina y por ella supieron –ellos y todo el pueblo– que Román estaba vivo. No lo habían asesinado, ni había tenido un accidente, ni se había suicidado. Simplemente, había emigrado a América.

Pronto la noticia corrió por las calles como una exhalación. El efluvio de misterio y tragedia que aún flotaba en el ambiente dejó paso a una conmoción incluso superior al acontecimiento que le había dado origen. La casa de los Muñiz-Alcaine se llenó inmediatamente de gentes buenas y solícitas, incluso emocionadas, quebrándose en lágrimas. Román había sido una ausencia lamentada y nadie en Ariño se había olvidado de él. Su carácter le había granjeado el afecto de sus vecinos, orgullosos de tener entre ellos a alguien siempre dispuesto a ayudar. La única que no salió a recibir a los vecinos fue la propia Edelvira, quien permanecería todo el día recluida en su cuarto, lo que todos atribuyeron al desfallecimiento que una emoción tan intensa puede provocar en el alma humana.

No obstante, uno de estos vecinos, conocido por su carácter cruel, alguien de la cáscara amarga, tomó el escalpelo en su mano y en nombre de la comunidad no se privó de ejercer el papel de acusador de Román, haciendo comentarios que ponían en cuestión su conducta, como si no hubiera sido el propio Muñiz quien hubiera revelado su verdadera situación. Cuando sacó a pasear su lengua, los demás se lo reprocharon con firmeza e intentaron hacerle callar. Pero él, necio, argumentó que la conducta de Román era muy sospechosa. Alegó que él no podía conocer sus verdaderos motivos, aunque a la vista estaba que, al no tener el huido deudas materiales ni de juego ni con la justicia, no podía descartarse en modo alguno que Román se hubiera fugado por algún otro motivo. Increpado sobre cuál podría ser, respondió con desparpajo que a veces las verdaderas razones tienen nombre de mujer. No sería la primera vez, afirmó, que un macho encelado, casado y con hijos, quisiera empezar lejos una nueva vida. «Dos buenas tetas tiran más que dos carretas», dijo, asombrando a todos por su desfachatez. Y más cuando añadió: «Y después, el hombre se ha cansado de la otra y ahora pretende volver a casa aunque sea con el rabo entre las piernas».

Aparte de este vulgar incidente, nadie más añadió nada. El bulo urdido por el vecino no llegó a más pues los vecinos lo trataron como tal y nunca lo harían llegar a oídos de la esposa. Sin embargo, cosa extraña, Edelvira Alcaine no había mostrado en público ninguna emoción ante la noticia de que su marido no estaba muerto. Al contrario, a los ojos de todos ella parecía muy absorta y taciturna. De su inexpresividad tampoco se libraban sus hijos, que la atribuían a un natural estado de conmoción. No salió de su habitación después de que llegara la famosa carta y continuó recluida en ella una vez que se hubieron marchado las visitas. Sus hijos se preguntaban qué pensamientos estarían pasando por su cabeza, aunque no dijeron nada. El presagio de que algo tramaba se cumplió al día siguiente, cuando su madre apareció en el comedor con la carta en la mano. Parecía una muerta, tan rígida y pálida estaba. Pretendió dar cuenta de ella a la prole, pero sin soltar de sus manos el papel en ningún momento. Al parecer, Román los invitaba a todos a reunirse con él en Argentina. Eso dijo, lívida, sin añadir nada, y después se retiró sin pronunciarse en ningún sentido sobre la invitación.

Tardó todavía dos semanas en decidirse a hablar del asunto, y cuando por fin lo hizo fue para comunicarles que ella nunca, por ningún motivo, abandonaría España. Añadió que no se opondría a que lo hicieran los hijos y que tampoco reproche alguno podrían esperar de su parte. No dio ninguna explicación a su postura, salvo estas palabras:

–Yo ya soy viuda.

A la hermana mayor, Dolores Muñiz, le pareció notar que, al decirlo, a su madre, mujer fuerte como no había otra, le temblaba ligeramente la barbilla. En cambio su voz sonaba inconmovible y firme.

Como después se supo, los hijos intentaron que el párroco, don Félix, intercediera ante la mujer para que cambiara su decisión. Les parecía un disparate lo que había hecho su padre, desde luego, pero no era menor el drama inmenso que iba a permitir su madre.

Los hermanos mayores habían debatido entre ellos qué era mejor para todos. Solo es un decir, pues en aquellos tiempos los hijos no tenían derechos frente a la opinión de los padres.

Pero, aun así, en aquella ocasión lo hicieron, porque las cosas no estaban bien en la familia tras los años de ausencia del padre, nada desde cualquier punto de vista y sobre todo del económico, y por otra parte, sabían de las ventajas que en general tenían los emigrantes si viajaban con la familia al completo. No serían los primeros en emigrar todos juntos, unidos por lazos de sangre y un único destino.

Edelvira era muy cumplida en sus relaciones con la Iglesia, así que no pudo negarse a que el cura que los había casado interviniera. Sacaron las galletas de té y el vino moscatel y los dejaron a solas, al cura y la madre, conversando en la salita. A través de la delgada hoja de la puerta con cristales oyeron las primeras palabras del sacerdote.

–Hija, tienes que considerar todas las consecuencias. Cristo nos ha dicho con claridad que lo que Dios ha unido no lo ha de separar el hombre, y menos todavía su mujer.

Después de escuchar furtivamente esta piadosa introducción del clérigo, la hermana mayor, Dolores, ordenó a sus hermanos apiñados tras la puerta separar los oídos de la misma, por respeto.

El párroco estuvo a solas durante una hora con Edelvira, aunque no hubo nada que hacer. Empecinada y amarga como una bellota, ella no se movió de su posición ni un milímetro y el cura tuvo que reconocer su fracaso. Lo hizo antes de irse, recomendando a los hijos amor y mucha calma. Afirmó con un aire triste que a veces no se entiende bien la voluntad de Dios, pero les pidió que no juzgaran a su madre y que ayudaran al padre en la medida de sus posibilidades.

Los bendijo haciendo la señal solemne de la cruz sobre sus cabezas y partió.

Los cuatro hermanos celebraron un cónclave familiar. Después de deliberar durante dos días, decidieron que partirían hacia Argentina Pablo y su novia, Feliciana, aunque no antes de que esta última cumpliera los dieciocho y se hubieran casado. Y también les acompañaría la benjamina de los hermanos, Teresa. Los tres jóvenes viajeros podrían adaptarse a la nueva tierra con mayor facilidad y disposición que sus hermanos mayores; estos se quedarían en España cuidando de su madre.

Así se dispuso y así se hizo. No hubo ningún entusiasmo en ello, ninguna alegría por las expectativas del Nuevo Mundo, ningún cálculo de prosperidad. Solo una resignación ante la fatalidad, que se diría cristiana, pero que era solo aceptación de los que no tenían otra alternativa.

La partición salomónica de la prole, aunque profundamente dolorosa, fue muy bien entendida por los vecinos, aunque nadie, ni en la familia ni en la villa, comprendió las razones del padre para no haber avisado a su mujer antes de partir, ni tampoco por qué había tardado tanto en dar señales de vida.

Y mucho menos todavía las de Edelvira, a la que suponían una esposa amante de su marido y que, sin embargo, ahora rehusaba reunirse con él. Si hubieran partido juntos para América se habría ahorrado un sufrimiento inmenso y perdurable. Pero ella fue incluso más lejos en su desquite. Temeraria y vengativa, al poco tiempo habría de iniciar una campaña de descrédito hacia Román. Probablemente era su justificación ante el mundo para no reunirse con el hombre al que había jurado fidelidad y seguir hasta la muerte. Edelvira se reservó taimadamente el contenido completo de la carta recibida y trasladó a los hijos la idea de que su padre había sido un traidor al abandonarlos. Su pretensión era que lo olvidasen.

En alguna medida ese objetivo lo consiguió, pues fue esa la imagen que finalmente logró trasmitirles a las generaciones que se quedaron en España. Román había sido un marido y un padre desleal que los abandonó cuando aún eran unos niños. No había perdón posible para él.

Sin embargo, la carta decía mucho más.

Foto en Buenos Aires
1892

En realidad, las cosas no eran como las pintaba Edelvira. Su marido había tenido sus razones para hacer lo que hizo, de acuerdo con su manera de pensar y la aplicación estricta de una lógica que pocos hombres tenían. Su fuga podía parecer algo disparatado y cruel, pero ahora, cuando las circunstancias se lo permitían, les escribía una carta pidiendo perdón por la angustia causada, ya instalado y una vez colmado su sueño –ser propietario de una granja–, para invitarles a reunirse con él.

El país americano era magnífico y la oportunidad de una vida desahogada era real, muy al contrario que en España. La carta que había enviado –bastante más tarde de lo que había previsto– terminaba con afectuosos recuerdos para todos e instrucciones precisas para la maniobra de reunificación familiar.

«Muerto había estado el Román y muerto para mí se quedó», comentó al parecer Edelvira años más tarde cuando le preguntaron.

Tal como ya se había decidido, fueron a la Argentina para reunirse con el padre su hijo menor, Pablo, acompañado por Feliciana, su reciente esposa, una delicada muchacha de grandes ojos y dulce sonrisa. Les seguía Teresa, la benjamina de la familia, quien viajó soltera después de cantarle las cuarenta a su madre porque pensaba que no estaba tratando justamente a Román. Menuda de cuerpo y grande de alma, la hija pequeña se fue a la Argentina para cuidar de su padre –según dijo–, ya que la madre no quiso hacerlo.

Con esta hija se retrataría después Román en el afamado salón fotográfico bonaerense de Juan Pía, muy utilizado por todos los inmigrantes. El retrato de ambos no deja lugar a dudas. A ella, diminuta, frágil, se la ve muy seria, algo triste. El padre se muestra envarado ante el objetivo del retratista, vestido de domingo con traje y pajarita negra, además del reloj de bolsillo y la cadena de plata sobre el chaleco. Exhibe su mano izquierda reposando firme sobre dos libros muy gruesos. Era la habitual estampa del indiano español finisecular, orgulloso y satisfecho, aunque sin embargo entristecido a causa del precio personal pagado por su reciente fortuna.

El caso es que en los siguientes cien años ninguno de los hombres y mujeres de la familia Muñiz que emigraron regresó a España. El matrimonio de Ariño que se había fraguado en las riberas cristalinas del río Martín quedó separado por un abismo de agua salada. No volvieron a verse, ni tampoco sus hijos con los hermanos que se quedaron al otro lado del Atlántico. No volverían a encontrarse. Ni siquiera lo hicieron los nietos y los bisnietos de Edelvira y Román.

La bella Feliciana, nuera de Román por matrimonio con su hijo Pablo, se convirtió con los años en la última persona de las nacidas en España que formaría parte de la familia en Argentina. Pero mientras vivió aquella matriarca de cabellos grises –y fueron muchos años los que sobrevivió a su marido–, jamás sus hijos o nietos la oyeron pronunciar el nombre de su país, España. Tampoco le preguntaron a Feliciana por qué se ocultaba en un rincón para llorar en silencio muchas décadas después, sin que existieran motivos que ellos conocieran. Aunque tal vez sí sabían y no preguntaban.

A veces llegaba una postal escueta, una carta con preguntas banales. Pero fueron cada vez menos frecuentes, hasta que poco a poco dejaron de recibirse. Todos los hijos de Edelvira y Román sin excepción tuvieron descendientes. Sin embargo, las dos partes, a ambos lados del Atlántico, actuaron como si los otros no existieran. Dos ramas de una misma familia definitivamente desgajadas.

Tiempos difíciles
1888-1900

Por los años en que Román desapareció, España vivía un periodo de declive económico, especialmente en el campo, entonces empobrecido por los bajos precios de los productos agrícolas. Además de la escasa tecnificación de las labores del campo –en muchos lugares todavía se labraba con arados de madera–, de la precariedad en el sistema de regadíos y canales, de las míseras condiciones de vida, sin ningún tipo de protección por parte del Estado, la economía de los campesinos y jornaleros dependía de precios y aranceles que controlaban otros. Solo el clima y la lluvia dependían de Dios, a quien se dedicaban frecuentes procesiones rogatorias que no siempre eran escuchadas. Fueron tiempos de una dureza extrema, en los que la esperanza de vida de un campesino apenas llegaba a los cuarenta años.

La situación política interna era asimismo desfavorable, igual que la militar, tanto la interior, debido a las recientes guerras carlistas, como la exterior, por la tensión en las colonias. Los avances en el transporte y las comunicaciones quedaban circunscritos a los núcleos urbanos, en detrimento de las zonas rurales. En muchos sentidos, el orgullo de ser español estaba por los suelos, como los precios.

Fueron tiempos muy duros para la familia Muñiz. Edelvira Alcaine no recuperó nunca la alegría después de que dos de sus hijos partieran hacia América. Su cabello, antes negro y brillante, se volvió de color gris, y su rostro antes lozano perdió cualquier atisbo de luz. Era evidente que el drama de su familia, que ella misma había agravado con su actitud, la había acabado enfermando de indolencia. Incluso su habitual buen apetito había decaído y pasaba largas temporadas con un desvaído menú a base de sopas de ajo y verduras que ingería con evidente flojedad.

Tras la marcha de los dos hermanos pequeños, los que se quedaron en España continuaron trabajando en el campo. Ambos se casaron. El hijo mayor, José Muñiz Alcaine, tuvo varios hijos y decidió quedarse en Ariño al cuidado de sus tierras. Dolores, la mayor de las hijas, se casó con un mancebo de farmacia, el joven Leovigildo Garcés, quien después sería el padre de Mariano, el futuro médico del valle de Campo, y de una niña rubia y de inmensos ojos azules, Pilar.

Edelvira fue disminuyendo su vigor de otros tiempos a medida que la tisis se adueñaba de sus pulmones. Moriría aún joven, una mañana del mes de abril, catorce años después de la desaparición de su marido. A los pies de su cama se encontraban sus dos hijos con sus parejas, afligidos y resignados, pero nada de ello se supo en Argentina hasta pasados dos meses, cuando una breve carta de Dolores a sus hermanos les notificó el final de la madre. Que se sepa, sobre ello nunca hubo una respuesta escrita, tal vez porque no tenía sentido lamentar el dolor por una pérdida que la propia voluntad de la finada había anticipado en muchos años.

* * *

El boticario Leovigildo Garcés era alto y fornido, se podría decir que un hombre bien plantado, favorecido por unos grandes ojos color avellana que siempre miraban a su interlocutor de frente, y que jamás pronunciaba una sola palabra si antes no se le preguntaba. El rostro ancho y ovalado estaba presidido por un mostacho que disimulaba su sonrisa mientras manejaba con maestría el almirez de bronce, triturando las hojas y las semillas que el médico había ordenado despachar.

Realmente disfrutaba con su trabajo de ayudante, y su esperanza era recibirse de bachiller de boticario como condición para ingresar en el Colegio de Médicos, Cirujanos y Boticarios de Teruel, que en esa época, y desde 1634, aún agrupaba los tres oficios de la salud. Su pasión por las plantas y la botica le venían de familia, pues su tío era el maestro de farmacia de Escatrón, de donde procedían los Garcés. El boticario decidió que sería una buena idea instalar una oficina de farmacia en Ariño atendida dos días a la semana por él mismo y con su sobrino Leovigildo como mancebo, aunque no estaba claro si un farmacéutico podía tener dos establecimientos, ni que fuera en distintos pueblos.

Por otra parte, ingresar en el Colegio tenía ventajas, pues sus viudas podían mantener la botica abierta después de fallecido el titular, lo que sin duda hacía muy deseable tener un título de boticario en la familia.

Desde luego, nadie pensó que esta última fuera la razón del enamoramiento de la joven Dolores Muñiz, prendada del galán de la farmacia que se acababa de abrir en la localidad. La chica sentía por la medicina y las artes de la salud una querencia arrebatada, una intuición de afanes samaritanos que en el futuro la empujarían a ella y a su prole por los caminos de Galeno. Su hijo Mariano seguiría muchos años después el camino de esa vocación.

Edelvira se sintió muy satisfecha de casar a su hija Dolores con el aspirante a maestro de farmacia. Sin embargo, en aquellos años posteriores a la huida de Román ella se mostró indiferente ante todo, como si no quedara nada que pudiera hacerla feliz. La boda tuvo lugar de forma discreta en ausencia del padre de la novia. También faltaron los dos hermanos pequeños, que ya habían emigrado a Argentina. Fue una ceremonia sencilla a la que acudieron todos los familiares Garcés desde Escatrón y Alcañiz. Un día feliz donde no faltaron jotas y brindis. Los novios pasaron su noche de bodas en un establecimiento pionero del turismo en España, el Monasterio de Piedra de Nuévalos, en Zaragoza, que pocos años antes había sido rescatado de la ruina y el olvido y se había puesto de moda entre las parejas de novios de todo el país. Después aprovecharían el viaje para acercarse a Zaragoza y visitar la basílica del Pilar.

El primer hijo de la pareja, el futuro doctor Garcés Muñiz, nacería sano y robusto en 1902 y le impondrían el nombre de su abuelo Mariano, como se había hecho siempre en aquella familia con el primero de los varones. Cuando el futuro médico tuvo a su primogénito, cuarenta y siete años después, hizo lo mismo y este se llamó Leovigildo, en honor a su abuelo boticario.

En 1902 Alfonso XIII cumplió dieciséis años y fue coronado rey de España y jefe del Estado, este último un título que perdería veintinueve años después, cuando una mayoría de españoles decidió que ya no tenía sentido la monarquía en el país y propiciaron la llegada de la II República. El bebé nacido en

Ariño no podía saber que lo había hecho en uno de los peores momentos de la historia, aventada por una crisis de dimensiones colosales –la pérdida de las últimas colonias– y la eclosión en las siguientes décadas de una serie de movimientos políticos e ideológicos que habrían de fracasar dejando un océano de víctimas. En casi ninguno de esos pavorosos episodios del siglo XX –revoluciones, guerras, dictaduras– dejaría Mariano de ser una de sus muchas víctimas.

El hermano mayor de Dolores, José, tuvo varios hijos y nietos. Uno de ellos, Pedro Blesa Muñiz, Pedrito, vivió en Zaragoza con los padres del doctor. En su condición de heredero de la casona de los Muñiz en Ariño, Pedrito halló una caja con fotografías y documentos, entre ellos el sobre que contenía la famosa carta que el abuelo de todos, Román, había dirigido a su mujer tras su escapada a Argentina. Pedro ni siquiera reparó en ella y la misiva quedó olvidada en un armario ropero, igual que su contenido, y con ello se cumplió el propósito de la abuela Edelvira de esconder su contenido a toda la familia.

La enigmática huida del abuelo Muñiz, entre la crónica negra y la leyenda, quedó grabada en la memoria colectiva como un relato que pertenecía en exclusiva a los habitantes de Ariño. Apartada de los caminos principales, en la pequeña localidad nunca había pasado nada interesante desde que aquella historia empezó a circular por la región, y probablemente nunca volvería a pasar algo tan singular en los siguientes cien años.

La historia se fue estirando como un hilo de cobre y, a fuerza de repetirse, con los años adquirió una pátina de lustre, el de una gesta. Pero a la vez se convirtió para la familia en un tema incómodo. Era obvio para sus descendientes que el padre, el abuelo, el bisabuelo, se había largado en mitad de la noche sin dar cuentas previas a su mujer y engañando a su propio hijo: «Adelántate, que ya te alcanzo». Una frase que hubiera hecho un excelente papel en el escudo heráldico de cualquier familia hidalga, una orden inconmovible digna de un general, que para ellos se convirtió en un baldón, una pesada losa, fría y cínica como pocas podría lanzar un padre sobre su propio hijo.

Sí, el hombre tuvo valor, no había ninguna duda, pero aquello había sido una traición imperdonable. Y así quedó escrito en la memoria familiar.

En la Inmortal Ciudad
1917-1922

Dolores parió primero un varón y después una hembra, Pilar, con cinco años de diferencia. Aunque los Garcés-Muñiz se dieron cuenta muy pronto de que el chico tenía capacidad para el estudio de una carrera, de lo que también dieron puntual razón los maestros, no se habían podido trasladar a Zaragoza por la dificultad que representaba en aquel tiempo de depresión económica deshacerse del patrimonio familiar que ahora consistía, básicamente, en cuatro palmos de tierra, o sea, la huerta que les tocó por herencia y la farmacia del marido.

Finalmente lo consiguieron. La madre, con una determinación inquebrantable, liquidó la botica vendiéndola a un licenciado de la comarca, regaló el huerto a su hermano mayor e hizo que toda la familia se trasladara a Zaragoza con un único objetivo: su hijo tenía que estudiar para convertirse en médico.

El día que llegaron los Muñiz, las calles de la capital estaban a rebosar; una multitud enardecida gritaba «vivas» a un finado reciente. Se enterraba al héroe local, un antiguo niño abandonado en el Hospicio Municipal, el famoso torero Florentino, muerto a los veinticuatro años en Madrid tras una cornada del toro *Cocinero*. Los Muñiz pudieron así comprobar de forma temprana la magnitud de la ciudad, cuyas calles, hasta el cementerio, habían sido ocupadas por miles de ciudadanos que vitoreaban sin respiro. La impresión de Mariano ante la muchedumbre fue de agobio, una sensación que antes no había sentido y que en su hermana Pilar fue exactamente la contraria. A la niña le iban el gentío, las indumentarias de la gente, los sombreros de las señoras y, sobre todo, los uniformes de los guardias y los músicos que precedían a la comitiva y que rendían sus honores con una cadencia fúnebre y marcial.

En cuanto los Muñiz llegaron a Zaragoza matricularon a Mariano en el colegio de los Padres Escolapios. Tendría que empezar el bachillerato cuando ya había cumplido los quince años, una edad ciertamente tardía, aunque a Dolores esa circunstancia no le suponía ninguna excusa para no hacerlo.

Se instalaron en el piso principal de una casa de cuatro plantas cerca del Pilar, en el barrio del Gancho, un lugar de innumerables comercios donde los aromas a especias se mezclaban con las boñigas que caían de los carros y donde destacaba entre todos los edificios el gran Mercado Central, con el enorme ojo de hierro y cristal que era su puerta mirando hacia la muralla romana de Cesar Augusto y la ciudad vieja. Con su estructura de hierro y grandes naves ocupadas por puestos de verduras, carne, pescados y coloniales, la nueva lonja era el segundo polo de atracción de la ciudad, en competencia con el Pilar. La gente pululaba alrededor de la galería, sin duda por aquel entonces el pulmón económico de la ciudad donde Mariano crecería, una ciudad que atraía a los habitantes de las otras provincias aragonesas hasta dejarlas despobladas. En medio siglo de canibalismo urbano, la capital se convertiría en una potente metrópoli orgullosa de serlo, con sus tranvías eléctricos, bulevares dibujados con tiralíneas, paseos como el de la Independencia o el de Sagasta –adonde se desplazaba la burguesía– y sus casas modernistas, cafés, bailes y teatros, un Casino Principal, la Universidad y multitud de lugares de encuentro. Y entre sus calles famosas destacaba la del Tubo, que a pesar de la angostura que le daba su apodo era capaz de saciar el hambre y la sed de media España, tal era la amplitud de su oferta.

La Inmortal Ciudad, que se había defendido del asedio de Napoleón un siglo antes luchando casa por casa, rindiendo a los gabachos una pared tras otra, ahora no podía oponerse a aquella invasión pacífica de campesinos que llegaban en oleadas, reconvertidos en obreros, albañiles y artesanos. Y, sobre todo, Zaragoza se estaba llenando de estudiantes que acudían desde toda España dándole un aire juvenil y festivo. Era ya la ciudad cabezuda, como sus gigantes de cartón, que no cesaba de crecer y que, ávida de gente, engulliría una región entera.

La enérgica matrona que era Dolores Muñiz no se contentó con disponer del salario de su marido para los gastos que sobrevinieron al traslado. El boticario seguía los designios de su mujer y había logrado en poco tiempo reciclarse con éxito como uno de los encargados de los talleres de tranvías –Cardé y Escoriaza–, abandonando muy a su pesar los botes de porcelana de su querida farmacia, pues conseguir una plaza de boticario en Zaragoza le habría resultado inasequible, al carecer del título oficial y de los recursos para hacerse con un local como oficina de farmacia. Su figura pronto se hizo popular entre los trabajadores de Escoriaza, pues era un hombre reposado y tranquilo, y obtuvo tempranamente un reconocimiento de persona solvente y honesta a la que se podía pedir consejo, especialmente en asuntos de salud, pues no ocultaba a nadie su verdadero oficio.

Dolores abrió una tienda de ultramarinos en los bajos de la misma casa donde vivían, en la breve calle Prudencio, muy cerca del Pilar. Era muy buena con la aritmética elemental y podía hacer interminables sumas de números con su lápiz a una velocidad tal que asombraba a los clientes. Después, a cada uno le entregaba la nota para su comprobación con una sonrisa breve y circunspecta.

Que se sepa, jamás nadie detectó error alguno en sus cuentas, y, aunque es cierto que entre sus clientes no todos sabían sumar, tenía fama de persona generosa y siempre ofrecía una punta añadida de queso o jabón, o, según el caso, de aceite o vino. En puridad, Dolores no había llegado al oficio de coloniales por vocación, sino como un medio de vida, un recurso al que no hacía ascos, aunque ningún aspecto le entusiasmaba, y menos que ninguno pasar las horas de pie tras el mostrador en un ambiente frío, imprescindible para mantener la estancia a una cierta temperatura. No había refrigeradores ni neveras –el hielo en barras era muy caro–, y de otro modo los productos se hubieran estropeado. Soportaba mal los eritemas que con frecuencia aparecían en invierno en sus manos y aguantaba aquellas rojizas y dolorosas inflamaciones por una sola razón: su hijo y su carrera.

* * *

Mariano avanzaba en el bachillerato a un ritmo intenso. Los chicos, más pequeños que él, le gastaban bromas por su acento. Cuando alguno preguntaba burlonamente que de dónde era, respondía: «De Teruel. Y si quieres pelea, ¡te doy una puñalada de ventaja...!». Era trabajador, muy consciente del esfuerzo de sus padres. Se dejó las pestañas para recuperar el tiempo perdido y completar un bachillerato que normalmente se estudiaba en seis años. Lo haría en la mitad de tiempo, un récord que le permitió ingresar en la facultad a los veintitrés años y licenciarse en Medicina y Cirugía a los veintiocho.

De manera repentina, en el otoño de 1918 los clientes del colmado dejaron de visitar la tienda, y si lo hacían era para proveerse de una cantidad inusual de productos como arroz, alubias y pescado desecado, abadejo y bacalao. Las existencias se agotaban mientras los habitantes de Zaragoza acaparaban víveres para una larga temporada. Las calles y los cafés se vieron súbitamente vacíos del habitual barullo que definía a la alegre ciudad, y los tranvías eléctricos –que antes iban repletos de trabajadores y oficinistas colgados del pescante– ahora circulaban semivacíos. Los colegios habían cerrado sus puertas desde comienzos de septiembre y las campanas de las iglesias del centro de la ciudad y de los barrios, de San José, Torrero y el Gancho, tañían con un sonido lúgubre y profundo dando fe de la epidemia de gripe que devastaba con millones de muertos al mundo entero. Fue impropiamente llamada «gripe española»: su origen no era ese, pero por razones propagandísticas los países contendientes en la Gran Guerra negaban la existencia de esa epidemia, salvo en España, un país que por ser neutral no había declarado la censura de prensa.

La pandemia, de origen desconocido, se había propagado en pocos meses por los cinco continentes y sería declarada la más grave de todos los tiempos, más letal y extensa que la terrible Peste Negra del siglo XIV. Los muertos se acumularon en las calles de Zaragoza, superando los seis mil cadáveres que cubrieron la capital aragonesa durante la Guerra de la Independencia, justo un siglo antes, cuando la resistencia maña capituló ante el mariscal Lannes.

La epidemia de 1918, que causaría en todo el país más de doscientos mil muertos, tenía un sesgo que la hacía si cabe aún más dramática que las precedentes, ya que la muerte se cebaba en los más jóvenes, particularmente en los adolescentes, siendo su incidencia mucho menor en niños, adultos y ancianos. Aunque este hecho singular sería refrendado después por las estadísticas –y nadie entonces supo a qué atribuirlo–, la población fue consciente de la naturaleza peculiar del fenómeno desde casi el principio de la plaga. Mariano y Pilar, que contaban en 1918 dieciséis y catorce años respectivamente, tenían pues una probabilidad alta de morir si llegaban a infectarse.

Y, como muchos otros zaragozanos, el hijo varón contrajo la enfermedad a finales de octubre, después de unas fiestas del Pilar que nadie quiso celebrar. Se decía que la calle más transitada de Zaragoza no era ya la de Alfonso I, sino la que conducía al cementerio del montículo de Torrero, en el sur de la ciudad. El establecimiento sufrió los efectos de la sobresaturación de sepelios y tuvo que improvisar enterramientos masivos que darían lugar tiempo después a una drástica ampliación.

El joven, que por precaución no había acudido a las clases de bachillerato desde mediados de septiembre, notó los primeros síntomas –una tos anómala y una fiebre intermitente– y su familia sufrió una gran consternación. Cuando sucedió, Dolores cerró la tienda para sentarse a los pies de la cama de su hijo y ya solo cabía confiar en Dios y en las propias fuerzas del enfermo.

Entonces fue cuando el padre, lejos de cruzarse de brazos, mostró la mayor iniciativa. Se dirigió a la estación de autobuses y esperó allí muchas horas hasta que pudo subir al primer ómnibus hacia Teruel para ir a Escatrón, donde residía su mentor de juventud, el maestro boticario ya jubilado, su tío Evelio.

Llegó a la casa cinco horas después, cuando la tarde comenzaba. Tendría menos de una hora para regresar a Zaragoza en el mismo vehículo. Si había una persona en el mundo que podría ayudarle a salvar la vida de su hijo era el viejo Evelio, el más sabio de los antiguos farmacéuticos de la región y a quien por sus conocimientos de la farmacopea tradicional consultaban muchos médicos.

Evelio no se sorprendió al verle tan atribulado, casi balbuceaba al explicarle el caso; y no era que esperase su visita, las noticias no corrían entonces tan deprisa, pero en los últimos meses había recibido muchas consultas en la comarca por la misma causa y enseguida le comentó a su sobrino que en la región también se estaban produciendo innumerables bajas. De hecho, en toda su vida no había visto nada parecido a aquella mortandad que se llevaba por delante a decenas de vecinos y que no solo estaba afectando a la población de las ciudades, sino también a los pueblos pequeños.

—He estado trabajando desde comienzos del verano en pruebas de rebotica, con hierbas, ya sabes —dijo mientras hacía un gesto con ambas manos simulando aplastar las plantas en el almirez—, y la verdad no hay un remedio seguro, al menos que yo conozca...

—Pero... ¿no hay esperanza entonces? —exclamó el padre de Mariano, abatido.

El boticario miró a su sobrino. Le pareció la imagen misma de la desolación. Su hijo no había muerto, aunque las circunstancias le hacían pensar que sus probabilidades de sobrevivir eran pocas, y ese era un pensamiento insoportable. Miró a Leovigildo.

–Espera. Lo que he querido decirte es que no hay un remedio seguro, sobrino, pero eso no quiere decir que no haya conseguido algunos buenos resultados en algunos casos de por aquí...

Al escucharle, la expresión de su antiguo ayudante cambió. Su rostro habitualmente de color tostado había estado lívido desde su llegada. Sin contenerse, se abrazó al anciano. Con la cabeza pegada a su hombro dudó un instante en preguntar de nuevo, y lo hizo con tal hilillo de voz que su interlocutor no pudo oírle, incluso desde tan cerca, por lo que tuvo que repetir la pregunta.

–Tío, ¿usted cree que podría salvarlo...? –insistió en lo que era todavía un susurro.

–Tenemos que confiar en ello. Aunque te advierto de que las aplicaciones que probé, y que han dado resultado, son dosis grandes, de las que utilizábamos para los caballos enfermos.

El viejo separó a su sobrino sujetándolo por los hombros.

–Habrá algún riesgo, pero eso es preferible a no hacer nada. Los médicos andan todos muy perdidos con esto, y muy pocos me hacen caso, ya sabes cómo son...

Sin decir más, se puso a escribir y tras unos minutos entregó al viajero dos papelillos, firmados y numerados con su licencia de farmacéutico. En el encabezado del primero se podía leer «Polvo Pectoral» –a base de almidón de centeno y cianuro ferroso– y en el segundo «Polvo Béquico Incisivo», hecho con hojas de adormidera, malvavisco, regaliz, sulfato sódico, flores de azufre y sulfuro de antimonio.

–Aquí tienes. Estos preparados son para alternarlos cada seis horas. Después de la administración que he hecho a otros enfermos no estoy seguro de cuál de los dos preparados funciona, pero estoy seguro de que uno de ellos es eficaz. Llévalos al boticario en Zaragoza. No pierdas tiempo en buscar los ingredientes y hacerte tú mismo la fórmula. Si es preciso, sácalo de la cama. Esta enfermedad va de horas, en pocos días tu hijo podría estar muerto y no vamos a dejar que eso pase. ¡Corre!

Se abrazaron y, sin esperar más, Leovigildo partió.

Y vaya si corrió: pudo alcanzar por los pelos el ómnibus y llegó a Zaragoza con la oscuridad. Se dirigió en un taxi a la farmacia de la calle Predicadores, cerca de su casa. El boticario era conocido suyo y, sabiendo de su antiguo oficio, se sorprendió de la receta que había extendido el de Escatrón.

–Comprendo la situación lamentable de su hijo – dijo ajustándose las gafas–, aunque usted ya sabe que este ingrediente, la planta venenosa del acónito, mata. Y además, esta dosis es muy grande...

–Sí –repuso Leovigildo–. Sé que es un veneno. Pero no se preocupe, se trata de la vida de mi hijo, y yo confío plenamente en quien la ha preparado. Adelante, no hay tiempo que perder.

–Como quiera, lo hago bajo su responsabilidad. Ya le he advertido de que es peligroso y prefiero que usted también firme la receta. Dos boticarios al menos, y uno de ellos el padre, serán mi garantía.

Media hora después, el joven Mariano recibía su primera dosis con la fórmula que incluía el veneno y ya a la mañana siguiente su tos había disminuido. Era un buen síntoma, aunque no significaba aún la curación. La mejoría real llegó al segundo día de administrar las dos fórmulas magistrales. El antiguo ayudante boticario de Ariño nunca supo cuál de ellas había producido el efecto curativo, pero era tan considerable la fe que profesaba a su maestro que nunca se le pasó por la cabeza la posibilidad de que Mariano hubiera sobrevivido gracias a las defensas de su propio cuerpo.

El episodio sirvió también para convencer a Leovigildo de que tal vez no era una desgracia haber abandonado los matraces por su nuevo oficio en Escoriaza y de que su mujer había estado acertada con las decisiones que había tomado, pues comprendió que le faltaba experiencia y acaso talento para ser un farmacéutico como su tío Evelio. Se conformaría con ser un buen encargado en los talleres y dedicaría sus esfuerzos a que su hijo fuera un buen médico.

La gran crisis sanitaria dejó una herida profunda en España y en todo el mundo. No se sabe si fueron cincuenta o cien los millones de personas que fallecieron, pero entre el uno y el tres por ciento de la población mundial perdió la vida. Aquella epidemia de gripe, vivida dramáticamente en su propio cuerpo, confirmó a Mariano en su vocación, alimentada desde una temprana edad. Ahora ya no se trataba solo de la voluntad de su madre, sino de la suya propia. Era una verdadera pasión por curar lo que lo impulsaba y no podía ser otra cosa que médico, un médico entregado por completo al oficio.

Tras esa devastadora epidemia que afectaría a decenas de miles de familias, en la vida diaria de los españoles volvieron a cobrar importancia otros problemas. El crecimiento de la ciudad de Zaragoza en esos años de principios del siglo XX trajo complicaciones. Las pésimas condiciones de vida de los obreros, las dificultades en el campo y los llamamientos a filas para la inacabable guerra de Marruecos convulsionaron a las masas y se produjeron numerosas huelgas. A este respecto, la cercanía de la capital catalana, Barcelona, con sus miles de obreros anarquistas, libertarios y comunistas, no fue un factor menor en el nacimiento del anarquismo aragonés. La existencia de esta cercanía cobraría protagonismo más tarde, en el contexto del golpe de Estado del general Primo de Rivera y la posterior llegada de la II República.

Pero antes, en agosto de 1920, Zaragoza fue el escenario de un hecho excepcionalmente violento. En medio de aquel difícil ambiente, un suceso público impresionó al joven Mariano el mismo año que cumplía sus dieciocho años. Fue cuando quiso observar como un simple espectador al individuo llamado *Siete vidas*, el anarquista que asesinó a tiros en la calle a tres funcionarios del Ayuntamiento.

La huelga de los trabajadores del Sindicato de la Metalurgia y la Electricidad de Zaragoza había traído como consecuencia que el alumbrado público se deteriorase por falta de recambios y la ciudad se quedaba a oscuras al llegar la noche, con lo que aumentaba su peligrosidad. Comenzaron a multiplicarse los asaltos y robos a punta de navaja y aun de pistola, y la población terminó por no salir de casa al anochecer. Algunos incidentes fueron muy graves y hubo una enorme sensación de inseguridad. Fue entonces cuando el arquitecto municipal José de Yarza Echenique, hermano del entonces alcalde de la ciudad, y dos funcionarios más se ofrecieron para reparar las farolas rotas. Y a ello se disponían cuando, encaramados en la fachada de un edificio del Paseo de la Independencia, y por tanto indefensos, un joven anarquista próximo a la CNT salió de un urinario público y disparó su pistola siete veces, para atravesar con precisión y sangre fría el corazón de las tres víctimas. Detenido el autor, resultó ser un anarquista metalúrgico, originario de Cantabria. El impacto del suceso conmocionó a la ciudad y convirtió a los desdichados funcionarios en héroes. La manifestación pública por su duelo fue excepcional.

Esa fue la primera vez que el causante de aquel luctuoso acontecimiento, un individuo extraño y silencioso, salvó la piel. El bachiller Muñiz Garcés, impulsado por la curiosidad, quiso asistir a una de las sesiones del juicio público. Según dijo en su casa, deseaba conocer las motivaciones que habían llevado a un joven de veintiocho años a asesinar a sangre fría a tres personas devastando la vida de familias con numerosos hijos. Y descubrió que lo había hecho por una causa tan fútil como la interrupción de una huelga laboral más, una entre muchas seguidas. Ese personaje que encarnaba la personificación del crimen premeditado tenía pocas posibilidades de escapar a la pena máxima. Sin embargo, la condena a noventa años de prisión libraría al asesino de aquel final. Pocas veces Mariano habría de ver de cerca a alguien con tan feroz determinación y fe en sus creencias libertarias, y por ello nunca olvidaría su rostro oliváceo y aquella mirada presidida por unos ojos encendidos.

Volvería a encontrarse en el futuro con hombres que mataban por esas mismas creencias y con la misma frialdad, pero nunca con aquellos ojos, los de Inocencio Domingo. Mariano no sabía entonces que ambos coincidirían muchos años después en un lugar y unas circunstancias muy diferentes. Aquel encuentro futuro sería el instrumento del destino para que Domingo *Siete vidas* escapara una vez más de una muerte segura.

* * *

Habían pasado muchos años, pero Dolores Muñiz Alcaine no había olvidado la vieja historia de la huida de su progenitor a la Argentina y aún menos la historia paralela, las circunstancias que habían rodeado al caso, especialmente en lo que se refería a la actitud de su madre. Inteligente y viva, empática y perspicaz con los sentimientos humanos como no hubo otra mujer en la familia, Dolores se sintió impotente ante la naturaleza irreductible y numantina de Edelvira. No estuvo de acuerdo en cómo se resolvió el contencioso familiar. Quizá por ello nunca se creyó la versión de esta última, siempre peyorativa, siempre empeñada en cargar todas las culpas a su marido por la separación de la familia. Porque el hecho de emigrar a América no era algo reprobable, y por tanto él no tenía que cargar con el estigma de una supuesta culpabilidad. Estaba de acuerdo en que Román lo había hecho de una manera harto extraña e irregular, incluso se podría decir que cruel, pero al fin y al cabo nunca tuvo la intención de abandonarlos, como bien se había visto más tarde. La actitud y las decisiones tomadas después por su madre, permitiendo la división, no habían beneficiado a la familia. La sospecha de que su madre había ocultado algo le resultaba insoportable.

Fue por esa razón por la que varios años después de morir Edelvira, su hija decidió averiguar la verdad de lo que había pasado entre sus padres. Para ello, convocó en su piso de la calle Prudencio de Zaragoza a don Félix, el antiguo párroco de Ariño, quien ahora había ascendido al cargo de arcipreste en la capital aragonesa y que accedería inmediatamente a visitarla. Y fue ese día cuando el anciano amigo de la familia le contó a

Dolores todo lo que sabía, o al menos lo que recordaba, de la conversación con su madre aquella lejana tarde en Ariño, poco después de recibirse la carta de Román desde Argentina. Su madre y el cura habían hablado a solas y nada de lo que dijeron trascendió, pero todos supieron del magro resultado de la conversación: el religioso no había podido cumplir su propósito de convencer a la viuda para viajar a América. Aquella entrevista de entonces se había fraguado también a petición de los hijos, recordó el cura a Dolores, y pretendió saber en primer lugar qué pasaba por la cabeza de la viuda que recientemente había dejado de serlo de manera tan insólita. Después intentaría convencerla de que sería más atinado que toda la familia se reuniera en Argentina con el marido. La mujer habría replicado con vehemencia al sacerdote, quien, conciliador, intentó argumentarle de nuevo sobre su decisión de negarse a emigrar a América y con ello salvar su matrimonio. Pero ella, a la postre, se había negado a tal posibilidad en redondo, de forma tan apasionada que incluso había ensayado un contraataque verbal, con lo que al final se había salido con la suya. Don Félix se resignó al fracaso de su mediación y, aun así, a petición de la misma Edelvira, aceptó abstenerse de contar a los hijos lo que parecían los verdaderos motivos. Ahora ese compromiso había expirado con su muerte y podía contarle a su hija lo que ella había dicho. Lo hizo en pocos minutos. El eclesiástico, acostumbrado a memorizar los textos evangélicos desde sus tiempos de seminarista, pudo repetir todas sus palabras casi sin dejarse ninguna.

Poco después, cuando don Félix se despidió de Dolores, esta no pudo reprimir sus lágrimas. Finalmente, ahora sí, lo sabía casi todo. A su vez –como antes había hecho el párroco–

tampoco reveló a nadie el contenido de su conversación en este último encuentro. No lo comentó ni a su marido, ni a su hija Pilar, ni a su sobrino Pedro. Todavía resonaban en sus oídos las frases finales espetadas por su madre al cura en 1892, palabras recién descubiertas como las ascuas de un brasero casi apagado, quemándole el alma. Edelvira le habría dicho a aquel hombre ungido de comprensión y santidad:

–¿Qué he de hacer pues, don Félix? ¿Decirles la verdad a mis hijos?

De la rebotica a la medicina pública
1925-1931

Antes de su época de estudiante de Medicina, el joven Mariano Garcés Muñiz conocía bien la primitiva sociedad rural en la que había nacido. Después pudo observar en Zaragoza a aquellas gentes del campo que ahora, alejadas de sus familias, entraban a trabajar en las fábricas después de abandonar sus pueblos. Era la industrialización española, tardía, que nunca llegaría a mejorar sus vidas. La igualdad de oportunidades no existía porque la educación era un lujo a pesar de que el reformista Joaquín Costa, el llamado León de Graus, ya había bramado treinta años antes: «¡Despensa y escuela!».

Mariano sostuvo desde muy temprano que en el futuro la medicina sería hospitalaria y además gratuita, es decir, pública, y se preparaba conscientemente para ello. Él se consideraba a sí mismo como un servidor, un funcionario. No es menos cierto que como médico tenía un punto autoritario frente a sus enfermos, un carácter sanguíneo a la hora de discutir los procedimientos para mejorar la salud de los particulares y de la sociedad en general –no se sabía si ello era una consecuencia de sus ideas de izquierda o de su carácter aragonés–, pero creía que la Salud, con mayúsculas, no era un asunto privado, sino una responsabilidad del Estado.

Otra de sus características profesionales era su preferencia por aprovechar los recursos de la medicina tradicional, la que había conocido como boticario, acentuando su conocimiento de las fórmulas magistrales y las plantas. Conservó siempre el viejo tratado que heredó de su padre, la *Oficina de Farmacia* del francés Durvault, editada en dos gruesos volúmenes en 1779. En aquel tesoro se hallaba escrito casi todo el saber antiguo sobre la salud y las plantas, pero también se daban amplias nociones de física y química. La medicina y la farmacia natural estaban entonces conectadas y el arte de curar consistía más en una comprensión sistémica de la naturaleza que en el desarrollo de las especialidades médicas, aunque el doctor reconocía el avance imparable de estas. Sin dejar de lado los modernos medicamentos, el doctor prescribía recetas con el encabezado clásico dirigido al farmacéutico: «Despáchese». En las que después serían sus célebres fórmulas magistrales aparecían palabras como cornezuelo de centeno, simiente de cidra, santonina, etcétera, todas con su nombre en latín.

Fue en la rebotica familiar donde se forjó aquel gusto suyo por arrancar a la naturaleza sus secretos. «Me vais a cuidar el latín, chicos, todo lo importante se escribió en esta lengua», repetiría a sus hijos. Característico médico higienista, les obligaría a lavarse las manos al menos diez veces al día, comer fruta en todas las comidas, cenar verdura, dormir la siesta en verano y caminar a diario por el campo. Hoy se consideran médicos «modernos» a los que predican con el ejemplo: la base de la salud está en mantener estas sencillas costumbres.

En cuanto a su empatía social, nunca tuvo problemas de relación con nadie, fuera juez, alcalde, cura, fabricante de pasta de sopa o ministro. Podía ser tolerante con sus adversarios políticos, incluso con los falangistas, si eran sencillos y honestos. Pero no podía tragar cualquier forma de poder que no estuviera orientada a favorecer a los humildes. En el fondo era un cristiano de los primeros tiempos, y aunque siempre se consideró agnóstico sus valores y su actitud se correspondían más con Jesús de Galilea fustigando a los mercaderes a las puertas del templo que con los poderosos zelotes y saduceos que lo entregaron a las lanzas romanas. Sin ir a misa los domingos estaba de acuerdo con Cristo en casi todo, incluso en el hecho de que había que respetar más a las mujeres, como él hizo con María Magdalena.

A su compañera de facultad, la anarquista Amparo Poch, su padre le había prohibido estudiar Medicina porque esta profesión, según él, no era cosa de mujeres. De todos los estudiantes del curso, noventa y siete chicos y dos chicas, fue Amparo quien sacó matrícula de honor en todas las asignaturas de la carrera, un caso único en la universidad española que se vio mal recompensado por su progenitor, quien, al licenciarse su hija, se fue a la secretaría de la facultad para arrancar las hojas de su expediente académico. El atrabiliario padre no era una excepción, había muchos entonces que pensaban igual. A Mariano, a pesar de ser un hombre de su tiempo –y por ello con el lastre mental de esa época–, lo que le sucedió a Amparo, una luchadora que creía en la defensa de las mujeres, le pareció un insoportable escándalo.

Mariano terminó su carrera en 1931, el año del gran cambio político. El catorce de abril se celebraron unas elecciones municipales que ganaron las candidaturas republicanas y Alfonso XIII tomó el camino del exilio. La II República llegó a las pocas horas entre oleadas de entusiasmo. Ese acontecimiento iba a cambiar su vida y la de los españoles durante al menos tres generaciones. El recién licenciado no lo sabía entonces, pero todos los jóvenes de aquel tiempo quedarían atrapados por las hojas más negras del calendario de la Historia. Ignoraban que iban a ser las víctimas de aquella ventada terrible que fue la Guerra Civil.

Segunda parte

Podéis arrancar al hombre de su país,
pero no podréis arrancar el país
del corazón del hombre.

JOHN DOS PASSOS

Rumbo a América
1946-1949

Pasaron los cuatro años posteriores a la Segunda Guerra Mundial en el sur de Francia, en Bègles, una pequeña comunidad de poco más de veinte mil habitantes situada en la periferia de la ciudad de Burdeos. Se habían casado en su villa, en zona republicana, en 1936, naturalmente un matrimonio civil, y ahora Aurelia insistía en renovarlo de nuevo por la Iglesia, sin dejar de aprovechar la oportunidad para contarle a su marido, a toro pasado, que tras la guerra y la muerte de su hijo, algunos hombres del valle y algún militar le habían hecho proposiciones con la martingala de que ella en realidad ni estaba casada ni lo había estado nunca, pues su matrimonio civil no era válido, a lo que ella respondía con desdén y algunos insultos.

Fuere como fuese, Mariano consideró la idea y se casaron un sábado. Lo hicieron en la casa española de Burdeos, de la que su marido era miembro fundador. Fue una ceremonia sencilla y con una misa breve, en la que los novios estuvieron acompañados por los hermanos Sanz y algunos amigos del sanatorio en el que trabajaba Mariano.

Aurelia ya empezaba a conocer el idioma que su marido dominaba pero, parlanchina y animada como era, no se sentía tan cómoda en las tertulias en las que se hablaba mayoritariamente francés, normalmente personas del círculo profesional de su marido. Prefería aquellas en que los contertulios eran matrimonios españoles, exiliados como ellos, que habían renunciado a regresar a España por temor a las represalias del régimen. Aurelia además –y tal vez como una excusa– se declaraba partidaria de la cocina con aceite de oliva y muy reacia a la francesa, dominada por el uso de mantequilla. El problema de la relación social con exiliados españoles –y ello sin duda contribuiría a imaginar una salida al exterior– fue que los temas se reducían a uno y siempre el mismo: España, la guerra. Ella tenía otros intereses, muy pocas ganas de aprender francés y una promesa que se había hecho a sí misma: olvidar todo lo sucedido.

Por supuesto que el idioma y la mantequilla no fueron el motivo real de un nuevo exilio. El trabajo en el sanatorio antituberculoso privado donde ejercía Mariano desde el fin de la contienda estaba muy bien pagado, pero después de dos guerras en la vida, para un hombre todavía joven había otras cosas. «La guerra no es una aventura en la vida. Es una lotería negra: si te toca, te toca», había dicho.

En aquellos años, muchos españoles republicanos estaban emigrando desde Francia sobre todo a México, animados por las facilidades que daba el gobierno de Lázaro Cárdenas a los exiliados del franquismo. Pero Mariano, casi siempre a contracorriente de todo el mundo, tenía otros planes. Por alguna razón él quería ir a Argentina. Nunca explicó a nadie el motivo de aquella elección, ni lo consignó en sus crónicas y memorias. En marzo pidió los pasaportes.

Aurelia estaba embarazada de ocho meses y a pesar de su estado se embarcaron en el puerto de Le Havre. Llegarían a

Buenos Aires a mediados de mayo. En las fichas de inmigración anotaron la profesión del marido. Viajaron en la tercera clase del paquebote francés *Groix*, al que ahora, en 1949, le quedaba poco para el desguace. Desde 1921 el barco había cruzado el Atlántico decenas de veces, algunas sorteando grandes peligros. El capitán, que había intimado con el doctor durante la travesía, le contó a este que el barco ya no reunía las condiciones para que una embarazada viajara en tercera clase. Mariano encajó el tirón de orejas con una sonrisa y se limitó a mirarle con la ironía de quien sabe de qué pasta está hecha la mujer que ama.

El capitán Darneau habló con el *maître* y ordenó que a la señora le sirvieran los almuerzos en cubierta; la brisa y el sol aliviarían los mareos y de paso podría disfrutar de un menú más variado. A Mariano le sorprendió la solicitud del marino, pues sabía que los comandantes están obligados por las compañías a códigos muy precisos. Pensó que las deferencias se debían a que el médico español hablaba la lengua de Ronsard con esa nasalidad tan peculiar propia de los franceses que les hace pensar que su musicalidad es única. En realidad, el capitán seguía la lógica del oficial de la marina mercante. Todo comandante que se precie, en caso de necesidad considera a los médicos como pasajeros oficialmente bajo su mando. Por tanto, a tal valor, tal honor.

Pronto supo Mariano que su nuevo amigo marino había vivido en aquel mismo barco, que consideraba su única casa, tragedias que a muy pocos contaba. Una de aquellas historias había tenido lugar en agosto de 1936. El presidente brasileño Getúlio Vargas expulsó de Brasil a más de un centenar de españoles, todos trabajadores inmigrantes. Muchos eran comunistas y sindicalistas de izquierdas, y Vargas, presidente de un gobierno autoritario, quería soltar todo el lastre político que pudiera. A un considerable número de españoles de izquierdas los había arrestado por las buenas y obligado a subir en el primer barco que tuviera previsto pasar por un puerto español. Resultó que el siguiente en zarpar fue el *Groix*.

–Yo entonces era un simple oficial –explicaba Darneau–. Vi embarcar a la fuerza a aquellos hombres, algunos no tendrían ni veinte años. Cantaban casi todo el tiempo y daban vivas a la República. Había uno que iba acompañado de su hijo, un chaval. Se hacían llamar los Imedio porque al chico le faltaba el brazo derecho, que le había volado en una explosión en las minas brasileñas donde trabajaba.

–Eso es humor bien negro, muy nuestro –aclaró el médico–. Los españoles lo llevamos dentro, bien dentro.

–Se acompañaba con una especie de pequeño laúd, al que llamaba bandurria, del que arrancaba acordes con una mano mientras tocaba con los dedos del pie. Era algo prodigioso oírle interpretar sus canciones de Aragón, las jotas. Una noche me preguntó, subido en la rejilla de proa, cosas acerca de las mujeres... de sexo, ya me entiende. Él nunca había «mojado», decía, y pensaba que yo le podía explicar cómo era porque le daba vergüenza peguntarle a su padre. Tenía entendido que los franceses «mojamos» todo el tiempo y que los chicos españoles, en cambio, van más atrasados. Nunca supe de dónde había sacado esa tontería, supongo que los marinos tenemos fama de mujeriegos, pero, vamos, le expliqué lo que pude del tema, y no sé si el crío entendió algo, porque yo, si le digo la verdad, tampoco me considero muy enterado. Cuando hicimos escala en Vigo desembarcaron y todos se abrazaron deseándose suerte. A medida que descendían, los soldados nacionales que habían ocupado la ciudad se los llevaban presos. Vi a lo lejos las espaldas de dos hombres que caminaban juntos; iban con los brazos cogidos por el hombro. Al de la camisa blanca le colgaba una manga vacía, flotando al aire. Al llegar esa noche a mi camarote encontré encima de la cama su bandurria. No me dejó ni una nota. Cuando llegamos a Le Havre supimos que los habían fusilado aquel mismo día. A todos.

–Nunca he comprendido aquella barbarie, la guerra no necesitaba aquella sangre –dijo Mariano.

–No he podido olvidar su cara, doctor. Pero sé muy bien que la melancolía es cruel, peligrosa, así que trato de dejarla de lado. –El capitán hizo una larga pausa y luego añadió–: Hace usted bien en irse a la Argentina. Llene esa tierra de hijos y no se le ocurra volver a España. No sé qué les ha pasado a ustedes, pero me parece que su país es una tierra hermosa llena de odio.

Mariano se mantuvo callado unos instantes. Tenía razón el capitán. España se había convertido en un lugar donde matar era «normal». En los dos bandos. «¡Qué digo en los dos bandos, si había muchos más!», pensó. En la misma retaguardia de la República, los que tenían que defenderla de sus enemigos se convirtieron en irreconciliables que se disparaban entre sí. El doctor comprendió que aquellos que se mataban creían estar salvando al mundo. Levantaban su brazo –unos con el puño cerrado y otros con la palma abierta– mientras disparaban el tiro de gracia.

A pesar de los años del *Groix*, sus dos grandes turbinas le empujaban a una velocidad de quince nudos. Llegaron al estuario de Río de la Plata el día previsto. Mariano y Aurelia salieron muy temprano a la cubierta aún vacía de gente. A los lejos, tras la neblina gris del amanecer que parecía amalgamar el agua con la tierra, se adivinaban los inmensos edificios de la metrópolis. Al imaginarlos, enlazaron sus manos con fuerza sin decirse una palabra y allí estuvieron los dos muy juntos, largo tiempo, fundidas sus figuras en una sola, como una estatua de bronce abandonada sobre la pasarela. La imagen solo se deshizo cuando una pareja muy joven irrumpió desde el interior del barco y se acercó hasta ellos pidiendo tomarles una fotografía. Habían descolgado un salvavidas con las letras del buque pintadas y ahora se lo ofrecían para ponerlo a sus pies como recuerdo del viaje. Aceptaron sonriendo y volvieron a unirse. Mariano y Aurelia sabían que aquel momento de la fotografía –una imagen que nunca estaría en su álbum familiar– no era una más. Era la que la resumía su vida entera.

El pasado siempre vuelve
1949

Regresaron al camarote para hacer el equipaje y con las dos maletas se dirigieron al portón de desembarque. Mariano y su esposa no podrían haber desembarcado en otro lugar que en Buenos Aires, porque en ningún otro lugar se les hubiera permitido la entrada con sus pasaportes españoles. Ambos, expedidos en el consulado español de Burdeos, decían: «No válido para entrar en España, pasaporte bueno para un solo viaje a la República Argentina». Parecía la broma cruel de un funcionario enloquecido, pero no lo era. El gobierno actual, el que había dado el golpe de Estado, no podía convertirlos en ciudadanos de ningún país, ciudadanos apátridas, despojarles de su nacionalidad, aunque sí podía negarles indefinidamente la entrada en el suyo propio.

El bebé de Aurelia nació días después de su llegada en una de las salas del Hospital Juan Fernández, situado en el barrio de Palermo. Era el mejor hospital público de Argentina y Mariano reconocería que la atención que recibieron fue excelente. Al padre se le permitió asistir al parto, pero este fue atendido por comadronas. A los cinco días del nacimiento, el padre comentó a las enfermeras y a Aurelia que el bebé ya se reía, lo que era un buen indicio. Y es que entre las abuelas españolas siempre se ha dicho que «niño que ríe, tonto no es».

En 1949 Mariano no conocía mucho de la historia de su abuelo Román ni de las verdaderas razones que tuvo para emigrar a América. Sabía que una hija suya podría estar viviendo en Argentina, tal vez en Buenos Aires. Solo estaba enterado de una parte de la vieja historia, la huida del abuelo Muñiz. También había conocido la controvertida versión de su abuela Edelvira, de quien se dijo que nunca quiso reunirse de nuevo con su marido. Era tan solo el fragmento de una revelación sorprendente, la que su madre Dolores le había contado en su visita a Zaragoza en 1936, previa a su boda con Aurelia. Por lo tanto Mariano ya conocía las declaraciones de su abuela a don Félix. Sin embargo, hasta el momento de pisar América no tuvo la versión de su abuelo Román. Tal vez la abuela había tenido razón al no perdonarle. Pero él, en realidad... ¿por qué lo hizo?

Mariano escribiría después que le resultaba inevitable pensar que la historia se estaba repitiendo y que, en alguna medida, él se encontraba en una situación tan precaria como la que su antepasado probablemente vivió al llegar a Argentina. Al menos no estaba solo, tenía una familia. Aunque eso le hacía apremiante buscarse un trabajo. No existía el reconocimiento mutuo con España de los títulos universitarios, por lo que le sería difícil ejercer de médico. Confiaba en el hecho de que el gobierno peronista impulsado por Eva Duarte estaba reclutando cada vez más profesionales para la sanidad pública. Cuando, después del parto, Aurelia le preguntó por el inmediato futuro de sus vidas, él le respondió con una sonrisa:

—No te preocupes. Dios proveerá.

Aurelia se la devolvió. Ella confiaba ciegamente en él, siempre lo había hecho.

Mariano pensó que, además de buscarse un trabajo por su cuenta, debía encontrar a la familia Muñiz. No era improbable hallar a alguien con ese apellido a través del registro civil, pero para empezar sería más práctico utilizar el teléfono, bien en Buenos Aires o tal vez en las provincias. Esa misma mañana la administración del hospital le prestó la guía telefónica de la capital y tardó un minuto en localizar un nombre: «Muñiz, Teresa. Sarmiento, 900». Mejor suerte hubiera sido imposible.

—Mi tía debe de tener unos setenta años –le dijo a Aurelia. Sin pensarlo, se fue a la cabina de teléfono situada en la planta baja del hotel y llamó de inmediato.

—Aló –contestó una voz femenina.

—Buenos días, ¿puedo hablar con doña Teresa, por favor?

—¿Quién le habla?

Era una voz con acento argentino, pero tras este algo recordaba el acento español.

—Soy el doctor Muñiz –respondió con una frialdad premeditada, ignorando que estaba lanzando una granada cargada de emociones hacia la persona que le escuchaba al otro lado del hilo. Se hizo el silencio. Uno, dos, tres segundos...

—¿Oiga? –insistió.

—¿Quién ha dicho? –respondió la voz.

—Perdone, soy... –se interrumpió– el hijo de Dolores Muñiz. Mariano Garcés Muñiz. ¿Estoy hablando con su hermana Teresa?

Escuchó un sollozo. Era un sonido muy quedo, no humano, casi un berrido animal. Tal vez un desfallecimiento. Mariano contuvo el aliento, asustado. Así pues, ¡era ella!

–Mariano... –balbuceó la voz.

–Mariano Muñiz, sí, señora, de Ariño, España. Soy el hijo de su hermana. No me conoce.

–Sí, sí –protestó la voz–. Tu madre me habló de ti en una carta. Y de tu hermana.

–Pilar.

Otra vez el silencio. Mariano no había previsto su reacción, puesto que ignoraba los sentimientos de la mujer, y ahora lamentaba haber sido brusco. Debería haber mandado una nota antes. «Pobre mujer, qué torpeza», pensó. «Más de un siglo sin oír a nadie de su familia y de repente ¡oiga, buenos días, soy un tal Muñiz!»

–Perdóname, Teresa, tenía que haberte escrito y yo...

Pero Teresa en ese momento estaba muy lejos. Volvía a ser la chica que había reprendido a su madre con acritud cuando esta se negó a subir al tren que les llevaría finalmente al barco. Había acompañado a su hermano y su cuñada, la adorable Feli, que había soportado aquel horrible viaje por mar en el que la panza de la nave no había dejado de moverse en casi toda la travesía y que, enferma de mareo, no había dejado de vomitar hasta que se decidió a no probar bocado. Era la misma que antes, en aquel interminable adiós en la estación de Zaragoza, se había abrazado a sus hermanos. Estaba viendo de nuevo al tontorrón de José llorando a moco tendido. Era ella quien se agarró de la cintura de su hermana mayor mientras hacían el último recorrido en la calesa. A Dolores, fría, gélida, no le había caído ni una sola lágrima. Sus labios apretados, sin sangre, eran del color de la ceniza. La última vez que la vio parecía una muerta. Y eso fue hace mucho, casi medio siglo...

Regresó al presente. La voz de la mujer sonó ahora firme en el auricular.

—No, no, un momento. Oigo tu voz cerca, aquí mismo. ¿Estás en Buenos Aires? ¿Cuándo llegaste? ¿Dónde vives? —Teresa había pasado en un instante del silencio a un torrente de preguntas.

—Estamos bien. Acaba de nacer mi hijo, aquí, en Argentina. Ahora somos tres. Pido un taxi cuando me digas y voy a verte.

Ella respondió que no podía aguardar. Le esperaba en su casa esa misma tarde, si podía.

Un extraño recibimiento
1949

Mariano se presentó en casa de Teresa pasadas las cinco y media.

Era un edificio céntrico, a pocos metros de la gran avenida 9 de Julio, y su fachada esculpida en un discreto estilo decó tenía el aspecto de haber sido remozada recientemente. Tomó el ascensor hasta la cuarta planta y buscó la puerta del apartamento. Presionó el timbre. A continuación vio que la mirilla de latón se oscurecía y una mujer menuda apareció en el dintel. Vestía una falda gris oscuro que terminaba debajo de la rodilla y una camisa blanca sobre la que señoreaba un collar de perlas. Brillaban en su rostro unos ojos pequeños y oscuros que conferían una notable fuerza a una figura tan frágil.

Fácilmente se adivinaba que habría cumplido ya los setenta, pero su rostro, más bien pálido, carecía de arrugas. El cabello entreverado de tonos grises acababa en un moño recogido con dos agujas que miraban al techo.

La mujer permaneció en silencio mientras escrutaba sin disimulo el rostro del visitante. Indagaba sus rasgos, los gestos, los parecidos, como si no acabara de creerse que un Muñiz de Ariño pudiera estar allí. El doctor sabía que su propio biotipo fisonómico estaba muy alejado del de la familia de su madre, es decir, de la señora que tenía delante. El aspecto del médico había salido a la familia paterna, tan diferente a los Muñiz. Los de Escatrón, los de la botica, su padre Garcés, su abuelo, él mismo, tenían la tez oscura, nariz y cejas especialmente gruesas. Y un cráneo mesocéfalo, patricio, ejemplo de guerrero ibero. No se parecía a su tía Teresa en absoluto, pero esta tendría que aceptarle como era. «Soy tan Muñiz como tú», pareció decirle el doctor con la mirada.

Sin embargo, fue al propio Mariano a quien más sorprendería el corolario de aquella exploración de su tía. Él tomó notas de aquel primer encuentro en sus cuadernos de memorias, escritos en recetarios con su prosa minuciosa de aprendiz de boticario:

Todavía estaba ella de pie en el umbral, dudosa, y por fin habló, abriendo su boca y sacando por ella la brea amarga que llevaba dentro. Debió de ser el vómito imprevisto de lo que había acumulado durante décadas en el interior de su alma. Ni siquiera lo que salió lo hizo de las circunvoluciones del cerebro, donde residen los juicios. Los recuerdos estaban ocultos en la caja del abdomen, en el estómago. Un reflujo oscuro y denso ascendió hasta el paladar como un sapo negro; fue más el exabrupto de un mulero acostumbrado a tratar con las caballerías que el comentario de una señora. Fue rabanera y dura, maña al fin y al cabo: «¡Rediós!», dijo de corrido, «¡si eres igualito que Edelvira, la zorra que me parió!».

Después, asustada de su propio sapo, se llevó las manos a la boca como si quisiera devolverlo a lo más profundo de su estómago.

Pero ya era tarde, el sobrino la había oído. A pesar de su desconcierto, Mariano no movió un músculo de su cara y omitió, no sin esfuerzo, el comentario que luchaba por salir de su boca. Había oído antes una vieja copla familiar –la versión turbia y recriminatoria al abuelo Román– , pero en este rincón del mundo llamado Buenos Aires la música le había sonado muy distinta y él se había quedado de piedra. Aquella señora, su tía, era enemiga de su propia madre, Edelvira, de quien parecía no guardar el mejor recuerdo. Advirtió que su presencia allí había traído a la mujer un huracán de emociones convulsas.

Ahora Teresa se había apartado y le ofrecía entrar.

–Pasa, por favor. Estoy muy nerviosa –se excusó–, ha sido una gran sorpresa, Mariano.

–Sí, lo sé. Hubiera sido mejor avisar –se disculpó él también para quitarle hierro al momento de incomodidad–. No he podido contenerme, han sido días complicados.

Así pues, no se hablaría más del pasado. Sin embargo, su prudencia con Teresa no iba a beneficiar el esclarecimiento de la historia que pretendía desvelar. Mariano se arrepentiría más tarde de tanta consideración con los sentimientos de su anfitriona. Debió haberle preguntado por las razones de la huida de Román y la insensibilidad de su madre. Después, los acontecimientos posteriores le impedirían hacerlo.

–Mariano, me dijiste que has tenido un bebé, un chico, deduzco, ¡y aún no te he preguntado por la madre! ¿Cómo se encuentra?

–Perfectamente, muchas gracias. Los dos están muy bien.

–No sabes cuánto me alegra oír eso. –Se acomodó en el gran sofá chester que presidía la estancia–. Siéntate, por favor.

–Gracias. ¿Vives con tu familia? No sé absolutamente nada de vosotros.

–Sí. ¡Esto nos va a tener aquí hasta la noche! –dijo riendo. Había vuelto a su habitual aspecto afable y la sonrisa dulce, la de una refinada señora porteña–. Vivo con Gianfranco, los chicos ya volaron hace tiempo del nido. Él llegará enseguida y podremos hablar.

Mientras Teresa preparaba el té en el samovar de plata, el doctor echó un vistazo al salón. Las paredes estaban revestidas de madera de roble a la manera de las *boiseries* de los hotelitos del sur de Francia, y en una de ellas destacaba la esfera de un reloj Paliard enmarcada en una elegante caja de orfebrería en bronce. Mariano consideró más prudente esperar la llegada del esposo para comenzar su relato. Entretanto, averiguó que ella había vivido un año en Cañuelas con su padre, su hermano Pablo y su mujer. Después Román la envió a estudiar a un colegio de monjas de la capital. Más tarde conocería a su marido, Gianfranco, hijo de inmigrantes italianos llegados a principios de siglo y ahora alto funcionario del Ministerio de Justicia.

–Teresa, por lo que veo, os va muy bien –dijo.

–Oh, sí, no nos podemos quejar, pero dime, ¿cómo te va a ti? Has de explicarme...

Mariano no pudo iniciar la respuesta. En ese momento irrumpió en la salita la figura solemne de un hombre alto, maduro, al final de la sesentena, que había dejado en el suelo un elegante portafolios de cuero. El italiano saludó con efusión. Era un hombretón calvo cuyo traje con americana cruzada disimulaba su sobrepeso y que por lo menos le sacaba una cabeza de altura al doctor.

–¡Querido sobrino, seas muy bienvenido! –exclamó al tiempo que lanzaba su sombrero al aire, intentando alcanzar un invisible perchero. Se abalanzó sobre el recién llegado dispuesto a fundirse con él en un abrazo mientras Mariano, que nunca fue hombre de efusiones físicas, al menos prematuras, correspondió al recibimiento dejándose estrujar.

Destacaba en Gianfranco Santoni un rostro oscuro, meridional, parcialmente cubierto por una barba perfectamente recortada que quizás estaba allí para compensar su alopecia. Su voz era estentórea, de las habituadas a hacerse oír, y en nada desmerecía a aquel corpachón con aspecto de armario. Pero lo que destacaban eran los ojos, negros, con algunas venillas encendidas que hicieron sospechar al doctor problemas de tensión arterial mal controlada.

–Muchísimas gracias, licenciado... –comenzó diciendo Mariano. El aludido le interrumpió con familiaridad tocándole suavemente la rodilla.

–Para vos soy Gianfranco, Mariano... ¡por favor!

–Gracias, te lo agradezco, yo...

–Los demás me llaman doctor Santoni –interrumpió de nuevo–. Soy licenciado en Derecho y doctor en Filosofía Pura –manifestó.

–Es un honor estar aquí con vosotros –agradeció Mariano–, hace muchos años que quisimos, me refiero a la familia, recuperar el contacto. La guerra en España no nos lo puso fácil.

Mariano lo dijo más obsequioso que convencido. Claramente era una exageración educada. Antes de la guerra, en realidad, el doctor no tenía noticia de que nadie hubiera hecho el menor esfuerzo en su familia en ese sentido, al menos por la parte española. La consecuencia de ello es que nunca supieron qué había sido de las familias argentinas de Teresa y Pablo.

–Comprendo –dijo Santoni–. ¿Luchaste en la Guerra Civil?

–¡Por favor, Gianfranco, ahora no es el momento! –interrumpió ella casi riendo–. Mariano, cuéntanos todo, pero desde el principio, desde Ariño, ya no aguanto más la espera.

Habló mucho tiempo, sin interrupciones. Le escuchaban en silencio, con una atención contenida, sometidos por la fuerza del relato. Muy lentamente, dos lágrimas comenzaron a descender por las mejillas de ella mientras su marido le prestaba su pañuelo. Mariano habló de su lejana infancia, de la rebotica del abuelo, del río Martín, de la parroquia del Gancho, de la llegada de la República, del valle de Campo, de la guerra española, de la muerte de su primer hijo, de los campos de concentración, de la odisea de Aurelia, de su vida de prisionero en Francia y, en fin, de su decisión de exiliarse a Argentina.

–Y aquí estamos –finalizó–. Es verdad que con una mano delante y otra detrás pero, después de todo, a salvo.

Teresa se levantó y después, postrada ante su sobrino, le tomó las manos; tirando de ellas se las puso en la cara, como si quisiera sentir su calor.

–Ay, hijo mío, no sabes lo que os queremos. Tienes que venir a vivir con nosotros, con tu familia, mientras buscas un buen trabajo de doctor y te estableces en la Argentina. ¿No es cierto, Gianfranco, mi amor?

–Por supuesto, querida –asintió el esposo–. Aparte se nos quedó la casa vacía, los pibes ya no viven acá. Será un placer. Traeré una botella de Malbec para brindar por nuestra familia.

Lo que oculta la intimidad
1949

Esa noche en el hotel, tras escuchar las buenas noticias, Aurelia se sintió feliz. Había estado mucho más preocupada de lo que le había hecho creer a su marido. Ni siquiera el doctor, a pesar de su oficio, conocía aún el llamado síndrome del nido, que ocasiona un gran estrés y que se explica por la necesidad psicológica de las futuras madres y las recientes de disponer para sus bebés de un hábitat estable y seguro, una estancia reservada para el recién nacido.

Solos y sin recursos, la oferta de sus parientes fue un bálsamo. Aunque el médico creía en la solidaridad humana, el ofrecimiento no dejaba de ser un gesto maravilloso y hasta cierto punto inusual. Es cierto que se trataba de familiares, pero compartir su propio domicilio era de una enorme generosidad, porque en la práctica no se conocían de nada y de hecho eran unos extraños. Cuando a la mañana siguiente abandonaron el hotel con el niño y él llamó a un taxi para dirigirse a la calle Sarmiento, comenzaba el frío intenso en Buenos Aires. El matrimonio, y muy especialmente Teresa, les acogió con el mayor afecto. Se instalaron en una de las dos habitaciones que habían dejado los hijos.

Los días en la ciudad trascurrían con igual rutina. Desde muy temprano, cada mañana Mariano salía a buscar trabajo y visitaba oficinas públicas. Entre visita y visita, solía detenerse en alguno de los alegres cafés de la capital. Sin desanimarse, enviaba cartas escritas a mano dirigidas a los diferentes organismos del Estado detallando sus credenciales de facultativo con dos décadas de experiencia. Pero las respuestas o no llegaban o, si lo hacían, nunca ofrecían una respuesta apropiada. Las leyes de la Argentina de entonces impedían el ejercicio de la medicina a los extranjeros.

También aprovechaba Mariano este tiempo para hacer breves visitas a los museos públicos, como el de Bellas Artes (MNBA), a veces acompañado por Aurelia. En una de esas visitas quedaron impresionados por el cuadro del pintor De la Cárcova, cuyo nombre era *Sin pan y sin trabajo*, pintado en 1892, que relata la existencia miserable de los obreros condenados al hambre durante la crisis. Mariano supuso que había coincidido con la llegada de su abuelo Román a Argentina.

Aurelia pasaba las horas cuidando de su bebé. Empujaba el cochecito en los parques públicos mientras se entretenía leyendo la prensa o daba de comer a las palomas. También seguía con interés los seriales de la radio bonaerense porque la tía Teresa, al contrario que ella, no era el tipo de persona aficionada a dar palique. Le pareció que la tía de su marido se consideraba a sí misma parte de una clase social superior y era evidente que Aurelia partía de una mentalidad sencilla, ajena a cualquier artificiosidad, lo que a los ojos de su marido era uno de sus mayores encantos. A Aurelia ya le había sucedido algo parecido con su cuñada, la estirada Pilar, aunque no había comparación posible. Al contrario que aquella,

Teresa intentaba ser cariñosa y desde luego lo era con el bebé, su sobrino. Aurelia –quien además de una persona de carácter llano era una mujer muy observadora y lista– constató que probablemente ese era el carácter de las mujeres de la familia Muñiz, algo arisco y orgulloso, una naturaleza invariable que pasaba de unas a otras como una herencia. «Los hombres Muñiz son tercos», pensaba Aurelia. Pero las hembras eran de arremangarse y, sobre todo, de no darles nunca la espalda.

A pesar del afecto que se profesaban, era previsible que la convivencia entre las dos familias pasaría por momentos complicados. Para empezar, el robusto bebé conocía el modo de obtener comida de forma inmediata. Y lo hacía con preferencia por la noche, ignorando que al dueño de la casa le desvelaban sus lloros. Por otra parte, el licenciado y doctor Santoni había ocultado a la pareja que sus ideas políticas eran exactamente las opuestas a las del exiliado español. Más aún, se podría decir con justicia que el hombre tenía bastante mérito al haberse mordido la lengua sobre el delicado asunto. Santoni era un admirador vehemente de Mussolini, a pesar de que alardeaba con frecuencia de dominar el análisis marxista. Sus reflexiones, cultísimas, estaban llenas de citas sacadas directamente de *El Capital*, con lo cual se podría decir que este hombre del fascio combatía el comunismo desde sus mismas bases intelectuales. Cuando en 1945 vio en la prensa las imágenes del Duce colgando de los pies en una gasolinera de Milán, acompañado por su amante Clara Petacci, cayó en una crisis nerviosa. Desde entonces su desprecio usual por los comunistas y socialistas se tornó en un odio feroz que trataba de contener en público.

No había pasado una semana de la llegada del matrimonio al apartamento de los Santoni cuando Mariano dejó sobre la mesa el diario francés que había estado leyendo.

—Hay un artículo —comentó— que relata que Estados Unidos e Inglaterra se han puesto del lado del general Franco, o sea que ahora le apoyan, y presionan a otros países para que hagan lo mismo en la ONU. Mientras, el Generalísimo continúa fusilando republicanos diez años después de la Guerra Civil...

—El general hará muy bien fusilando a toda esa escoria —contestó Santoni sacándose una espina de pescado de la boca.

—No puedo estar de acuerdo en eso, querido Gianfranco —repuso Mariano con prudencia—. También dice el diario que hay trescientos mil prisioneros en las cárceles. Fíjate en el detalle de que ni siquiera durante la guerra hubo tantos comunistas en mi país. Muchos murieron y los otros están exiliados. En consecuencia, matemáticamente te aseguro que quedaron muy pocos comunistas dentro de España. Esos presos son republicanos, socialistas, sindicalistas, gente de izquierda, pero también personas de orden que creen en la democracia. ¡Hasta curas vascos tiene en la cárcel!

—¡Tonterías! Yo no veo la diferencia, todos son unos hijos de mala madre y por supuesto traidores a su patria, que quisieron vender a Stalin. ¡Franco sabe bien lo que hace!

—Vamos a dejarlo, si te parece —sugirió Mariano viendo que la conversación había tomado un rumbo de colisión—. No ganamos nada discutiendo algo que no tiene remedio.

—¡En esta casa soy yo quien dice cuándo se acaba una discusión! —exclamó colérico el italiano mostrando la más torva de las miradas—. Ni a vos ni a ningún comunista le permito que me diga cuándo tengo que callarme.

El médico palideció. No salía de su asombro.

–Gianfranco, por favor, te pido perdón si me he explicado mal, pero me malinterpretas –repuso Mariano en tono contrito–. Te ruego que reflexiones. Ni yo he pretendido hacerte callar en tu casa ni soy comunista. Soy demócrata de izquierdas, socialista circunstancial de corazón como mucho, si quieres, aunque no de ese partido. Y a buena honra. Acepté que hubiera comunistas y falangistas, anarquistas y requetés y lo que quieras en nuestra República, pero nunca acepté la violencia, los «paseos» y los fusilamientos. Eso nunca, Gianfranco, ¿no te parece lo correcto?

–Lo que me parece es que solamente son socialistas los que quieren vivir a costa de los demás –sentenció arrastrando las palabras y haciendo el gesto despectivo de golpear su mejilla con la palma de la mano.

La tía Teresa miraba la escena con consternación. Encogida en su silla, parecía haberse vuelto aún más diminuta. Su habitual palidez se había teñido de un tono cetrino. Bajó la vista resignada y así permaneció, callada en su silla, hasta el final.

Mariano no lo había visto venir. Era un energúmeno en plena eclosión. Entonces reconoció en la boca semioculta del italiano el gesto terrible del odio. Solo le faltaban a su estampa de perfecto fascista las botas y la camisa negra, el correaje cruzado con el cuchillo y los bombachos de lana. Camisas azules, camisas negras, camisas pardas. Creer, obedecer, combatir. Joder, otra vez.

Mariano se levantó dejando la servilleta sobre la mesa.

–Aurelia, abriga al niño. Nos vamos.

Cristaldi
1949

Aún no había caído la noche cuando salieron a la calle y el frío se coló por debajo de la gabardina del doctor. Dejó las maletas en la acera y se paró con su mujer y el bebé en la esquina de 9 de Julio. Detuvo un taxi y pidió al conductor que, por favor, les llevara a un hotel sencillo. También le explicó brevemente su situación. El taxista se volvió con una sonrisa hacia los pasajeros como si los conociera de toda la vida, algo que ya distinguía a los taxistas porteños del resto de sus colegas de todo el mundo. «No se preocupe, señor, conozco uno, bueno y barato, los voy a llevar al mejor hotel de Buenos Aires. Ya lo verán», les dijo tranquilizador.

Mariano recordó en ese momento la idea que le había sugerido un enfermero del Hospital Fernández unos días antes. Podían haber acudido al Hotel de Inmigrantes, el establecimiento público de beneficencia que funcionaba en la ciudad desde principios de siglo. Situado en las inmediaciones del puerto, ofrecía alojamiento y comida gratis durante una semana a las familias emigrantes que llegaban de Europa, y aunque los dormitorios comunitarios separados por sexos alojaban hasta a doscientas cincuenta personas, tenía fama de ofrecer buenos servicios.

–Tal vez le convenga, don Mariano –le había dicho el sanitario–. Una semana pasa muy pronto y a lo mejor, siendo usted doctor, la dirección le ofrece una cámara privada para los tres. Incluso puede usted colaborar en el dispensario como médico, mientras estén alojados, como compensación.

Sin embargo entonces el doctor lo había descartado, pensó que era pedir privilegios de clase. Habría allí cientos de emigrantes sin ningún trato de favor, familias completas separadas. No iba con su carácter. Ahora, ante las nuevas circunstancias, pensaba que tal vez hubiera sido mejor idea acudir a él, al menos para los primeros días. Estaban en la calle, y no era una expresión retórica, sino una realidad literal. En la calle. En plena noche, Aurelia llevaba en sus brazos al niño y no tenían nada. Y aun así fue en ese preciso momento de la vida, tan severo y aparentemente inhumano, cuando sintió conscientemente que no tenía miedo. En realidad, ya había pocas situaciones que le asustaran. Toda su vida anterior le había preparado para ese instante. Sus existencias estaban en precario, pero no corrían peligro. «En mucho peores nos hemos visto», se dijo para sus adentros y así lo escribiría en sus memorias. «Iremos a un hotel de verdad y cenaremos y nos acostaremos. Y las facturas ya se pagarán cuando encuentre trabajo.»

No tardaron mucho en llegar ante las puertas del hotel. Le sorprendió la noble fachada del edificio y la puerta giratoria de cristal y madera. Parecía un establecimiento elegante. Pero no dijo nada. El taxista extrajo las dos maletas del portaequipajes y se fue a la recepción con ellas. Después de unos minutos regresó sonriente. Mariano introdujo su mano en el bolsillo de la americana tanteando el pequeño fajo de billetes.

–¿Qué le debo, amigo? –preguntó.

–Veinte centavos, señor.

–¿Veinte? ¡Una carrera cuesta por lo menos tres pesos! –protestó. Una cosa era que le hicieran favores gratis los amigos y otra muy distinta no pagarle a un taxista. Un trabajador, en definitiva.

–Mire, señor, a mí los hoteles me dan plata por traer clientes y con eso completamos.

Mariano sacó la moneda de veinte centavos.

–Espero algún día devolverle el favor. –La respuesta llegó cuando vio cerrarse la puerta del taxi. El conductor sacó la cabeza por la ventanilla.

–No lo veo a usted de taxista. ¡Ánimo y buena suerte! –dijo saludando con el brazo.

Se registraron inmediatamente. El conductor les había recomendado en la recepción ya que, efectivamente, era un conocido de la casa, según confirmó la recepcionista. Les habían asignado una habitación amplia que daba al patio interior. La empleada mencionó que la pieza era de las más tranquilas. También les facilitó sin cargo una cuna de madera para el bebé y un cochecito de paseo con grandes ruedas.

–De momento no serán necesarios los biberones –dijo la madre cuando le fueron ofrecidos más tarde en el restaurante.

Los desayunos, almuerzos y comidas los harían siempre en el hotel, cargándolos en la cuenta.

–Oye, Mariano –añadió dirigiéndose a su marido–, este hotel debe de ser muy caro.

–No, mujer, no creas, tiene un precio muy razonable. Lo importante es que tú y el niño estéis bien. No te preocupes –le contestó él.

No mentía. En ese momento el precio del hotel estaba a la mitad de su tarifa. Se estaba reformando un ala y rebajar los precios ayudaba a mantener la clientela mientras las obras tenían lugar, aunque a decir verdad el asunto del precio era lo que menos preocupaba a Mariano. «Esa es la ventaja de no tener nada con qué pagar, que puedes permitirte lo más caro», escribió en sus memorias. No obstante, no dejaba de crecer el saldo de la factura que llegaba cada dos días por debajo de la puerta. Mariano revisó la cuenta y comentó a su mujer:

—Pues incluso rebajada la tarifa, los precios de este hotel me parecen una verdadera bicoca. ¡Es que ha llegado por fin tu buena suerte, Aurelia! Ya sabes el dicho: todos los bebés vienen al mundo con un pan bajo el brazo.

El director del hotel era un nacionalizado argentino cuyos padres habían llegado de Catania, en la isla de Sicilia, y desde los primeros días él ya había adivinado la situación de la familia Muñiz gracias al olfato que, sin excepción, poseen todos los buenos gerentes de hotel. No obstante, el señor Cristaldi no había hecho mención de la cuenta. Al contrario, mantenía con ellos sus maneras obsequiosas como si fueran sus mejores clientes desde siempre y no imaginara su precariedad.

Dos semanas más tarde, cuando Mariano salía a hacer la ruta de los ministerios, el gerente le interceptó.

—Buen día, doctor —dijo—, ¿puedo entretenerlo?

—Por supuesto, dígame.

Girando sobre la marcha, el aludido se detuvo en mitad del pasillo y su respuesta sonó cortés pero no almibarada. Le miró de frente a los ojos, sin azorarse, aunque sabía que estaba de más pedir una moratoria. Comprendía perfectamente que el responsable del hotel tenía sus obligaciones y la primera de ellas era cobrar a sus clientes. Mariano decidió en ese mismo instante declararse en bancarrota, firmar la deuda para el futuro y abandonar su habitación hacia el establecimiento público de caridad: el Hotel de los Inmigrantes. Pero no le dio tiempo a hacerlo porque Cristaldi habló primero.

–Verá –bajó la voz y miró al interior del *hall*–, allá lo está esperando un caballero que dice conocerle...

–¿....?

–Sí, y me preguntó antes de pedir verle si podía hacerse cargo de sus facturas... discretamente. Yo, naturalmente, me sorprendí, pero no le informé del estado de sus cuentas. Ni siquiera le confirmé que ustedes se alojan aquí. Por las dudas, ya me entiende –concluyó Michele Cristaldi.

Mariano se tomó un segundo antes de contestar. Comprendió el azoramiento del director al desconfiar del visitante. Cristaldi no conocía la historia del doctor Muñiz y la misteriosa visita podía resultar cualquier peligro para su huésped. Por ejemplo, pertenecer a una de las organizaciones pro judías dedicadas en Buenos Aires a perseguir nazis ocultos en Argentina. Estaban por todas partes. O tal vez la visita pertenecía al bando de los contrarios a estos: alemanes nazis, mandos militares o de las SS que creaban logias para ocultarse y desarrollar redes de negocios en Sudamérica. Lo descartó enseguida. No, en ningún caso sería uno de ellos. Se acordó del teniente coronel, el médico de la Organización Todt que había sido su jefe; pero ese no podía ser un conspirador, estaría muerto o abriendo barrigas en el Berlín de la posguerra. Tal vez Cristaldi pensaba que podría tratarse de algo aún más peligroso para el doctor español, por ejemplo un agente de la embajada de Franco.

–Huum, ya veo. Pero no se preocupe, señor director, a mí no me busca nadie. Soy lo que se dice un pez muy pequeño. Aunque espere un momento...

Pensó que acaso se trataba de un delegado peronista... ¿Querría hacerle un cuestionario de idoneidad para su afiliación al Partido Justicialista? Si era eso, todo iría bien.

–Dígame, ¿cree que ese visitante... es argentino?

–Por su aspecto, podría ser alemán, es rubio y alto, y lleva un parche en el ojo. Pero su español es perfecto, suena como si fuera un gallego.

–Bueno, déjeme ver. Y no se preocupe, no pasa nada, muchísimas gracias.

Mariano cruzó el umbral de la salita que hacía de zona de bar. ¿Quién sería el visitante que quería pagar sus facturas?

Cuando entró en el salón, el desconocido llevaba en su mano el diario *La Nación*. Al ver a Mariano se levantó y fue hacia él. Efectivamente, lucía un parche.

–¡Doctor Muñiz! –exclamó levantando los brazos. Parecía muy excitado.

–Para servirle... –musitó el aludido–. Y usted es el señor...

–¡Obiols, cojones! –gritó el otro aún más fuerte, casi bramando–. ¡Soy Picotas! Pero, doctor, ¿es que no me reconoce?

Gajes del oficio
1949

El médico se quedó de pie, petrificado ante el rostro marcado
por la varicela de su antiguo amigo. El sargento avanzó dos
pasos. Mariano notó un súbito calor en la cara. Su sangre
circulaba más rápido mientras los recuerdos se agolpaban en
su mente. Picotas esperaba inmóvil, aguardando su reacción.
Tenía un atisbo de temblor en sus labios y una veladura acuosa sobre el ojo descubierto. Sin embargo, sonreía. Se abalanzó
sobre Mariano con ambas manos, abrazándose a su cabeza
como si quisiera arrancarla, y después, tras un segundo, le
agarró todo el cuerpo mientras ambos daban vueltas como
una peonza.

—Sargento, no se pase. Deje ya de sobarme —ordenó Mariano, risueño.

El recién llegado lanzó una carcajada. Detuvo su danza
y lo dejó parado en el suelo. Tranquilizado al ver la escena,
el gerente acudió a ofrecer café a los dos amigos.

—Señor Cristaldi, le presento al sargento Picotas, considerado en mi país un sujeto altamente peligroso, un policía de
tomo y lomo —dijo fingiendo seriedad.

Permanecieron unos instantes de pie antes de sentarse.

—Francamente, amigo mío —continuó el médico—, le di a usted por desaparecido.

—Lo imagino, doctor. Y yo a usted.

Mariano había estado mucho tiempo indagando en los campos de refugiados de Francia por la suerte de su amigo. La policía francesa había improvisado un censo de los refugiados al que el doctor había acudido porque suponía que si Picotas había conseguido escapar de España habría ido a parar a uno de aquellos campos. El día que los hermanos Sanz fueron a rescatarlo les rogó que se dirigieran a los otros emplazamientos y comprobaran las listas. Pero sin resultado alguno.

Permanecieron en el pequeño refectorio del hotel hasta bien avanzada la tarde. El ambiente era cálido y relajado, con el tenue sonido de fondo de la música de *jazz*.

Picotas comenzó su relato remontándose a los primeros días de febrero de 1939. Pensó en unirse a los soldados y paisanos que huían precipitadamente de la ciudad, aunque su prometida no quería irse por tener a su madre enferma, así que ambos decidieron quedarse en la Cataluña conquistada.

—Una decisión muy valiente —observó el médico—, pero ¿qué le pasó en el ojo?

—Bueno, eso no tuvo nada que ver con la guerra, se lo contaré después —respondió el excarabinero—. En cuanto a la idea de no moverme de Barcelona, no me quedaba otra salida.

—¡Claro, hombre! Ya lo entiendo, usted estaba enamorado y le importaba un pito que le fusilaran... pero, dígame, ¿qué pasó después? Le detuvieron, ¿no?

—Pues no. Puestos a quedarnos, decidí que lo mejor era actuar como si no pasara nada. Yo era un carabinero, cumplía con mi deber y obedecía órdenes. A los dos días de la entrada de los moros en Barcelona regresé al cuartelillo de Masnou. Allí ya no quedaba nadie, salvo el sargento Fernández, sí, señor, allí estaba. ¿Se acuerda usted de él en el Liceo? Desde luego no quedaba ningún oficial. Todos se fueron a Francia. Todos menos Fernández y el capitán. El pobre chico tomó un subfusil y se fue a Collserola a recibir a los nacionales como se merecían, con dos compañeros suyos del partido. Me contaron que cayó en la plaza Mayor de Sarriá. Los remataron a machetazos en la misma puerta de la iglesia. No habría cumplido los veinticinco.

–¡Mierda!

–Sí, doctor. ¿Se acuerda usted del día del Liceo, cuando el chaval se quiso cargar a García Oliver y se lo impedimos?

–Me acuerdo perfectamente, imagínese usted. Estuvimos a punto de palmarla todos.

–Pues aquella tarde, cuando nosotros regresamos a Mataró y usted se fue a su casa, el capitán me dijo casi llorando en el cuartel que se arrepentía de habernos hecho caso. Que él había sentido miedo también y que por eso pudimos retenerle, pero que con aquel desistimiento en realidad solo habíamos conseguido salvar cuatro o cinco vidas, las nuestras, pero que se perderían muchas más en el futuro, de civiles, porque aquellos tipos no tenían límites y que nuestra obligación como carabineros era...

Mariano le interrumpió:

–Nuestra obligación, Picotas, era evitar una masacre, porque el futuro es ciego y no entiende quién va a morir hoy o mañana. Ha sido una pena que acabara él mismo después. Así es la guerra.

–Pasaron dos o tres días y nosotros íbamos al cuartel a diario. Nos quedábamos toda la mañana, muertos de aburrimiento.

Vimos pasar tropas nacionales con tanquetas cargadas con pertrechos y supusimos que iban persiguiendo a los que escapaban por el Pirineo. Pero nadie se molestó en llamar a la puerta.

–Sí –confirmó el médico–. Nos hostigaron hasta la frontera. Fue un desastre. Las mujeres y los niños caminaban hambrientos y el general Yagüe empeñado en cobrarse hasta la última vida de aquella guerra, como si tuviera algo personal en ello. Pero siga, Picotas.

–Al final de la primera semana vino una camioneta de la Guardia Civil con la orden de que les entregáramos las armas. El brigada al mando nos tomó la filiación y dijo que se nos requería para presentarnos en la comisaria de Vía Layetana.

–Vaya, no puedo creer que fuera a meterse en la boca del lobo... ¡y que no lo liquidaran! Le van las emociones, es un morboso, créame. Le podían pegar un par de tiros allí mismo.

–Pues no fue así. Me recibió un jefe de la Guardia Civil. Tenía en la mesa mi expediente y la hoja de servicios. Lo había pedido a la Dirección General de Carabineros, que aún existía, y por eso había tardado dos semanas en citarme. Me contó que se estaba hablando de fusionar los cuerpos de Carabineros y la Guardia Civil.

–La Guardia Civil...

–Efectivamente. Todas las competencias fiscales y de fronteras que teníamos pasarían a la Benemérita. Eso significaba que los que no tuviéramos cargos podríamos reintegrarnos directamente en la Guardia Civil, con el mismo empleo y sueldo. Añadió que mi expediente militar era bueno.

–¡Claro, de los mejores! –asintió el doctor.

–Bueno, no hay que exagerar, mi teniente. El caso es que me invitaba a seguir en Carabineros hasta la unificación de cuerpos y añadió que, si dependiera de él, yo ascendería. Yo pienso que si usted se hubiera quedado le habrían hecho la misma oferta. Ahora sería usted guardia civil.

–¡Yo, un guardia civil! –rio el doctor–. Después de la guerra no lo creo, sargento. Yo tenía el carné del partido de Izquierda Republicana, ¿recuerda? El partido de Manuel Azaña, al que los nacionales llamaban «el monstruo», el intelectual que cambió de arriba abajo el Ejército, el que retrocedió a sus grados por antigüedad a los militares que habían ascendido exclusivamente por acciones de guerra en África.

–Y era Franco, precisamente, el que acumulaba más ascensos de guerra –confirmó el antiguo carabinero.

–Por eso, sobre todo por ese asunto de retroceder los grados, los «descensos», los generales y jefes africanistas le odiaban a muerte. Pero, ¡en fin!, quizás a mí no me habrían hecho nada, nunca lo sabré.

Mariano se detuvo, pensativo. Recordó en silencio cómo trató Franco a los jefes de la Guardia Civil que permanecieron fieles al Gobierno legal de la República y que, por cierto, no eran ni de lejos izquierdistas, más bien católicos y conservadores. Como el general Antonio Escobar, al que conoció un día en Barcelona, aquel héroe al que Franco mandó liquidar en 1940. Y eso que el hombre quería parar la guerra, la sangría de muertos, uniéndose a los que buscaban un armisticio y enfrentándose al propio doctor Negrín. El general quiso dirigir el pelotón de guardias que lo fusilaría y dio él mismo la orden. Y cuando lo hubieron hecho, aquellos, con lágrimas, le rindieron honores.

–A los españoles se nos llena la boca cuando hablamos del honor, Picotas, pero fíjese usted que en realidad eso son tonterías, el único honor es la lealtad. La que has jurado defender, aunque no te gusten las ideas de a quienes se la debes, la lealtad por encima de todo. El honor no es una cosa abstracta que se escribe en un papel, ni una entelequia...

–Estoy de acuerdo, mi teniente, entiendo lo que dice. Y los golpistas hubieran hecho lo mismo con el superior de Escobar, el jefe máximo de la Guardia Civil, el general Sanjurjo y Rodríguez de Arias, el otro Sanjurjo, no el que fue golpista. A aquel le habrían hecho un consejo de guerra con idéntico resultado si el pobre no hubiera muerto antes de una infección. Por eso yo no tenía la menor intención de quedarme a ver todo aquello.

–¡Qué desastre! –replicó Mariano–. Ahora se ve, a toro pasado, que en España dejamos que se enfrentaran los que no tenían nada que perder y los otros, los ricos, los que creyeron que iban a perderlo todo por causa del comunismo internacional y de Stalin. Fueron estos los que se sublevaron, pero el cocido se estaba guisando desde mucho antes, aunque no supimos o no pudimos hacer nada. En fin... –Mariano se quedó unos instantes perdido en sus recuerdos, para luego retomar el hilo del presente–. Y entonces, Obiols, ¿qué le hizo venir a Argentina? Y... ¿desde cuándo está aquí? ¿A qué se dedica?

–Vamos por partes. Voy a pedir otro café, si le parece.

Mariano se levantó para llamar al camarero. Pidió unos sándwiches y un paquete de cigarrillos.

–Cuénteme –insistió–. ¿Por qué vino?

–Antoñita me lo pidió. –Abrió los brazos de par en par como si se estuviera rindiendo.

–¡*Cherchez la femme*! –Mariano reía con ganas.

–Sí, aunque la verdad es que personalmente no tenía otra

opción. No me veía practicando arrestos y metiendo en la prisión a mis compañeros. La lucha no terminó en febrero de 1939. Usted no ha visto lo que pasó después. Francamente, aquello no me interesaba.

–¿Y Antoñita? ¿Qué fue de ella? –Mariano la recordaba como una joven encantadora, risueña, toda vitalidad.

–Su madre murió ese mismo año. Usted la había tratado y sabe que estaba delicada. La escasez de medicamentos, de comida... no supimos... El caso es que se fue, la pobre. Su hija, ya la conoce, es una socialista de verdad. Ella había tenido el carné y a pesar de mi trabajo en Carabineros la molestaban. Cada dos o tres semanas recibía un aviso de la policía para que se presentara en comisaría. Ella iba siempre preparada con una bolsa de ropa. Yo no podía hacer nada, al revés, cuando se enteraron de que era carabinero peor, porque aún sospechaban más de ella. La situación se le hizo insoportable. Había una represión tremenda. Claro, los nacionales enseguida vieron las checas horrorosas que nos habían ocultado los de la FAI y los comunistas, y después de eso todo podía pasar. Al principio los fascistas no estaban organizados, pero poco a poco fueron construyendo sus ficheros, imagino, y cualquier delación de un vecino, un compañero del trabajo, representaba ir a la cárcel. Y una vez en ella...

–Me lo imagino...

–Usted no sabe cómo se vivía en Barcelona. Cuando los militares nacionales se retiraron de Cataluña los falangistas tomaron el control de la ciudad. Toda la población fue sospechosa. Hablar catalán era peligroso, y si encima no ibas a misa... estabas listo. Un día decidimos sacarnos los dos el pasaporte con la intención de emigrar. Tuvimos que hacerlo en momentos diferentes para no despertar sospechas y, aun así, a ella se lo denegaron dos veces. Finalmente pagamos para obtener uno falso con el nombre de su madre muerta. Utilizamos una foto de la señora, de cuando era joven y funcionó.

—¿Y ahora les va bien? ¿Ha encontrado trabajo? –inquirió Mariano.

—Por supuesto. Don Mariano, créame, este es un gran país y todavía va a ser mejor. Yo tengo un buen trabajo como guardaespaldas. Y de mi mujer ya no le digo, porque ella sí que está triunfando. Es escritora.

—¿Escritora? –repitió Mariano–. No sabe lo que me alegro, Obiols. Pero dígame, porque ahora me tiene muerto de curiosidad, ¿qué escribe Antoñita?

—Es famosísima con los seriales de radio. Es guionista. Al poco de que llegáramos se hizo muy amiga de la mujer de Perón. Entonces Evita estaba empezando como actriz de radio y mi mujer ya había presentado dos o tres historias en Radio Belgrano y entonces...

—¡Claro! –exclamó Mariano–, ¡ella en Barcelona ya era así! Me acuerdo del día que nos conocimos. ¡Menuda historieta se inventó para averiguar si éramos policías! ¡La que se montó solita, allá en los lavabos!

—Pues lo mismo hace ahora. Se encontró en la emisora con Evita, que estaba haciendo una prueba de voz para un serial, y resultó que el texto era de Antoñita. Aquel día la estaban probando también a ella con el guion. La prueba con el público que estaba en el auditorio fue un éxito y el anunciante las contrató a las dos como pareja. Mi mujer escribía los guiones y Evita los interpretaba... El anunciante era un señor asturiano, el fabricante del Jabón Radical.

–Sí, señor, muy apropiada esa marca para estas dos buenas señoras, son tal para cual –observó el doctor riendo.

–Desde luego. Le hago el cuento más corto: cuando por cualquier razón cambiaban de emisora, porque les pagaban poco, etcétera, se largaban juntas a otra radio y además se iban con el cliente, con el jabón del asturiano.

–Ahora que lo dice, creo que Aurelia oye esos seriales. No se despega de la radio.

Picotas miró a ambos lados, asegurándose de que nadie más le oyera.

–Y ahora que Evita ya no es una actriz, sino la «Señora», yo también trabajo para ella. Soy su guardaespaldas principal –dijo señalándose el bolsillo interior de la americana.

–¡Tenía que haberlo imaginado, Obiols! –rio el médico–. Evita Perón no podía encontrar otra defensa personal mejor, eso seguro. Usted es sin duda el mejor guardaespaldas de América, si lo sabré yo...

Picotas ahora se había quedado serio. La protección de la vida de Evita le había costado un ojo.

–Hubo muchos intentos de acabar con su vida, pero no salieron a la luz. La tarde en que me pasó esto –dijo señalándose el parche–, antes de ir al teatro revisé su bolso de mano como hacía siempre. La bomba se la habían escondido en una caja de polvos. No era potente, pero al abrirla, ya ve... Ahora en lugar del ojo tengo una medalla, que el General me impuso en una ceremonia privada. Ella me dio un abrazo que duró un minuto... ¡Gajes del oficio! –concluyó.

Picotas cambió de tema. Estaba muy al corriente de la situación familiar de Mariano y expresó su deseo de conocer a Aurelia, a la que invitaría a reunirse con Antoñita en su apartamento.

—Obiols, con ese oficio suyo, no me extraña que lo sepa todo sobre mí... y sobre todo el mundo.

En ese momento, Picotas se llevó la mano al bolsillo de su americana. Mariano se fijó ahora en el impecable *tweed*, cortado con toda seguridad por un sastre italiano. Extrajo un sobre con billetes de banco y lo dejó sobre la mesa. El doctor miró el sobre sin inmutarse.

—Bueno, mi buen amigo —dijo Picotas—, ahora hablemos de usted. Me imagino que, como siempre, anda sin un céntimo... ¿no es así?

—Más o menos, para qué voy a engañarle. Acabamos de llegar y todavía no he encontrado nada.

El doctor no era hombre de hacerse de rogar. Recogió el sobre de la mesa y dio las gracias. Obiols añadió que se haría cargo también de la cuenta del hotel. Mariano esta vez hizo un débil intento de protesta, pero Picotas le interrumpió.

—No se preocupe por eso —comentó—. Aunque, don Mariano, no hacía falta que viniera a este hotel.

—¿Qué quiere usted decir?

—Hombre, el hotel está bien, aunque es sabido que lo frecuentan sobre todo parejas en plan libre, ya me entiende. Les cobran una tarifa especial porque, naturalmente, suelen quedarse poco tiempo. Aunque si a usted le da lo mismo... Pero si desea cambiar...

—No, en absoluto, estamos bien aquí. —Mariano pensó en el taxista porteño que le había llevado hasta allí. Bueno y barato, dijo. ¡Si lo sabría él que el hotel era casi un *meublé*!

—Lo único que tiene que hacer ahora es encontrar un empleo de lo suyo y establecerse aquí, en Buenos Aires.

—Muchas gracias, Obiols, no sé cuánto tiempo me llevará

eso porque ya he visto que no están las cosas fáciles. Lo único que me preocupa es tranquilizar a mi mujer... pero cuando empiece a cobrar...

–¡Ah, no, de eso ni hablar! –le cortó Picotas–. El dinero que acabo de darle es cosa de Antoñita y mía, y por supuesto no tiene que devolver nada. Además, su estancia en el hotel corre por cuenta de la Organización mientras encuentra un trabajo.

–No sé de qué me habla, ¿a qué Organización se refiere?

–¡Creí que ya lo sabía! –contestó riendo–. Mire, nosotros supimos que habían llegado a Argentina desde el primer día. Cada vez que un barco llega de Europa alguien de la CRE se va a inmigración y recoge la lista de pasajeros. Usted figuraba como nacido en Ariño y como médico.

–¿La CRE? –preguntó Mariano–. ¿Qué es la CRE?

–La CRE es el Centro Republicano Español de Buenos Aires...

–¿....?

–Y si no estoy equivocado, doctor, usted es español y republicano.

–Sí.

–Entonces tenemos algunos fondos para casos como el suyo. Usted no está solo, doctor. No lo olvide.

Nunca lo olvidaría.

El Ingenio Mercedes
1950

El funcionario evitó mirar al doctor Muñiz a través de la ventanilla. Era evidente que los «gallegos» no le caían bien.

Todavía la imagen del español era la de antes, la del ignorante que huía de la pobreza y que había llegado a un país de gente europea y culta. Algunos ciudadanos argentinos, pocos quizá, olvidaban que solo algunas décadas antes casi todos ellos habían venido de algún lugar lejano. Solo entre 1881 y 1914 habían llegado a Argentina más de cuatro millones de personas. En esa época eran siempre bien recibidos e incluso los diferentes gobiernos habían apostado por favorecer la entrada de los emigrantes al país. El Hotel de Inmigrantes junto al puerto era solo uno de los notorios emblemas de aquella generosidad argentina histórica.

–Acá tiene, señor –dijo arrastrando las palabras.

–Gracias –respondió lacónicamente el médico.

«Bastará para comer», pensó. Tras dos meses de búsqueda, y después de haberse sacado el carné peronista, había obtenido un permiso para ejercer la medicina en un dispensario del norte.

San Pedro de Colalao era un enclave turístico de la provincia de Tucumán, al pie de las cumbres calchaquíes. Con un millar de habitantes, era una hermosa villa dotada de buenos servicios, entre otros el dispensario al que fue destinado. Era el lugar perfecto para la vida del matrimonio español y su retoño.

–¿Te has dado cuenta de la coincidencia? –le preguntó Mariano a su mujer nada más llegar–. Esto es lo más parecido al Pirineo. El clima y el ambiente son perfectos para ti y el chico. Estaremos como en casa.

Aurelia le devolvió la sonrisa. El doctor no podía ocultarle que el sueldo que recibiría era escaso, sobre todo si él se empeñaba en mandar dinero a su familia a España. Fue por ese motivo por lo que procuró obtener en esa época el carné de visitador médico de laboratorios, que le recordaba a su niñez en la rebotica de la farmacia de sus abuelos. «Menos da una piedra, vendrán tiempos mejores», se dijo con su inquebrantable optimismo. Tenía razón. Finalmente, al poco tiempo se le ofreció algo mucho mejor retribuido y, aunque de orden privado, era una responsabilidad de acuerdo con su estatus. Se trataba de hacerse cargo del servicio sanitario de la fábrica de azúcar más grande y antigua de Argentina, el Ingenio Mercedes, en Tucumán. Con más de dos millares de trabajadores dedicados a la zafra y a la producción de azúcar y aguardiente, esta explotación tuvo su origen a principios del XIX y luego creció hacia 1868 con las inversiones de la familia Padilla. Estaba situada en las afueras de Lules, una pequeña ciudad en el extrarradio de la capital, San Miguel.

–Vivirá a pocos minutos de la capital –le dijo el administrativo cuando le entregó el folio que le acreditaba como empleado de la Compañía Azucarera. Mariano había aceptado el empleo sin haber visitado la factoría. No le hizo falta.

A Tucumán se la conocía como el Jardín de la República por sus extensos y diversos laboreos. En la región se concentraban muchas fábricas de azúcar, de las cuales la más grande era el Ingenio Mercedes. A pesar de sus dos altas chimeneas de ladrillo, era un lugar bucólico, con sus calles de tierra jalonadas de los imponentes árboles del noroeste, amarillos, rosados, blancos. A ambos lados se situaban las viviendas de una sola planta de los trabajadores. Eran sencillas, rodeadas de un terreno que hacía las veces de huerto y de lavadero donde se tendía la ropa. En conjunto, la retícula de pequeños chalés del complejo en nada recordaba a la pobreza habitual de otras regiones del continente.

Separado por una valla de alambre, el Ingenio se edificó en el centro de una gran extensión de cañaverales. Era al mismo tiempo un complejo agroindustrial y una colonia de viviendas con una finca privada en cuyo interior se encontraba la mansión de los propietarios. A su vez, esta se ubicaba dentro de un auténtico parque. Construido por el francés Carlos Thays –el mismo que diseñó el parque de San Telmo en Buenos Aires y otros muchos en el país–, era un bello ejemplo del paisajismo europeo de la época.

Dentro de esta opulencia, a caballo entre la estancia argentina y la colonia textil catalana del siglo XIX, los propietarios no escatimaron recursos en construir edificios de servicios para los obreros y sus familias. Desde la llegada del ferrocarril a Lules en 1876, los hermanos Padilla se habían esforzado en crear las mejores condiciones de vida para sus empleados. Mientras los campos de caña daban al paisaje un intenso color verde que se tornaba ocre después de la zafra, en el interior se alzaban las chimeneas y los trapiches azucareros con sus fauces dentadas, galpones y cuadras para el transporte animal, torres de refrigeración... Y a la vez, y junto a todo ello, un pueblito con sus casas y sus huertos, escuelas, hospital, capilla, economato, parque de bomberos y hasta una cancha de fútbol con gradas y vestuario. Y no fue menor el orgullo de los empleados cuando llegaron a formar una banda de música con más de cincuenta miembros que lucían hermosos uniformes y ofrecían conciertos los domingos en el parque.

Como contrapunto, el clima subtropical resultaba algo agobiante para una familia española. Con temperaturas superiores a los cuarenta grados, los chiquillos aprovechaban los momentos de aguacero para salir a las calles, antes polvorientas, y correr semidesnudos recibiendo el frescor del agua en su piel. De este calor le quedó al Hijo del doctor una preferencia por esos climas: «Hay algo mágico en el recuerdo del clima vivido en la infancia para los que fuimos trasplantados a otro», pensaría ya adulto. Asimismo, su afición a la caña y al dulce de leche le llevó a no poder prescindir nunca del azúcar. Las células al parecer tienen una poderosa memoria.

Los niños se divertían siguiendo las cañas recién cortadas apiladas en carretas, tan repletas que perdían la mercancía. En la zafra, los caminos brillaban bajo el sol, esmaltados de oro pálido, cubiertos por una capa fibrosa, la caña pisada que había caído desde los carros a la tierra hasta cubrirla por completo. Los niños del Ingenio jamás aprovecharon ni una sola de esas cañas del suelo. Al contrario, corrían tras la carga para elegir los tallos más gruesos, estibados en las capas preservadas del sol, las que conservaban aún el frescor de la noche. Cada niño tiraba con ambas manos del extremo de la elegida hasta hacerse con ella. Después, sobre la marcha, el tallo se pelaba con un cuchillo hasta descubrir la carne fibrosa y blanca.

El Hijo del doctor recordaría años después aquellos momentos de avidez como la contemplación irrepetible de una naturaleza pródiga y rememoraría la sensación de poseer una riqueza inagotable en la que cada uno podía tomar, con su propia mano y a voluntad, lo que quisiera. Los niños que no tuvieron la experiencia de encontrarse alguna vez dentro de un huerto de naranjos en invierno, o corriendo tras los carros de la caña, nunca sabrían lo que es el significado de la abundancia, la noción plena y fugaz de haber estado una vez en el Edén.

En el Ingenio algunas familias trabajadoras eran realmente pobres, gente que ni siquiera tenía la ventaja de un empleo fijo. Eran los estacioneros de la zafra, campesinos del valle de Tafí o de más lejos, del Chaco. Gentes atraídas por unos pesos extra que regresarían a sus aldeas tan pobres como habían llegado. Solo disponían de un hogar que mereciera ese nombre los obreros fijos del Ingenio, los técnicos y mecánicos, y, por supuesto, el director del complejo. Al doctor Muñiz le prometieron un chalé nuevo y su familia lo estrenó el mismo día de su llegada; incluso tenía jardín y una pequeña pileta.

–¿Qué le parece? –preguntó el gerente mientras le enseñaba la casa.

–En mi país lo llamaríamos un chalé de película –respondió Mariano, señalando los arabescos del pavimento–. Eso es baldosa hidráulica. En España, esta artesanía se pone en las grandes casas. Ningún dibujo es igual a otro. También las vi en Francia, que fue donde se inventaron. Es el suelo más fresco y fácil de limpiar.

–Ya vio que los propietarios se esfuerzan. Solo nos falta un zoológico –dijo el otro con una sonrisa.

Ese día, Mariano comentó que tal vez el Ingenio no sería tan turístico como San Pedro de Colalao, pero también tenía montañas y el valle de Tafí. Además, por supuesto, de la casa y el coche con chófer, que acudía cuando se le solicitaba con el auto rubia, un coche cuya carrocería estaba hecha de cuarterones de madera, muy popular en los años cuarenta y cincuenta.

Aurelia sonrió. A ella no le habían impresionado en absoluto las montañas; de eso había tenido ya bastante. En realidad quería olvidarse de las trochas de la falda de la montaña llamada Cotiella. Solo le traían malos recuerdos. Se hartó de política en la misma cocina de sus padres, en la calle Nueva, y del silencio mortal que se hizo en ella cuando llegaron los «aguiluchos» anarquistas, los de izquierdas, los suyos, para llevarse a su padre. Sabía de los «paseos» en los camiones de la noche, y también había visto con sus propios ojos la tierra removida en las cunetas de la carretera de Graus.

Lo que a ella le sedujo definitivamente de Tucumán fueron los bloques de azúcar, grandes bloques de cinco kilos que apilaban en la despensa, como si fueran una pared más de la casa.

−Señora, llámenos cuando se acaben −decía el empleado.

¿Qué haría ella con tanto azúcar? La última vez que había visto una bolsita de azúcar blanco en España fue antes de aquella maldita guerra. Ahora era la dueña y señora de aquella despensa forrada con paredes dulces, y se preguntaba si debía bendecir los bloques del cristal blanco con la señal de la cruz, como había bendecido en la posguerra el pan oscuro de ordio, casi negro, de tan mal comer, pero al que besaban las mujeres después de hacerle la señal sobre la corteza con la punta del cuchillo. Si sus hermanos la pudieran ver allí, en aquel Edén blanco, no podrían creer que algo así pudiera existir en el mundo.

–Mariano –le dijo ella con los ojos humedecidos–, prométeme que nos quedaremos aquí, en la Argentina...

–Te lo prometo –contestó él–. Siempre que nos deje tranquilos ese perro.

–¿Un perro? –preguntó extrañada.

–Sí, ese del que tanto hablan aquí los obreros. Le llaman *el Familiar*.

El ingeniero Lucatella le había dicho que esa historia no era más que un bulo, una leyenda de pobres ignorantes. Un sinsentido.

* * *

Dentro del recinto del Ingenio también se ubicaban los servicios comunes, entre los que destacaba por sus dimensiones el hospital, atendido por el doctor y varias enfermeras. Su fachada se protegía del calor con un porche amueblado con bancos de madera. El conjunto se completaba con el patio, donde la sombra de los grandes nísperos refrescaba las horas más tórridas.

Lo que más apreciaba la familia española eran las escuelas del Ingenio, a disposición de todos los niños sin distinción de las categorías laborales de los padres. El pequeño Leo disfrutó de unas instalaciones modernas y alegres, con maestros y puericultores titulados. Coincidiría allí con el hijo de un trabajador de la fábrica, que fue posteriormente un famoso cantante y actor, Ramón Bautista Ortega, *Palito*, quien nació en el Ingenio y viviría en él hasta 1956. Por su origen tan humilde fue un héroe para los argentinos y sus paisanos de la provincia tucumana, que lo adoraban, llegarían incluso a votarle nada menos que como gobernador.

Pronto el doctor y su mujer hicieron amigos entre las familias del Ingenio. La contribución de Aurelia fue muy importante, impulsada por su carácter alegre, su conversación y una memoria minuciosa cargada de anécdotas a las que restaba todo matiz dramático. Tenía además una habilidad innata para imitar a personas conocidas, lo que añadía interés a sus *performances*. Las reuniones solían terminar con carcajadas provocadas por las historias españolas y francesas de Aurelia. La familia Muñiz pronto se sintió plenamente integrada en el Ingenio.

El Negro Llobril
1952

–¿Qué le gustaría al doctor que hiciéramos este domingo?

El señor Llobril sorbía las últimas gotas del mate amargo que se le había enfriado en la calabaza.

Los dos hombres se comportaban como amigos de toda la vida y, sin embargo, solo hacía dos años que se conocían. Sus familias estaban a menudo reunidas, en el Ingenio Mercedes o en la capital, San Miguel, donde el señor Llobril vivía con su mujer y sus hijos. Las parrilladas en el jardín estaban a la orden del día, con el acostumbrado asado mixto: vaca y chancho, aunque no podía faltar nunca en la fiesta el crepitar de los *chinchulines* de delicioso sabor. Eran el plato preferido de Aurelia porque con ellos evocaba las *chiretas* de su Ribagorza, muy diferentes de aspecto y composición, pero elaboradas con una base común, la tripa.

El señor Llobril era la persona más solícita que habían conocido y, pese a ello, nunca le vieron sonreír. No iba con su carácter. Tal vez fuera una forma de timidez o, lo más probable, de sabiduría, porque era el gerente de la concesionaria Ford en Tucumán y por ello sabía que la credibilidad de un vendedor de carros exige no sonreír demasiado a los clientes. Caminaba don José entre los autos con la majestad de un príncipe bereber mostrando con orgullo sus riquezas al forastero. Con suma paciencia, daba las explicaciones de rigor, pero no se le escapaba un gesto que pudiera ser confundido con la adulación que tanto detestaba en sus colegas.

Con la misma solemnidad ritual se enfundaba un delantal de asados, un capote que le cubría hasta más abajo de las rodillas, atuendo que el circunspecto doctor español, poco amante de la parafernalia criolla, rehusaba. Como reintegro a las atenciones familiares del Negro, Mariano había prometido hacer una paella, pero todo quedó en un amago, porque su entusiasmo no llegó a concretarse nunca. Al parecer, no hubo manera de encontrar las imprescindibles hebras rojas del auténtico azafrán manchego y el esfuerzo por cocinar una verdadera paella española habría sido inútil. El doctor sabía que no es fácil enfrentar los mitos –especialmente los culinarios– con la realidad. El azafrán, al fin y al cabo, era una exigencia menor, y aunque se hubiera podido encontrar, Tucumán no habría sido el lugar idóneo para reproducir la atmósfera de una paella junto al mar. No era una cuestión puramente organoléptica, sino de emociones, aclaró el doctor.

Nadie recordaba en qué circunstancias se conocieron el médico y el comercial –el primero nunca tuvo licencia de conductor–, pero fueran cuales fuesen, a los pocos días de su primer encuentro ya eran inseparables. Mariano escogía a sus amigos con esmero de entomólogo en cada etapa de su vida, uno solo, dos como mucho, para huir de la acumulación. Pensaba que una vida social intensa no la necesitaba en absoluto, tampoco en este aspecto, y el disfrute de una verdadera amistad requiere tiempo y dedicación.

El señor Llobril vestía siempre un impecable traje de algodón blanco o gris claro con rayas azules. Su aspecto era imponente, incluso majestuoso; con una planta de más de un metro ochenta, su figura contrastaba con la del doctor. Su cabello era oscuro y brillante como la pez, y también el bigote, que parecía una cinta negra pegada al labio que franqueaba una dentadura blanquísima. El pigmento de su piel era tan oscuro –comparado incluso con el de los naturales de la región– que a nadie se le ocurrió preguntar por qué le apodaban el Negro. Finalmente, bajo el cráneo, una frente espléndida sobrevolaba una nariz más que notable. A partir de estos rasgos, el doctor concluyó que el señor Llobril tenía por fuerza que ser libanés. Lo más extraño es que también dedujo que Llobril debía de descender de una familia de banqueros. Así pues, banqueros libaneses. Sin embargo Mariano nunca le preguntó explícitamente por ello, pues pensaba que a esas alturas del siglo XX todo el mundo tenía algún motivo para huir de donde había nacido y, después de todo, si el hombre quería contarle su historia –con seguridad una historia difícil– lo haría a su tiempo. No sería él quien le tirara de la lengua.

–¿Y cómo lo sabes tú? –le preguntó un día Aurelia.

–Muy fácil. A consecuencia de las luchas entre los libaneses, unos drusos y los otros maronitas, a principios del XIX llegaron miles de ellos hasta aquí. El amigo don José debe de descender de los que se exiliaron en Argentina. –Hizo una pausa para reflexionar–. Gentes de la misma raza y lengua se mataron en interminables guerras de religión, guiados por un odio tan fuerte como exclusivo; esa clase de odio fratricida que solo es posible mantener durante siglos entre los que son auténticamente próximos.

–Como el de nuestra Guerra Civil –afirmó ella.

–No exactamente. Yo diría que es un odio incurable, mucho peor, porque es de raíz religiosa, un rencor que no tiene fin porque nadie abandona sus creencias. En cambio, un odio como el nuestro, el de los españoles, es un resentimiento que se acabará cuando ya no seamos tan desiguales.

Al contrario que a su marido, a Aurelia el señor Llobril le parecía el paradigma de la argentinidad, pues el personaje había nacido en el mismo San Miguel, como sus padres. Pensaba que era tan elegante como el mismo país, una nación de gustos ingleses, ciudades cosmopolitas como Buenos Aires, mujeres que vestían a la moda y niños que acudían a la escuela uniformados. En Argentina las calles estaban llenas de automóviles y no faltaban frigoríficos y lavadoras automáticas en los hogares. No solo era un país sobrado de riquezas, sino que también parecía estar en permanente progreso, con planes sociales de sanidad y educación.

La señora de Llobril era la pareja idónea para un banquero libanés, una mujer llena de fuerza, simpática e inteligente, no ajena a un gusto refinado y un tanto mundano, que además bailaba el chachachá con soltura. Por desgracia, murió joven y dejó al pobre Llobril desconsolado muchos años, hasta que el hombre se enamoró de una prima hermana de la folklorista tucumana Mercedes Sosa, una mujer igualmente dulce y discreta.

* * *

Carmencita, la niña de cabellos rubios, nació tres años después que su hermano, y la alegría familiar fue completa. Sin embargo, no fueron sus lloros los que quitaban el sueño al doctor, sino el recuerdo de su madre. Habían pasado dieciséis años desde la última vez que había estado con Dolores. Fue en aquella ocasión en la que constató que ella quería asistir a su boda, pero su hermana Pilar se opuso groseramente. Cuando Mariano ya se marchaba, su madre le rogó que la perdonara por no acompañarle, pues no quería crear un nuevo cisma entre hermanos. Le explicó entonces cuánto dolor sentía porque no había sabido más de ellos, de los que siguieron a su padre a la Argentina. Era casi como si hubieran muerto. Tan solo de tarde en tarde recibía una postal que no decía nada. ¿Qué habría sido de la pequeña Teresa, tan querida? ¿Dónde estaban Pablo y Feliciana? «Todo eso fue por culpa de las decisiones que tomó tu abuela Edelvira, mi madre», le había dicho tiempo atrás.

Dolores no era mujer de lágrimas. Le había contado a su hijo la versión de la abuela. Mariano había escuchado en silencio y guardaría el recuerdo de aquellas palabras toda su vida. Cuando ella hubo terminado, le dijo: «No quiero que tu hermana y tú os distanciéis, ten paciencia». Él asintió. Después abandonó el piso de la calle Prudencio. Aún tuvo tiempo de ver a su madre sentada en la mesa camilla. Eran los últimos días del mes de marzo de 1936.

*   *   *

Ahora Mariano estaba en la calurosa provincia de Tucumán. En aquel oasis de silencio las voces atravesaban las paredes y el único ruido nocturno era el de las cigarras en los cañaverales. Los habitantes del poblado eran felices porque aún no sabían en qué medida el final de aquella vida estaba cerca. Quedaban pocos años para que el equilibrio de precios y salarios del azúcar se desplomara y todos ellos se vieran expulsados del paraíso. Los ingenios azucareros fueron durante un siglo mucho más que fábricas, más que un medio de vida. Cuando sobrevino la crisis definitiva aquellas familias serían impulsadas a un forzado destierro, emigrantes en su propio país.

Pronto lo descubrirían con infinita tristeza.

Una presencia aterradora
1952-1955

Fuera del recinto de la fábrica de Tucumán, algo estaba cambiando. Comenzaban a recrudecerse las tensiones políticas entre la burguesía industrial, los ganaderos y las fuerzas sindicales. Estas regresaron una vez desaparecido el manto protector de la vicepresidenta Eva Duarte de Perón, Santa Evita, un apelativo que algunos utilizaban como insulto, singularmente los militares, quienes era obvio que no la soportaban y a la que se referían despectivamente como «esa mujer».

Los ingenios de azúcar se convirtieron en núcleos de reivindicación obrera. El choque con los intereses corporativos estaba cerca de producirse. Sin embargo, para Mariano, la vida en Argentina iba mucho mejor que en cualquier tiempo pasado. El futuro que se le ofrecía en el país austral parecía abierto y despejado. Alegre casi siempre, cantaba en las reuniones de amigos las jotas de su tierra y repetía sus estrofas preferidas:

Por gastarme una bromica,
t'as fugao con mi novia.
Ya veremos, si te casas,
p'a quien ha sio la broma...

Mariano acababa de ver aumentada la familia con el nacimiento de Rizos de Oro, Carmencita, una prueba más de que el pasado iba quedando atrás. En su ausencia de España, había fallecido su padre, el boticario de Ariño, y en ese momento lo único que le quedaba por recuperar o echaba de menos era la proximidad de su madre.

Entre sus pocas preocupaciones marginales se encontraba la supuesta existencia de un inquietante animal en la zona. Al parecer, se trataba de un enorme perro de raza desconocida que deambulaba por el Ingenio y al que todos llamaban *el Familiar*. Le había hablado del tema una de las mujeres de los trabajadores y al principio se lo había tomado a broma.

—Mire, doctor, esa bestia aparece y desaparece. Solo lo hace durante la noche, y no deja rastro —dijo la mujer.

—No, no puede ser, todo deja rastro y más algo así. Se lo digo por los huesos, que no pueden desaparecer...

Pero más tarde le llegaron las mismas noticias de otros empleados que daban por cierta su existencia puesto que, efectivamente, atacaba a las personas por la noche, oculto entre los cañaverales. Se decía que *el Familiar* no tenía dueño conocido y que su tamaño y sus enormes fauces lo convertían en un enemigo mortal. El médico decidió que aquello no tenía verosimilitud y que lo más probable era que se tratase de algún animal foráneo, posiblemente extraviado y hambriento, y que, en esas condiciones, en alguna ocasión habría atacado a un vecino. Los hechos se habrían exagerado al establecerse una cadena de rumores como una certeza.

No obstante, de manera preventiva, prohibió a sus hijos cualquier escapada diurna fuera del recinto y limitó las salidas durante la noche, que quedaron restringidas al propio jardín del chalé. Asimismo, telefoneó al Departamento de Salud Pública para avisar de la posible existencia de perros incontrolados, pero la respuesta fue que acudiera a la policía. Lo hizo, y esta manifestó que solo detenía a sospechosos de crímenes tipificados por las leyes. Pasado un tiempo, el doctor acabó por olvidar el asunto.

En lo esencial, el pasado y sus sombras habían quedado atrás y con ellas los dieciocho años que habían trascurrido desde la salida de la facultad, las trincheras, los campos de concentración y el exilio. En la Argentina de Evita y Juan Domingo Perón para ellos al menos se detuvieron la guerra, la inseguridad personal y la escasez, y había aparecido en sus vidas la novedad de la abundancia. En Argentina se vivía muy bien y los años durísimos pasados en Europa quedaban ya para el recuerdo.

Por ello resonaba atónita la voz del señor Llobril cuando se enteró de las intenciones de Mariano, en enero de 1955, solo cinco años más tarde de su llegada a Argentina.

–Pero... doctor, ¿por qué quiere regresar a España, con las cárceles a rebosar? ¿Quiere usted volver a pasarlo mal?

Llobril tenía razón. Los Muñiz solo habían vivido en Tucumán cinco años. ¿Qué clase de trashumancia suicida era aquella? ¿Qué mosca le había picado? Mariano le dijo que sería una especie de vacaciones largas, que regresarían más adelante, pero Llobril no le creyó. Ninguno de los razonamientos sirvió de nada. Hicieron las maletas y llenaron un baúl negro con remaches de latón. En total, sus efectos más personales y una docena y media de libros.

La llamada de la tierra que lo vio nacer, un vínculo atávico, la nostalgia de los territorios de la memoria familiar... Todo ello seguramente pesó más que el bienestar y la felicidad tranquila que los años en Argentina habían supuesto para Mariano y Aurelia.

Antes de la partida, Mariano quiso ver a Llobril. Tenía algo que quería que le guardase: una cartera de cuero.

–Guárdela, por favor, yo no puedo llevarla a España, la policía podría confiscármela, pero cuando regrese mi hijo, désela –le pidió.

Llobril, siempre respetuoso y discreto, no quiso preguntar por el contenido. Esa petición constituía para él una prueba, una confesión de su propósito de no regresar. Miró a su amigo y después sonrió tristemente. Con toda la dulzura de su acento tucumano repuso:

–Doctor, no me jodás. ¡Pero cómo va a volver el pibe, si son doce mil kilómetros...!

Llobril no pensaba tanto en la enorme distancia, sino en el coste económico de regresar. Mariano le sonrió con un afecto infinito y le pidió que confiara en él. Un abrazo selló la despedida entre los dos hombres.

* * *

Los Muñiz volverían a España con lo puesto. Quedó allí, incluso, la pequeña cabeza de escayola pintada que habían regalado a Leo los maestros del Ingenio. La bautizaron como el *Negro Zumbón* por el título de la rumba cantada por Silvana Mangano, *Anna*, en la película con ese título. Leo, de cinco años, veía la figura cada mañana en su habitación, al despertarse, y su recuerdo nunca se le borró de la memoria, porque para él era un amigo sonriente, una mascota inmóvil a la que sus padres nunca, bajo ningún concepto, debieron abandonar. El Hijo del doctor descubrió demasiado tarde que se había quedado allí, en el Ingenio, y esa presencia inanimada representaría la primera pérdida dolorosa de su existencia. Después vendrían otras, pero desde entonces le quedó un cierto sentido de desfallecimiento, un vértigo insuperable al abandonar algún objeto, o algún lugar, o alguna persona que había pertenecido a su tiempo.

Los cuatro se hicieron en San Miguel una foto de estudio. Con el cabello rubio y su vestido blanco, Carmencita se parecía a Shirley Temple. Junto a una Aurelia sonriente, el doctor mostraba una expresión extraña, como si los temores que en el fondo albergaba su corazón acabaran por aflorarle en el rostro.

Aurelia había vestido para la foto a su hijo con corbata y traje, la indumentaria con la que pisaría tierra española y sería por fin presentado a sus hermanos. Y sobre todo a su cuñada Pilar, tan pérfida que ni siquiera fue a verla a Campo cuando perdió a su primer hijo y que ahora, con todo descaro, había anunciado su presencia en el puerto de Barcelona, como si sus sobrinos le importaran un comino. Pero Aurelia habría de saborear su triunfo. Esa mujer despiadada y vanidosa vería con envidia a los hijos del matrimonio, una preciosa niña rubia y un hombrecito hecho y derecho. Y también ella, Aurelia, se mostraría bella y elegante con aquel vestido de topos azules que se pondría para bajar del barco.

A la mañana siguiente llegaron a la capital federal en un vuelo nocturno en un D-C3 Dakota, el aparato que había revolucionado la aviación por su seguridad y porque podía aterrizar sin sacar el tren de aterrizaje. El avión no había dejado de moverse en todo el vuelo por el mal tiempo y Shirley Temple se había pasado las horas llorando. Dos horas después de repostar en Santiago del Estero, el Dakota sobrevolaba Ezeiza. Todavía era de noche y el doctor llevaba a su hijo dormido sobre las rodillas cuando vio abajo, tras la ventanilla, un mar de luces brillando en la llanura. Despertando al pequeño Leo le dijo:

–Mira, hijo, esas de ahí son las luces de tu ciudad.

Pronunció la frase con la solemnidad de un momento histórico. Su hijo no la relegaría al olvido. El alba porteña ingresaba en su álbum de recuerdos, el más íntimo, anunciada por quien probablemente lo sabía todo acerca del Universo.

Obelisco

1955

Quedaba pendiente en Buenos Aires despedirse de Picotas y su mujer, y allí estaban esperándoles en el mismo aeropuerto. Obiols, ya cerca de los sesenta, mostraba en su cabello canoso el paso del tiempo, y a las señales permanentes de su rostro ahora se habían añadido algunas arrugas. Mariano observó un ligero temblor en sus manos que tal vez no fuera nada, pero que no le gustó. No quiso hacer comentarios. Con todo, su expresión se había dulcificado y al mismo tiempo ennoblecido. Antoñita, en cambio, estaba igual; seguía siendo la mujer bella y dulce de siempre, con una sonrisa inextinguible en sus labios.

Se registraron en el mismo hotel en el que Mariano se había reencontrado con Picotas en 1949. Ahora el establecimiento tenía un nuevo propietario que había cambiado la orientación del negocio y los precios ya no eran los mismos, aunque conservaba su noble aspecto de siempre y hasta el aroma a flor de lirio de sus salones. Mariano esperaba saludar de nuevo a su director, Michele Cristaldi, pero este se había jubilado al cambiar la propiedad el año anterior y ahora vivía en las montañas de Córdoba. El médico lamentó su ausencia, pues el siciliano con su actitud le había confirmado una vez más la existencia en este mundo de almas nobles.

Y es que cada vez que Mariano se encontraba con personas como Picotas, los hermanos Sanz, el capitán Darneau o el señor Cristaldi sentía que existía en el mundo un orden universal en el que creía, donde aún era posible la solidaridad y un sentido elemental de la justicia. En parte por ello no necesitó nunca militar en una religión oficial, con sus ritos y sus funcionarios. Compartía y reconocía los valores cristianos, aunque prefería hacerlo en las filas de los que creían que Cristo fue un revolucionario que, en lugar de pretender el poder político, había decidido defender a los débiles.

—Doctor —dijo el antiguo sargento—, nos estamos echando años...

—Algunos, pero usted no se ha de preocupar. Deje que sea su organismo quien le dicte los tiempos. —Mariano puso una mano en el hombro de Picotas—. Mire, yo siempre he creído que cuando nacemos todos llevamos dentro un relojito y nos moriremos con absoluta certeza, pero solo cuando la cuerda se le acabe, no antes.

—Usted siempre tan optimista. Yo estoy jubilado. La verdad es que con mi forma física los malos me molerían a palos y no podría defender ni siquiera a la Señora, que en paz descanse. A la pobre la cuerda del relojito se le terminó en plena juventud...

—Sí, es verdad, yo lo sentí sinceramente.

—Bueno, dejemos eso. —Picotas esbozó un rictus de tristeza—. Me cuesta mucho hablar de ella. Todo pasó de una manera que... fue horrible.

—Lo siento.

—Pero todavía recuerdo bien —Picotas recuperó la sonrisa— las siete famosas reglas del teniente Muñiz.

—Venga, Obiols, ahora nos va a demostrar su buena memoria...

Picotas se volvió hacia las dos mujeres, Aurelia y Antoñita, quienes conversaban animadamente.

—Sepan, señoras —dijo Picotas—, que en el cuartel de Carabineros nos partíamos de risa. Parecía usted más un cura que un médico...

—No hay mucha diferencia. Si acaso la hay es que al final el médico siempre acaba fracasando.

—Nos predicaba constantemente —continuó Picotas imitando el acento aragonés del doctor—. Coman fruta, tomen el sol en invierno, muy poco en verano, duerman ocho horas, hagan cinco minutos de gimnasia, tres minutos de siesta, cenen sopa y lávense las manos al menos diez veces al día... ¡Pero nunca nos habló del sexo!

—No dice la verdad, sargento.

—Bueno, ya no me acuerdo —repuso el aludido.

—Repita, repita, sí que se acuerda.

—Mejor que no, oiga.

—Insisto, sargento.

—Usted dijo textualmente: con las debidas precauciones... ¡polvos, hasta que el cuerpo aguante!

Antoñita rompió a reír, mientras Aurelia miraba a su marido, circunspecta.

—De la sopa en la cena sigo pensando lo mismo, es imprescindible, aunque sé que del tabaco no dije nada... ¡qué quieren que les diga! Era y es mi único vicio, y desde luego es el peor —añadió—. Todas esas reglas solo sirven para que no se le termine la cuerda al reloj antes de tiempo.

—Bueno, si solo es el tabaco... Recuerde usted lo que se dice, los vicios nunca vienen solos. Me viene a la memoria algo que usted me comentó... Me dijo que no me empeñara en memorizar. Se refería a las cosas inútiles, los temas que se pueden anotar en un papel, como los números de teléfono. Decía que el cerebro tiene unas celdillas en las que se almacenan los recuerdos, los datos, y que no vale la pena abusar de su uso porque estas celdillas no son infinitas...

—Y así es. ¿Para qué guardar en la cabeza números, si hay agendas? —El doctor echó mano al bolsillo para extraer una pequeña libreta—. Es mucho mejor almacenar conocimientos.

—Bueno, yo quiero que estos niños —Picotas señaló a los hijos de Mariano y Aurelia— empiecen a llenar sus cabezas de buenos recuerdos de Buenos Aires.

Por la mañana fueron en automóvil a dar un paseo por la ciudad. Al llegar al Obelisco, en la Avenida 9 de Julio con la calle Corrientes, Picotas insistió en dar tres vueltas alrededor de la inmensa aguja blanca. Una, dos, tres y el auto seguía alrededor de ella.

—Para que no os olvidéis del Obelisco —dijo riendo. Pero hablaba en serio.

No, el Hijo del doctor no lo olvidaría jamás.

Al día siguiente, el de la partida, fueron al puerto. La escena del adiós fue muy breve. Apenas hablaron. La única con los ojos húmedos era Antoñita. Mariano la abrazó; a su marido le dio la mano. Ambos retuvieron el saludo unos instantes sin decirse una palabra. La familia empezó su ascenso al barco.

–Cuídese mucho, sargento –dijo el doctor alzando la voz, volviéndose hacia su amigo mientras subía la rampa del *Bretagne*.

Ambos sabían que nunca más volverían a verse.

El Bretagne
1955

En 1955 el vapor *Bretagne* era uno de los mejores trasatlánticos de su época. Sus dieciséis mil toneladas estaban impulsadas por dos turbinas que le procuraban la velocidad de servicio de dieciocho nudos, lo que sin esforzarse le permitía unir el Cono Sur y Europa en tan solo dos semanas de navegación.

La familia se instaló en la segunda clase. Esta vez el doctor había decidido que se podía permitir el lujo de viajar con un cierto confort. Además del lavabo privado, en un extremo del camarote había dos literas para los niños.

–No somos indianos, pero hemos ahorrado –le dijo a Aurelia, satisfecho de su elección. Aun cuando las *suites* de primera clase gozaban de acceso directo a la cubierta, por el ojo de buey del camarote de los Muñiz entraba mucha luz y a través de la escotilla podía verse el espectáculo del horizonte, una fina línea recta entre dos bandas azules, el cielo y el mar.

Después del champán de bienvenida que el capitán ofreció protocolariamente a los viajeros de segunda clase, Mariano se acercó al oficial para presentarse. El marino recordaba que había inscritos varios facultativos médicos en la lista de a bordo.

–Encantado de conocerle, doctor –dijo–. Espero no tener que molestarle, tenemos un buen equipo médico a bordo. Y, por favor, hágame saber cualquier cosa que usted o su familia necesiten.

–Muchas gracias. Quería preguntarle a usted si conoce al capitán Darneau. Viajé hace unos años en el *Groix* y nos hicimos amigos. El caso es que no he vuelto a saber de él.

–Lo siento, *monsieur* Muñiz, él no trabajaba en mi compañía naviera, así que no coincidimos, pero oí hablar mucho de este oficial. Algunos compañeros viajaron a su lado como parte de su tripulación. Un gran tipo, según me dijeron. Si le parece, voy a preguntar; es muy probable que alguno de mis hombres sepa qué ha sido de él.

–Se lo agradeceré sinceramente, capitán.

Le recordaba con afecto. Nunca llegó a saber bien qué impulsó al marino francés a tratarles como lo hizo. Seguramente fue pura generosidad. O tal vez el recuerdo de aquellos republicanos que había conocido en su barco, los que luego fusilarían en Vigo.

La travesía transcurría plácida, en general con un excelente estado de la mar. Los Muñiz disfrutaron mucho más de lo previsto de los quince días de navegación y sus niños llegarían a la conclusión de que el paraíso en la Tierra consiste en viajar en un gran barco como el *Bretagne*. Con su piscina, cine y restaurante, el periplo en el vapor francés sería después, entre todos los viajes de su vida, el más añorado. Leo recordaría que la orquesta tocaba en el salón de primera clase, mientras que una gramola amenizaba a los pasajeros de segunda con los compases de la «Moonlight Serenade», que parecían escritos para seguir el ritmo de las olas. En tercera clase, los pasajeros tocaban sus guitarras y bebían vino y aguardiente. En una ocasión, Mariano comentó a Aurelia, mientras bailaba tratando de seguirle el paso:

–Estoy seguro de que los pasajeros del piso de abajo son los que mejor se lo pasan...

Ella le lanzó una sonrisa escéptica.

–Oye, ¡ya está bien! Déjame por una vez disfrutar de esto... A mí dame pan y llámame tonta –le replicó.

A veces Aurelia se cansaba del invariable ascetismo de su marido. Ella era de buen conformar, pero ¿a quién le amarga un dulce?, se decía siempre.

* * *

Después de la escala en Río de Janeiro, y mientras almorzaban, un marino se acercó a la mesa de los Muñiz.

–Buenas tardes –saludó en francés–. Soy Guillé, segundo oficial, y vengo de parte del capitán. Me ha pedido que le informe sobre el capitán Darneau, del viejo *Groix*...

–Encantados, *monsieur*. ¿Sabe usted algo de él?

El marino tomó asiento. Había viajado con el capitán durante ocho años. Al final su barco había acabado en el desguace en el puerto italiano de La Spezia. Darneau se jubiló en 1952 con el *Groix*, como él mismo había previsto desde hacía tiempo. Después se había retirado en Portvendres. Vivía solo en una casita frente al mar.

–Yo me enrolé poco después en la compañía en la que viajamos ahora. No he sabido más. Le puedo asegurar que, con mucho, es el mejor marino que he conocido. Lástima que a veces parecía sufrir mucho.

–Nunca me lo dijo. ¿Sabe usted por qué razón? ¿Estaba enfermo?

–No creo, que yo sepa era un roble.

–¿Entonces? –inquirió el médico.

–Mire, él era un hombre reservado –observó el marino–. Y además era el capitán. En el mar eso es algo que todos respetamos, nadie hace preguntas. Pero me comentó que era viudo.

–Viudo. También lo ignoraba. ¿Y sabe usted cuándo murió su mujer?

–No, pero debió de ser mucho tiempo atrás; yo calculo que a finales de los años treinta. Lo siento, tengo que regresar al puente. Les deseo una buena travesía. Si necesitan algo, ya saben dónde estoy.

Mariano vio como el oficial se alejaba. Antes de salir por la puerta, se volvió un instante en la distancia y saludó con la mano.

* * *

La vida a bordo continuó su rutina. El pequeño Leo, asomado a la barandilla que se enfilaba sobre las olas, pensó que Argentina ya quedaba muy lejos y que no podría regresar. No sabía entonces que los grandes aviones a hélice ya habían empezado a cruzar el Atlántico Sur y que, con el tiempo, viajar entre continentes sería mucho más sencillo. El Hijo del doctor agradeció durante toda su vida aquella extraordinaria aventura; el regalo de haber sido un niño atravesando sobre las aguas la mágica inmensidad del océano. Él pertenecía a una de las últimas generaciones que lo haría. Ninguna experiencia posterior, ni siquiera ser transportado a la velocidad del sonido, podría compararse con la de correr por la cubierta contra el viento, de proa a popa, mientras el buque deslizaba su panza sobre el magma azul.

Adele
1955

El mediodía antes de llegar a Barcelona, el segundo oficial Guillé regresó a la mesa de los Muñiz y pidió permiso para sentarse. Preguntó si la travesía había ido bien y después comenzó a hablar:

—Verá, doctor, es poco probable que nos volvamos a encontrar... No quiero que usted, un amigo del capitán Darneau, se quede sin saber su historia completa. Me la contó él mismo, después de navegar tres años juntos.

—Adelante, por favor. Para mí será un honor, que le agradezco.

—El capitán era viudo, como le dije. Estaba casado con una mujer de origen judío y nacionalidad francesa. No tenían hijos. En junio de 1940, el *Groix* partía de Burdeos justo antes de la ocupación de Francia por Hitler. Fue uno de los últimos en salir. Darneau era el primer oficial del buque y había decidido sacar a su mujer del país. Se encontrarían a bordo el mismo día previsto para zarpar, el día doce. El plan era establecerse en América del Sur. En el mismo barco, cientos de judíos y ciudadanos europeos huían de los nazis y de la Gestapo. Embarcaban mientras oían el ruido de las bombas que caían sobre la ciudad.

–Recuerdo los bombardeos, yo estaba allí esos días –dijo el doctor.

–Pero ella nunca subió al barco –siguió Guillé–. Había una multitud que se agolpaba en el puerto. Eran personas desesperadas que no habían podido conseguir un pasaje, y ya no cabía nadie más.

–Lo recuerdo perfectamente. En el *Groix* escaparon también medio centenar de españoles. La mayoría eran familias republicanas, vascos con mujeres y niños –confirmó Mariano–. Yo no me fui en él porque mi mujer estaba en España...

–¡Pues qué le voy a contar...! La señora Darneau, Adele –recordó su nombre–, acabó cediendo su plaza a otra mujer joven que cargaba en sus brazos a su hijo, un niño de dos años. No los había visto antes en su vida. También eran judíos, como ella. La madre se había puesto en la cola con la esperanza de que la dejaran subir, pese a no tener los papeles del pasaje, y al llegar al control los devolvieron al muelle. Allí suplicaba a gritos que la dejaran subir. Adele no tuvo tiempo de avisar a su marido y el barco partió sin ella.

–Gente... maravillosa –dijo el médico–. Solo podemos ver su luz en los momentos oscuros, como ese.

–Tal vez ella pensara que tendría otra oportunidad. Después de todo, era la esposa de un navegante.

–Da igual, *monsieur*, su sacrificio era de una generosidad extraordinaria. ¿Y qué sucedió después?

–Al darse cuenta de que su mujer no estaba en el barco, Darneau corrió al muelle en el último minuto. Pero no la encontró. Regresó al buque, creo que podemos imaginarnos en qué estado de ánimo. No supo el motivo de su ausencia hasta que, un día más tarde, recibió en alta mar una nota de la propia

Adele. Era muy escueta y se la hacía llegar a través de la mujer judía a la que había salvado, escrita apresuradamente. Dos líneas, me dijo.

—Caramba, qué situación...

—Sí. Darneau no tuvo más noticias de ella hasta meses más tarde en Casablanca. El *Groix* se vio obligado a desviarse de su ruta a Buenos Aires, amenazado por los torpedos alemanes. El barco se refugió en el puerto de la capital marroquí, donde quedó inmovilizado. Sus pasajeros permanecieron seis meses allí hasta que pudieron ser trasladados al vapor vasco *Katiola*, en el que llegaron a América. Una verdadera odisea, la de aquella pobre gente.

—Pero ¿cuándo se reencontró con Adele? —preguntó Mariano.

—Nunca. A través de compatriotas que llegaron desde Burdeos, el capitán supo que poco después ella fue detenida por la Gestapo junto con otras personas.

—¡Dios mío!

—Después ya no hubo más noticias. Desapareció. Nadie, ni los supervivientes de los campos de concentración en Francia, Alemania o Polonia pudieron dar razón de ella.

Aurelia había escuchado toda la conversación. Mantuvo su serenidad habitual, pero se levantó.

—Voy a cubierta. Estoy algo mareada.

La noche previa al desembarco en Barcelona, Mariano trataba de dormir en su camarote. Pensó en su amigo el capitán Darneau. La melancolía es peligrosa, recordaba que le había dicho. Pensó que el marino tenía razón. Una cierta tristeza a veces es necesaria para poder celebrar la vida. Aunque la melancolía duradera acaba en el peor de los exilios: el interior.

* * *

El viaje había terminado. Era 1955. El *Bretagne* tuvo una vida corta. Ocho años más tarde, rebautizado como *Britanny*, fue destruido por un incendio en el puerto de El Pireo. Leo no lo supo hasta pasado mucho tiempo y sintió algo parecido a la añoranza. También creyó que la nostalgia sentida por algunos lugares quizá le hubiera parecido una tontería al doctor, una debilidad.

Sin embargo, el Hijo del doctor prefería creer que algunos lugares pueden carecer de su propia consciencia, pero no de alma.

Vía Layetana
1955

El sol bruñía las olas con el esplendor de la primavera ante la escollera del puerto de Barcelona. Dieciséis años después de aquella huida forzosa de España escoltado por el ejército francés, el doctor volvía a casa. No tenía casi equipaje, apenas unas maletas, pero regresaba. Entonces había salido solo y ahora descendía por la escalerilla del *Bretagne* con dos hijos y su esposa. Podría vivir en su país. Oficialmente, en los papeles que le extendieron para entrar en España, era un derrotado, un rojo. Se le permitía volver con la condición de pasar por un proceso de depuración política, un juicio sin tribunal para demostrar ante el régimen que no tenía en su pasado delitos de sangre.

«¿Qué delitos pude cometer...», se había preguntado en Argentina en el momento de recibir la propuesta de su abogado en España, antes de tomar la decisión de regresar. «La única sangre que vi fue la de cientos de heridos en los hospitales de campaña durante la Guerra Civil. ¿Qué delitos cuando la única sangre que pude derramar fue la de los prisioneros a los que operé, trabajadores forzosos, republicanos españoles capturados por la división de trabajos y armamento del Reich alemán?»

«Qué delitos cuando tuve que recibir a través de las trincheras la carta de aquel capitán del ejército nacional, adversario pero colega, quien como buen samaritano me escribió desolado.» El médico militar al que se refería con tanto respeto había asistido a su bebé afectado de una difteria y, a pesar de sus cuidados, el pequeño moriría en brazos de su madre Aurelia.

El Hijo del doctor comprendió el significado de aquella estampa –sus padres descendiendo por la escalinata del barco– muchos años más tarde, cuando pudo entender el valor de los símbolos. La imagen la extrajo de su memoria, coloreada en tonos vivos como si hubiera salido de un álbum de cromos: aquella pasarela de madera y tela al costado del barco, una cinta que se deslizaba hacia el muelle pegada al vientre de la gran ballena de metal. La viñeta estaba fijada a su memoria como si fuera la conclusión de una historia de aventuras. El niño de entonces no habría podido ver en ella el símbolo de un límite, algo que significaría para su padre el fin del pasado, y mucho menos el anuncio de tiempos nuevos.

Cuando ya adulto rememoraba el descenso al muelle, Leo comprendió que sus padres habían vivido pocos meses de paz, de verdadero sosiego, en toda una vida. Y que ese preciso instante fue uno de los pocos momentos luminosos de sus vidas. Los hermanos respectivos de Mariano y Aurelia, José y Pilar, vieron bajar a los Muñiz con un nudo en la garganta.

Era un Domingo de Ramos y aquel día la Vía Layetana estaba llena de niños que se aproximaban al mar de la Barceloneta llevando sus palmas, mientras el Citroën Pato del hermano de Aurelia enfilaba la pendiente hacia la Diagonal. El recién llegado iba delante sentado en las rodillas de su tío José Baldellou, quien quizá recordaba la noche en que despidió a su hermana a los pies del Cotiella. Leo sacaba la cabeza por la ventanilla mirando deslumbrado los edificios de la avenida construida antes de la guerra para liberar a la ciudad de su corsé medieval. En el maletero viajaban muchas ilusiones y todavía sobraba mucho espacio. En la cartera que sostenía Mariano, un sobre contenía sus ahorros, unos cientos de pesos argentinos. Por entonces esa moneda tenía mucho más valor que la peseta, por lo que era una reserva suficiente para afrontar los gastos del primer año. Mariano lo perdería todo, pues ningún banco quiso cambiar aquellos pesos que acabaron olvidados en un cajón.

Pero en esos momentos su cabeza estaba alejada de esa preocupación. Sentado en la parte de atrás del automóvil parecía ensimismado. Luego contaría que ese fue el peor momento, justo después de la alegría de haber llegado. Le asaltaron entonces las dudas, todas las que debiera haber tenido desde que empezó a pensar en el regreso. Súbitamente, los miedos se le concentraron en la mente, golpeándose entre sí como canicas en una bolsa. «*Alea jacta est*», se dijo. Ya no podía hacerse nada. Notó un temblor en las rodillas. Podía reconocer aquel estremecimiento, el mismo que tuvo cuando entró en el campo de refugiados de Francia. «Las playas, malditas sean.» No había vuelto a pisar la arena desde aquel febrero de 1939.

Continuó con sus pensamientos, enfebrecido. «Y ahora resulta que me estoy cagando de miedo dentro del Citroën de mi cuñado... ¿Lo habrá notado? José no es tonto. Mira cómo se ha ido de rositas con el régimen. Primero lo meten en la cárcel. Luego condenado a muerte. Después le indultan. ¡Y era tan "rojo" como yo! Bueno, él fue capitán. Y ahí lo tienes ahora, haciendo buenas migas con el obispo. La verdad es que si a él le ha ido bien, a mí no tendría que irme peor. Claro que él es mucho más listo, toda la familia lo es, comerciantes de La Fueva; no me extrañaría que volviera a recaudar para la hacienda del Estado, como su padre y su abuelo.»

–Oye, José, ¿estos... te han devuelto lo de la Contribución? –preguntó tocando el brazo del hermano de Aurelia.

Los Baldellou tenían la concesión del cobro de los impuestos en la montaña, privilegio que había pasado de padres a hijos durante generaciones.

–Por supuesto, ¡solo faltaría! –repuso con naturalidad–. Llevo toda la comarca y mucho más, ahora llego hasta Boltaña.

Mariano siguió recostado en el fondo del automóvil. «¡Manda narices!, solo le falta que le den coche oficial. Pues no sé por qué me está entrando ahora a mí este pánico. A buenas horas mangas verdes. Me preocupo cuando ya no hay remedio.»

Se dio cuenta de que estaba dirigiéndose a sí mismo como si fuera otra persona. Probablemente ello le permitía distanciarse del asunto que le preocupaba. «¡Con lo que te costó encontrar un trabajo en Argentina, y decides dejarlo para volver al país más pobre de Europa! Estuviste pateándote todas las oficinas y no conseguiste nada. Mientras tanto, no tenías ni un solo peso y Aurelia, la pobre, cargaba con un bebé por los salones del hotel. ¡Y suerte tuviste de que tus amigos te pagaban las facturas! Al final aquel funcionario de sanidad argentino se apiadó de ti: "¡Afíliese, amigo, hágame caso y hágase del Partido!" Mano de santo, abracadabra, magia. San Perón. Santa Evita.» Instintivamente se echó la mano al billetero. Allí estaba todavía el carné. «Bueno, por si acaso. Si estos se empeñan en fusilarme lo sacaré y les diré que llamen a Perón, si hay narices. Un farol, en fin, uno más ya no importa, pero Perón pesa, ¡vaya que si pesa!»

«Y, acuérdate, una vez que lo conseguiste estabas allí con tu mujer encantada, la nevera llena, tus dos hijos en el *kindergarten*, un coche y viviendo en un parque. Y además bomberos y una banda de música. Vivías como un obispo, ¡qué digo!, mucho mejor: como un cardenal de la curia romana. ¿Dónde viste tú antes en España, o en Francia, o en Jersey, tantos lujos juntos? ¿Y ahora qué, espabilado? Coges a los tuyos y los llevas a una dictadura que presume de dar leche gratis a los niños en las escuelas. Leche en polvo que envían a Franco los norteamericanos a cambio de meter todos los barcos y aviones de guerra que les dé la gana en las bases españolas. Todo esto pasa ahora porque Evita ya se murió, pobre mujer, y desde entonces... se acabó la ayuda de Argentina.»

Ya se lo habían advertido sus amigos: el ingeniero Lucatella, el director del Ingenio, los sanitarios de la oficina, el amigo Llobril. Eso de volver a España era un enorme error. Pero Mariano ya había tomado su decisión. Él quería tranquilizarlos, por eso les había prometido volver. Decía que regresarían tras unas vacaciones, largas, eso sí. ¡Volver...! Todos ellos sabían perfectamente que jamás lo harían.

Además, estaba el pequeño detalle de la cartera. Años después de la marcha de los Muñiz, y hasta el mismo día de su muerte, el Negro soñó con juntar el dinero necesario para viajar a España. Quería verlos a todos de nuevo, aunque fuera una vez. Fantaseaba con conocer Europa, pero las cosas no les fueron bien a los argentinos y el señor Llobril no fue una excepción.

* * *

El Pato color negro había llegado a la Diagonal. El sol brillaba sobre la glorieta. Para entonces el doctor había abandonado sus miedos. Después lo entendió. Se le habían disparado todos los resortes de la angustia cuando reconoció, a la izquierda de la Vía Layetana, el antiguo edificio de la Comisaría Central de Policía, con sus célebres calabozos en el sótano.

No era un héroe. Simplemente era un hombre ya maduro con una familia. «¡Vaya, podríamos haber subido por la Rambla de Cataluña!», le dijo aliviado al conductor.

Aquello de regresar tenía sus riesgos pero no era el exilio. No se puede cambiar de patria como se cambia de traje.

Un cierto aroma a jabón
1955

Cuando el doctor y su hijo llegaron a Zaragoza eran las nueve de la noche. El automóvil cruzó rápidamente los arcos del Puente de Piedra golpeados por el cierzo, ese viento helado y violento. El niño se despertó en el asiento trasero y contempló la vieja estructura tantas veces destruida en las grandes riadas. El doctor reconoció en la noche la silueta de la Basílica del Pilar. Hacía pocos meses que había visitado a su madre, a su llegada a España, después de veinte años de ausencia. Zaragoza estaba allí de nuevo, tan viva en sus recuerdos.

Pero lo que le devolvía a ella era un mal presagio. La vieja ciudad –la César Augusta romana, la visigoda Salduba, la Sarakosta árabe y la cristiana Zaragoza– estaba envuelta por la oscuridad. A la derecha del Pilar aún pudo adivinar la pasarela del puente colgante cruzando el río Ebro y el Club Helios, escasamente iluminado, que él mismo había fundado con algunos amigos un cuarto de siglo antes. El automóvil entró por la calle Don Jaime para luego descender por la de Alfonso I. Todo aparecía extrañamente vacío y las luces de la calle más comercial de la ciudad estaban apagadas. En la España aislada de 1955 había graves restricciones. Cinco años atrás, Evita Perón había dejado su reguero de obsequios a una nación abatida por la posguerra, pero ahora ella estaba muerta. En 1955 el Régimen autocrático llevaba ya catorce años en el poder y no podía contemplar el futuro con optimismo a pesar de los noticiarios triunfalistas del NO-DO. Faltaban divisas y había inflación. Los luceros del himno falangista languidecían, mientras las farolas de las ciudades se apagaban antes de la medianoche.

Aquella tarde Mariano le había advertido a su hijo que viajarían en taxi, solos los dos. Era un viaje improvisado. Su hermana y su madre se habían quedado en Puente de Montañana, a orillas del río que divide Aragón y Cataluña. La familia Muñiz, llegada de Argentina en la primavera, se había instalado pocas semanas antes en el pueblo ribagorzano, el primero de los que le habían asignado al médico de forma interina.

El niño, que entonces contaba seis años, notó una seriedad inusual en el rostro de su progenitor, que viajaba con los ojos cerrados y parecía abatido, aunque no dormía. El doctor solía instruir animadamente a sus hijos sobre cualquier objeto cotidiano que pudiera presentarse ante su vista, pero esta vez mantuvo un mutismo extraño durante todo el viaje. Oscurecía. El Fiat avanzaba por la vía comarcal con ritmo lento; había muchos baches y curvas. Ahíto de aburrimiento, el chico empezó a contar los mojones de la carretera. Al poco se había cansado y ahora, a través de la ventanilla, veía pasar rápidamente los árboles. Desnudos de hojas, los plátanos se le antojaron filas de guerreros gigantes en movimiento, prestos a usar sus lanzas contra el enemigo; formaban una barrera inexpugnable que protegía las casas y campos invisibles que quedaban a su espalda. Ya con la oscuridad dueña y señora del exterior, las poderosas cohortes de árboles-soldados desaparecieron envueltas en las sombras. Ese acontecimiento dejó al niño sin recursos para continuar su guerra imaginaria, por lo que acabaría recordando aquel trayecto como el más largo y aburrido de su vida.

El automóvil por fin se detuvo. La calle Prudencio era estrecha y corta, y apenas estaba alumbrada por algunas farolas. La vivienda se encontraba en un edificio de principios del siglo XIX, con planta baja y principal, dos pisos y un terrado. El doctor dio dos palmadas y a los pocos minutos apareció el sereno al grito de «¡ya voy!», un hombre rubicundo que servía a los noctámbulos uniformado con capa, gorra de plato y un chuzo en la mano. Olía a anís, pero Leo no sabía que era anís. Sacó una llave del pesado manojo que arrastraba colgado del cinto y empujando el doble portón de madera permitió que entraran en el zaguán. A la derecha, una puerta daba acceso al comercio de coloniales.

Mariano reconoció la mezcla de aromas en la que predominaban las especias y los jabones caseros hechos con sebo y ceniza. Habían pasado casi cuatro décadas desde los tiempos de su bachillerato, e incluso con esa lejanía y los ojos vendados hubiera reconocido el aroma de la tienda familiar.

Al fondo del zaguán, el suelo de losas de barro terminaba con el arranque de la escalera. Mariano no se detuvo un segundo y comenzó a subir los peldaños.

Al llegar al primer rellano les aguardaba una puerta con una mirilla de latón y su aldaba. La hoja se abrió y apareció una mujer que al niño le pareció una dama de edad indescifrable, ni muy joven ni muy vieja. No era alta pero en ella destacaba un cabello intensamente rubio y liso recogido en un moño. Sus mejillas y su frente tostada parecían haber tomado el sol mucho tiempo, aunque sus labios apagados carecían de color. Llevaba una cinta oscura al cuello con un camafeo y un vestido totalmente negro.

—Pilar —dijo él en voz baja, depositando sin casi rozarla un único beso en la mejilla.

Ella no contestó. Le miró desde abajo con sus inmensos ojos de carnero que en la penumbra parecían marrones. De pronto se abrazó a su hermano, sollozando. Estuvo así un buen rato, agarrada a su cuello.

Cuando Pilar Garcés Muñiz deshizo su abrazo se secó las lágrimas. Sin decir una palabra y sin besarle, tomó a su sobrino por la mano y lo condujo a la primera estancia en el pasillo. La pieza era la salita de estar y el comedor de una familia de clase media. Sobre la mesa camilla había dispuestos algunos objetos: servilletas, vasos y platos, magdalenas y un bote con mermelada, queso, pan y una caja de bombones de Soconusco. Los hermanos dejaron al niño frente a la pequeña mesa redonda. Al sentarse, Leo apartó el faldón que ocultaba el brasero y notó una vaharada de calor que ascendía por sus piernas. Las cenizas mezcladas con la brasa eran el único punto acogedor de aquel piso inanimado y por ello, antes de probar un solo bocado, Leo se quedó dormido con la cabeza entre los brazos. Fue probablemente por esa razón por lo que no pudo escuchar en la alcoba contigua las palabras dichas en voz muy baja, ya sin fuerza, sin significado.

* * *

Mariano no quiso que el chico viera a su abuela en el lecho de muerte. Probablemente pensó que todavía era demasiado pequeño para hablarle de la idea de lo inevitable, ignorando que tendría que enfrentarse a ese descubrimiento pocas semanas más tarde. Al día siguiente, en el hotel en el que pernoctaron, su padre le dijo al levantarse: «Mi madre ha muerto». Fue un susurro en voz baja, como si el mismo Mariano no creyera lo que estaba diciendo. Entonces sucedió lo que habría de impactar tanto al muchacho. El padre exhaló un sollozo; solo fue un instante, pero bastó para sumirlo en un extraño desconcierto. El niño no pudo comprender lo que sucedía y por ello quedó en él una huella, una señal perenne e inconclusa. Muchos años después, el día de la muerte del doctor, su hijo recordaría la misma escena con la sensación de haberla borrado de su mente hasta ese momento. Y se preguntó si era posible que una mano invisible la hubiera traído hasta él, de nuevo, como un regalo. Un remedio del pasado, una frase invocada como fórmula magistral, cuando más la necesitaba. El verdadero sentido de aquel suceso lejano. Mi padre ha muerto. Leo no regresaría nunca al piso de sus abuelos en Zaragoza, pero le quedó esa frase y un brasero repleto de cenizas.

* * *

Después de la muerte del doctor, su hijo supo, a través de sus memorias, escritas en talonarios de recetas, que Mariano había conocido una revelación precisamente de los labios de su madre en aquel piso de la calle Prudencio. Y no era una simple anécdota, sino lo que realmente había sucedido en Ariño después de que la abuela Edelvira hubiera sabido que la desaparición de Román no había sido a causa de un crimen, sino una huida. El doctor había dejado escrito:

Calle Prudencio, 4

Antes de la guerra, en 1936, yo había ido a visitar a mi madre con el propósito de invitarla a mi boda en el valle de Campo. Yo tenía por entonces treinta y tres años y se supone que cierto criterio para orientar mi vida, pero mi hermana Pilar se oponía a mi boda y al viaje. No quería que me casara con aquella chica, Aurelia, porque creía que yo tenía mejores oportunidades en la capital. Una locura. Nuestra madre estaba contrariada, pues no compartía para nada las ideas de grandeza de Pilar. Y aún menos le gustaba su estilo de vida, una manera de relacionarse superficial y mundana. Mi hermana vivía solo para comprarse trajes y acudir a todas las fiestas de sociedad a las que se hacía invitar. Se había hecho enfermera de la Sanidad Militar y al parecer iba poco por los hospitales, pero le gustaba exhibirse en los desfiles con su uniforme blanco o pasearse con los cadetes de la Academia, a los que llevaba más de diez años. Desgraciadamente, mi madre solo tenía esa hija. No podría ir a la boda, era imposible, me dijo, y bien lo sentía ella, como lo sentían todos, incluido Pedrito Blesa Muñiz, el sobrino, que era como un hijo para ella y que tenía que odiar por fuerza a su prima porque lo maltrataba con un desdén inmotivado. Lo decía con dolor, porque otra vez la familia se estaba dividiendo... Y añadió que esta vez era por culpa de Pilar. Incluso Pedrito, que es un ángel, por causa de ella hablaba ya de emigrar a Argentina, otra vez, mira por dónde...

Yo escuchaba con atención a mi madre. Desde niño sabía que había una historia extraña relacionada con mi abuelo y ese país, la Argentina. No tenía ni idea de cómo, pero yo sabía algo. De lo contrario, ¿por qué cada vez que había caído en mis manos un atlas de América del Sur me había fijado con tanto interés en él?

Ahora era la primera vez que yo lo oía directamente por boca de mi madre, la hija de Román y de Edelvira. Estaba sentada allí y continuó desahogándose; creo que sintió la necesidad de liberarse. Recordaba a su padre Román, fuerte y delgado, aún joven, levantándola por encima de la mesa, soltándola en el aire, apenas unos centímetros. Ella, una niña, no tenía miedo porque sabía que Román no la dejaría caer al suelo. Este le decía después que nunca se fiara de nadie, porque si caía nadie la salvaría.

Continuó explicándome que, cuando vinimos a Zaragoza toda la familia, en ese mismo piso en el que estábamos en ese momento, le pidió al viejo párroco que había casado a sus padres, don Félix, que le contara aquello que este había conversado en Ariño con su madre Edelvira, justo antes de que sus hermanos emigraran a América, y que estos no habían podido oír –a pesar de su interés– a través de la puerta. Necesitaba saberlo, después de tantos años y de que Edelvira ya no estuviera en este mundo. El cura, después de hacerse mucho de rogar y tomarse dos copas de anís, le contó la verdad. Que aquella tarde, cuando él estuvo intentando convencerla de que escuchara los ruegos de su marido, y de sus hijos, a la abuela le caían lágrimas como puños mientras decía:

«¿Qué he de hacer pues, don Félix, decirles lo que pienso, la verdad? Tendría que empezar por decírmela a mí misma. No es que valga la pena seguir fingiendo, es que nunca podré hacer otra cosa que disimular, siempre. No puedo salir ahí yo, Edelvira, la esposa, y decirles: vuestro padre está muerto para mí. ¡Definitivamente muerto! Estuve esperándole más de un año, noche tras noche. Me consumía de dolor y esperaba y esperaba. Cada minuto. Y un día, por fin, todo se acabó. No podía seguir más, esperando a alguien que jamás volvería. No me importaba morirme, pero *tenía cuatro hijos y dos eran pequeños. Así que lo pensé y lo decidí yo, sabiendo que era mi única salida. Aquella tarde me fui sola de mi casa. Cuando salí no tenía un rumbo, pero sin pensarlo me dirigí con mi caballo a Albalate. Nunca había estado en ese pueblo y me encontré de pronto en la taberna. Era allí la única mujer y el bar estaba lleno, pues era domingo. Me senté en una mesa y pedí una botella. Todos los hombres me miraban con unos ojos que pa qué, mientras me bebía el vino, un vaso detrás de otro. Bastante rato después salí acompañada por uno de ellos, agarrada de su brazo; era un chico del que no recuerdo nada, salvo que era muy joven y que olía bien. Fuimos a la pensión, y para no levantar sus sospechas dejé que el pobre me pagara. Después de esa noche yo ya supe para siempre que a un muerto se le recuerda, se ama su recuerdo, pero no puede ya amársele, porque no forma parte del mundo. ¿Me comprende, don Félix? No me interrumpa, déjeme que acabe de explicárselo.*

Cuando, cuatro años más tarde, llegó la carta de mi marido, creí volverme loca. Luché para entender lo que me pasaba. ¿Cómo podría yo reunirme con él en América si ya no le amaba? Se lo diré dos veces: ya no le amaba. Y sabía que no podría nunca más volver a hacerlo. Además, escúcheme, no estoy loca: América está muy lejos, en el otro lado del mundo. En cualquier situación, casada o viuda, me daría un miedo inmenso salir de aquí. No es solo una gran pereza, es un miedo aún más grande. No comprendo por qué no pueden entenderme. Se lo voy a decir aún de otra manera, monseñor: si para alimentar a mis hijos tuviera que meterme en un cabaret de Zaragoza, lo preferiría mil veces antes que subirme a un barco para ir a América.»

Santitos
1955

Veinte años después de su primera cirugía en una aldea entre montañas, muchos paisanos suyos pudieron ver al doctor visitando a los enfermos de nuevo con su cartera de cuero. Había pasado por guerras y exilios, y esta parecía siempre la misma, pero, a pesar de que el maletín de urgencias fue renovándose con los años, nunca dejó de contener hilo de sutura y yodo, aunque con el tiempo fue completándose con anestesia local y otros productos.

Cuando el médico de Campo echaba mano de su valija se trasmutaba en un Hipócrates moderno, dispuesto a coser con su aguja de cirujano todo lo que fuera necesario. Con frecuencia hacía sopas de ajo para sustituir la sangre perdida, aplicaba un torniquete con su propio cinturón o reducía fracturas de brazos y piernas con la misma facilidad con que un carpintero repara las sillas.

En el verano de 1955 estuvo aplicando la técnica del boca a boca a un niño de cuatro años ahogado en el río de Puente Montañana, el desdichado Santitos. Allí permaneció, arrodillado junto al cuerpo, hasta que la pareja de la Guardia Civil le pidió que lo dejara, pues el pequeño hacía rato que se había ido al otro mundo. El sol atravesaba los remolinos de agua que chocaban con los peñascos transformándose en breves arcos de color. En medio de tanta belleza, los dos hijos del médico miraban la escena desde la orilla cubierta de piedras blancas del río Noguera Ribagorzana, al lado del puente colgante. Tenían cuatro y seis años. El pueblo entero se había subido a ese puente tembloroso hecho con traviesas de madera, hasta que alguien avisó que allí no se podía estar.

El desdichado niño muerto era el hijo único de uno de los conductores de camiones que servían en las obras de la central eléctrica en construcción con el que Leo había viajado algunas veces invitado. Lo hacía subido en el Pegaso modelo Mofletes en el que el padre pasaba largas horas conduciendo, encerrado en una cabina ardiente y ruidosa, pues el inmenso motor de aquel peculiar vehículo –con mejillas y moflete como apuntaba su apodo– estaba ubicado dentro del habitáculo. Poco después se comentó entre el personal obrero y los vecinos que era muy extraño que Santitos se ahogara con tan poca agua en el río, después de que ese tramo fuera convertido en un sobradero que aliviaba las aguas excedentes del pantano. El nivel nunca tendría que haberle llegado a las rodillas. Corrió el rumor de que la avalancha había aparecido furtiva e impetuosa. Pero nada cierto se supo; solo fue un rumor que duró poco y nunca más se habló del tema.

Fuera como fuese, aquel día de verano un agente de la Guardia Civil llevaba a Santitos en sus brazos como si estuviera dormido. Del niño alegre quedaba un rostro blanquísimo que contrastaba con los mechones de cabello mojado pegados a su frente. Durante muchos años, Leo asociaría la idea abstracta de la muerte a los cantos rodados de un río de aguas rápidas. Tal vez por eso nunca aprendió a nadar del todo y mucho menos a atravesar los cañones del otro río de su infancia, el Vero. Le hubiera gustado de verdad meterse en aquellos recovecos de roca sumergida y bucear hacia arriba, hacia la luz del sol, hasta encontrar la salida. Recordaría siempre aquella tarde en la casa del ahogado, una alcoba donde flotaba el olor dulzón de las flores que se apiñaban alrededor de una cama con un ataúd blanco bajo una bombilla que colgaba del techo. Esa fue la primera vez que Leo vio el rostro de la muerte.

Más de medio siglo después, cuando el Hijo del doctor ya creía que le estaba llegando el ocaso y sintió la necesidad de ir despidiéndose, uno por uno, de los lugares donde sucedieron las cosas importantes de su vida, o extraordinarias, o incomprensibles, regresó al lugar del accidente junto al puente, entre las piedras. Sintió el mismo extraño sobrecogimiento que aquella tarde de la tragedia y después buscó entre las filas del cementerio el nombre del niño, pero se hizo de noche antes de que lo encontrara.

El Hijo del doctor... Así habían llamado a Leo desde el primer día los maestros. Aquel niño debió de parecerles diferente a los demás. Irrumpió en la escuela vestido con unos extraños pantalones a cuadros que no tardaría en arrastrar por todos los charcos de la explanada, poniéndose perdido de barro. Además, rehusó tomarse la leche en polvo de la merienda con el argumento peregrino de que tenía grumos. Para completar la aparición, su nombre de pila resultaba extrañamente largo y difícil de pronunciar: Leovigildo. Su padre había insistido en imponerle el mismo que su abuelo, una costumbre arraigada en el Bajo Aragón. El doctor estaba orgulloso a su vez de llamarse igual que el suyo, Mariano, lo que en su caso no tenía consecuencias. La tradición acabaría siendo un problema para los nietos a los que les tocara llamarse Leovigildo en la cadena, un patronímico de rey visigodo que inevitablemente, con los años, quedaría reducido a Leo. Los maestros sin embargo, mucho más renuentes al cambio caprichoso de los nombres de sus pupilos, consideraron mucho más fácil llamarle el Hijo del doctor, y así lo hicieron mientras vivió su padre en todos los lugares en que este ejerció de médico.

* * *

La muerte de Santitos ocurrió en septiembre de 1955. Eran los días en que Franco visitaba las obras hidráulicas del Pirineo oriental de Huesca seguido de una comitiva que dejaba tras de sí una gran nube de polvo y filas enteras de niños y niñas endomingados que desde las cunetas de la carretera, frente a las escuelas, se asomaban al cortejo agitando banderitas con los colores nacionales. La visita del jefe del Estado había merecido cerrar los colegios y el alcalde, firme y al frente de todos los vecinos, confiaba en causar buena impresión. Estaban todos los concejales con sus bandas sobre el pecho y también los maestros, el alguacil, el veterinario y el cura; todos menos el doctor, quien se quedaría en un discreto segundo plano, no fuera que al Caudillo le diera por apearse a saludar justamente frente a él y tuviera que dar un paso adelante y corresponder. Desde que se había cruzado con él en sus tiempos de estudiante paseando por Zaragoza no había vuelto a ver al entonces general de brigada, el más joven de

Europa. Obviamente ambos hombres habían ganado peso, aunque más el militar. El doctor recordó que Franco era popular entre la gente por su fama de tenerlos bien puestos, impasible ante las balas de los moros.

Afortunadamente para el médico, los coches de la caravana no se detuvieron frente a las escuelas, donde él estaba, sino que fueron directos a las obras. Iban los próceres contentos y alegres, como de fiesta, inaugurando centrales eléctricas una detrás de otra, cruzando las lindes de Aragón y Cataluña acompañados por las esposas de casi todos ellos, incluida la más distinguida y egregia, la señora del Caudillo, doña Carmen, escoltada por las esposas de los ministros, los gobernadores civiles, los generales del ejército, los directores e ingenieros de las compañías propietarias de la electricidad y una pléyade de personajes interesados e importantes. Y así hasta completar diecisiete automóviles seguidos, como explicó al día siguiente el diario *La Vanguardia*.

* * *

En lo que quedaba de aquel año, el doctor habría de continuar su tarea en el hospital de campaña, siempre atiborrado, y atendió a los miles de trabajadores desplegados en el río Noguera. No había muchas familias que acompañaran a aquellos hombres llegados de todas partes de España. Los accidentes eran muchos ya que los barrenos de dinamita no siempre explosionaban cuando estaba previsto. Al médico, que contaba con una brigada de sanitarios y enfermeras, le pareció que su trabajo entre explosiones se parecía mucho al de la guerra en Francia, especialmente durante su periodo en las islas del Canal.

Su primer ayudante fue un joven de Jaén que guardaba un parecido asombroso con el cantante de boleros Jorge Sepúlveda.

–Don Mariano –le dijo en una ocasión «Jorge Sepúlveda» retirando el manómetro del brazo del doctor–, tiene usted la tensión arterial por las nubes. Le veo a usted en su casa.

–¿Ah, sí? –repuso su jefe–. Pues yo le veo a usted en la suya, en Jaén, si no se calla. –El médico rio, pero sabía que como enfermo podía ser muy indisciplinado.

–Pues usted verá lo que hace, doctor, porque está ya a veintidós –aseguró el otro señalando la esfera–. Tiene que irse a descansar, ya.

Mariano tuvo que tomarse unas vacaciones. Fue en esos días de descanso obligado cuando comenzó a escribir sus memorias en unos cuadernos apaisados. Los llenaba incansable sin apenas tachaduras con su bolígrafo Bic. Cuando Leo los descubrió tras su muerte, vio que no eran cuadernos, sino recetarios en blanco que le suministraba gratuitamente un laboratorio farmacéutico y que su padre había llenado por decenas con su ilegible caligrafía de médico.

Portuño
1958-1962

Cuando el doctor regresó a Barbastro del exilio ya rebasaba la cincuentena. Había acentuado su entereza frente a la calamidad por haber sobrevivido a dos guerras pero conservaba su optimismo y una extraña fe en la providencia. De la perfección del universo deducía la existencia de un orden natural de las cosas, de manera que incluso los sucesos más abominables –como la guerra o la muerte de un niño– tenían un sentido. Así su confianza en una idea de justicia última tenía alguna base.

El vigoroso aspecto de su piel se beneficiaba de un bronceado natural permanente y aunque afirmaba que ello era debido a su sangre mora y otras veces a que comía mucha fruta, no le faltaba un punto de vanidad. Tenía una frente amplia y una cabellera que en su juventud había sido intensamente negra, rebelde y ondulada, que ahora ya era gris, y no tenía un solo cabello que anduviera suelto. No prodigaba demasiado su sonrisa, y con ello sin pretenderlo daba la impresión de ser un señor más bien serio y circunspecto. Pero si algo le divertía estallaba en carcajadas dejando ver una dentadura muy blanca que cuidaba a base de bicarbonato adquirido en latas de farmacia. Solía afirmar que una boca que se mantenía sana y lavarse las manos con frecuencia eran buenas costumbres que evitaban casi todas las enfermedades.

Su vestuario solo consistía en trajes de chaqueta cruzada y pantalones de tiro alto. Nunca se le vio vestir de *sport*; le bastaba con quitarse la americana y arremangarse la camisa. Todos los detalles dandi de su indumentaria fueron una cadenita dorada que mantenía el llavero en el bolsillo y un cronógrafo suizo, de oro, adquirido en la isla de Jersey durante la Segunda Guerra Mundial. Pocas veces se le vio con sombrero, aunque en ocasiones luciera una boina negra que solo se ponía si llevaba abrigo, nunca a cuerpo gentil. En resumen: su elegancia residía mucho más en el conjunto de su figura y en el movimiento de las manos que en la forma de vestir.

Nunca se supo si la austeridad que practicaba fue la consecuencia de su carácter, de su educación escolapia o de sus ideas socialistas. El caso es que la parquedad de costumbres quedó impresa en el estilo de vida de su familia. Nunca regaló unas vacaciones a los suyos salvo la visita en verano a alguna fonda perdida en el campo. Y en las Navidades, el único lujo presente en su mesa fueron los turrones y las botellas de sidra El Gaitero, que con su papel de plata y toda justicia apreciaban las clases populares como el mejor de los champanes.

A pesar de toda aquella parquedad monástica nadie en la familia sacó nunca la conclusión, ni de lejos, de que vivieran pobremente. Al contrario, la naturalidad con la que sucedían todas las cosas implicaba una asunción de bienestar razonable, acaso una conciencia de clase media cuyos recursos eran limitados. Pero más o menos había lo necesario y aún más de lo que los demás tenían. El hecho de que un buen día apareciera una deslumbrante lavadora Bru de carga vertical con turbina fue una prueba más de que el jefe de la familia podía permitirse ciertos lujos y uno de ellos era descargar a su mujer de tareas incómodas. El doctor odiaba el derroche consumista de forma instintiva, no por motivos ideológicos ni por ecologismo, sino por temperamento. Ello le llevó a ser, sin saberlo, un precursor del reciclaje de los desechos inútiles, ignorando entonces el valor que este innovador concepto tendría en el futuro.

Era un médico chapado a la antigua, lo que no iba en detrimento de su buen ojo clínico. Se dijo de él que fue el único entre los facultativos de la provincia que se negó a extraer las amígdalas a los niños, empezando por los propios. Se negó a practicar la ablación con el argumento de que la naturaleza las había puesto allí por alguna razón. La verdad es que el doctor tenía muy pocos pacientes en su consulta del Paseo del Coso y hubiera necesitado muchos años para hacerse con una clientela estable, aunque es posible que esta noticia de su displicencia hacia la idea de cortar por lo sano corriera como la pólvora entre los padres y acabara por perder los pocos pacientes que había ganado. El tiempo le dio la razón; cada vez se cuestiona más la utilidad indiscriminada de tal práctica, pero entonces fueron pocos los que se beneficiaron de su intuición.

Él decía lo que pensaba, pues se consideraba por encima de todo un sanador. Y aunque en sus andanzas en los hospitales de Francia tras la guerra europea había obtenido el título de especialista en enfermedades infecciosas –particularmente la curación de la tuberculosis con la práctica del neumotórax– lo que le gustaba de verdad era ser internista, un clínico, un médico de hospital.

Aparte del desencuentro con el tema de las glándulas, el doctor poseía una autoconfianza que trasladaba sin querer a sus enfermos. Creía en la capacidad sanadora del cerebro. Esa fama de médico resolutivo le granjeó muchas simpatías, aparte de que gozaba del afecto de muchos por no cobrar siempre sus visitas. La falta de ingresos recurrentes nunca fue un problema, pues su domicilio se convirtió en una despensa donde llegaban todo tipo de regalos, algunos todavía con vida, lo que dio lugar a encantadoras escenas medievales con plumas de gallinas, conejos y pavos volando por su cocina. En aquel hogar nunca faltaron las proteínas de la carne ni las vitaminas de la fruta.

* * *

Aunque la plaza de médico de la villa de Ansó había quedado libre mucho tiempo antes –pocos compañeros aceptaban ir a un lugar tan alejado y frío–, aquel destino hizo que los Muñiz se sintieran afortunados cuando llegaron en la primavera de 1960 y la profunda nieve acumulada comenzaba a fundirse con lentitud en las calles. También los ansotanos estaban contentos y felices por recuperar a su médico y por ello la bienvenida que les organizaron fue extraordinaria. Vestidos a la manera tradicional, ellos con sus calzones negros y sus fajas multicolor y ellas con tocados rubíes y sayas de un verde que recordaba al de los inmensos bosques que les rodeaban, les esperaban con una pequeña banda de música ataviada de igual manera. Pronto comprendería la familia recién llegada que aquella forma de vestir era mucho más cotidiana que excepcional, que a diario lo único que cambiaba eran las telas, de inferior riqueza que los brocados, y que aquel modo de mantener la vestimenta milenaria no era otra cosa que un reflejo exterior de su idiosincrasia, un carácter indómito y orgulloso de serlo.

A Mariano no le importaba calefaccionar él mismo las casas donde vivió, que se le ofrecieron como parte de su salario. En Ansó lo hizo con una rudimentaria estufa que quemaba serrín y que, siguiendo sus instrucciones, el herrero construyó recuperando un bidón de hoja de hierro que había contenido antes carburo de calcio, muy utilizado en las lámparas portátiles. Leovigildo añoraría muchos años después la imagen de aquel paradigma de sostenibilidad: su padre sentado ante la estufa de Ansó con las palmas de las manos abiertas recogiendo las radiaciones de calor de su invento. Aquel nunca explicaría dónde había aprendido a construir tan útiles artefactos, pero una vez más Mariano se adelantaba en medio siglo a su tiempo: las más modernas chimeneas hoy son las que usan *pellets*, hechos de serrín de madera natural reciclada de aserraderos y bosques. Como hacía él.

La estufa familiar tuvo un protagonismo inesperado a consecuencia de un accidente de tráfico. En aquellos tiempos el turismo de interior no estaba de moda, entre otras razones porque la mayoría de las familias carecía de automóvil. Había excepciones, y algunos tenían incluso coches de mayor tamaño que el popular Seat 600, como fue el caso de los zaragozanos que decidieron visitar el pueblo un sábado de noviembre. Todo fue bien hasta que en las proximidades de Ansó la estrecha carretera se presentó cubierta con placas heladas. El conductor no consideró necesario cambiar el recorrido y prosiguió por esa peligrosa ruta con su joven esposa y sus tres hijos. En uno de los patinazos, el Seat 1430 salió volando hacia el vacío y tras saltar el pretil de bloques de granito comenzó a dar vueltas de campana, dirigiéndose en su caída directamente al río Veral, junto al cual discurre la estrecha carretera. Afortunadamente, el vehículo quedó detenido en la pendiente al chocar con una masa de abetos, a poca distancia de la carretera. Un conductor lo vio sobre el ribazo e inmediatamente dio aviso al ayuntamiento. Los rescataron hombres ansotanos con la ayuda de caballos y los subieron cubriéndolos con mantas, para conducirlos directamente a la casa del médico, los niños llorando aterrorizados y con los dientes castañeteando por el frío.

Cuando llegaron, y a pesar de la diligencia con que se movieron el alguacil, el alcalde y los voluntarios, los accidentados presentaban signos de hipotermia, lo que alarmó al doctor. En lugar de llevarlos al dispensario, en la misma planta, los instaló en su apartamento y ordenó que los distribuyeran por el salón comedor y la cocina. «¡A la lumbre! ¡Acérquenlos a la lumbre!», gritaba Mariano señalando la estufa y la cocina de hierro. Pidió a Aurelia que pusiera varias cazuelas con agua a hervir, con objeto de crear una atmósfera de vapor caliente y lavar las heridas y el abundante barro que presentaba la familia. El alcalde, con la mejor intención, intervino para preguntar si no sería mejor aplicar paños calientes a manos y brazos, a lo que el médico se negó por considerarlo peligroso, pues el contraste brusco de temperatura podría incluso dañar el corazón. Él tenía experiencia con los prisioneros que llegaban helados en invierno a las obras del Tercer Reich, en las costas francesas, y sabía cuál era el tratamiento de calor progresivo más seguro.

Inmediatamente pidió a Aurelia que les diera a beber infusiones con agua templada y azúcar, y cuando observó que poco a poco iban recuperando el color rosado de su piel –especialmente los niños– dirigió su atención a las heridas. Después despidió a los voluntarios y se puso la bata blanca. Solo uno de los niños no había sufrido daños, más allá de algún rasguño. El resto, la pareja y los dos hermanos mayores, además de profundos cortes y contusiones, sumaban varias fracturas en piernas y brazos, dedos, costillas, una muñeca y una grave fractura abierta de brazo con salida de abundante sangre. La esposa era la que había salido peor parada, pues, sentada en el asiento de copiloto y sin el cinturón de seguridad, obligatorio muchos años después, había sufrido contusiones muy graves.

–Mariano, que esto no es un hospital –comentó Aurelia al ver la magnitud de las heridas del grupo–. Creo que es mejor que pidamos varias ambulancias.

Mariano no le respondió, pero la observó con la mirada más dulce de la que fue capaz en ese momento. Y ella le entendió: para él, cualquier lugar podía ser un hospital.

Junto a la estufa del salón presidía la estancia un mueble con un aparato de radio marca Invicta de fabricación nacional, como no podía ser de otro modo en un país colmado de vencedores. Venía equipado con varios botones de baquelita amarilla y su «ojo mágico» incrustado, una cortinilla fluorescente y verdosa que servía como sintonizador de emisoras de Praga, Budapest o Moscú, accesibles a pesar de estar ubicadas tras el Telón de Acero. El doctor nunca logró sintonizar ninguna, excepto Radio Independiente, más conocida por Radio Pirenaica, la preferida de los antiguos combatientes republicanos.

Todos los heridos estaban literalmente tirados por el suelo de lamas de madera, en el comedor y la cocina. Y Mariano decidió conectar la radio y poner el altavoz casi al máximo, no se supo si con la intención de calmar sus nervios o de disimular el chasquido de los huesos de brazos y piernas que iba a recolocar. Sintonizó música clásica, con la suerte de que emitían en ese momento un concierto que resultó de propiedades terapéuticas –el concierto número 1 en La menor para violín de J. S. Bach– y que envolvió en un cierto sosiego a aquella familia malherida que al parecer amaba la música.

El médico aragonés era a esas alturas de su vida un experimentado profesional que acumulaba años reparando heridas de guerra, en todas las formas posibles. No le asustaba la tarea que le esperaba aquella noche y se puso manos a la obra, comenzando por los más pequeños. Procedió a la reducción de las fracturas, en primer lugar, y a continuación a limpiar y suturar las heridas. Encajó de nuevo los huesos desplazados por el choque con un solo movimiento enérgico mientras la música sonaba y los inmovilizó de manera provisional para el viaje al hospital de Zaragoza; lo hizo mediante férulas que fabricó con ayuda de gasas y yeso en polvo procedente del dispensario. No fue necesario llamar a las ambulancias: la familia partió de madrugada en dos taxis hacia la capital, donde fueron directamente al hospital clínico. Los médicos que hicieron las radiografías del caso comentaron que nunca habían visto un trabajo hecho con tanta precisión, y dejaron los huesos tal como habían quedado en Ansó, con vendajes definitivos, según el padre explicaría después por carta a Mariano y Aurelia, mostrándoles su agradecimiento.

* * *

En octubre de 1962, el aparato de radio del hogar de los Muñiz tuvo de nuevo su protagonismo. Durante la crisis de los misiles de Cuba, Mariano no se despegó de él y su ojo luminoso, pues por momentos pareció inminente que el mundo iba a entrar en una guerra nuclear, seguramente la última.

–Esto es terrible, Portuño –explicaba el doctor en la cocina a su nuevo amigo, el vendedor de pólizas de vida de la compañía La Catalana–. ¡Va a estallar la guerra!

Pascual Portuño era un oscense de la capital, fuerte y cuadrado como un toro, una persona elocuente que además hablaba muy rápido. Atildado en el vestir, y propietario de una cabellera rubia, frisaba la cincuentena, aunque él se reconocía solo cuarenta y pocos. Casado, nunca hablaba de su matrimonio y por ello daba la impresión de tener novias en todos los puertos, pues su temperamento le inclinaba a la seducción constante, a lo que ayudaba probablemente su aspecto físico. Sin embargo, Mariano intuía que no era feliz y por ello lo acogía en su casa. Le gustaba mantener largas conversaciones con él porque había comprendido que era un hombre de talento, aunque seguramente poco aprovechado.

El agente de seguros no había dejado durante años de dar vueltas por la provincia con su pequeño Renault 4/4. Ofrecía sus pólizas de vida e incendio a los futuros damnificados al tiempo que, mientras conducía, cavilaba nuevos argumentos de venta. El negocio del seguro está basado en la confianza de que algo bueno pase cuando ya ha sucedido lo peor que puede acontecer, y Portuño, dotado sin saberlo para la publicidad, había insistido en perfeccionar un eslogan de su propia invención, más enfocado a la tranquilidad del firmante que a la ventaja económica en sí misma en caso de desgracia: «Quien suscribe una póliza de Seguros La Catalana, descansa más y vive como le da la gana».

Así las cosas, Portuño se hizo amigo de toda la familia, a la que paseaba en su vehículo en improvisadas excursiones en las que el problema era regresar si se ponía a llover, porque si eso sucedía el agua fría que entraba en el motor quebraba la baquelita de la tapa del delco y el automóvil se detenía hasta que traían un repuesto, lo que podía tardar unas cuantas horas.

Basado en el argumento de su propia tranquilidad, finalmente el doctor había aceptado suscribir una póliza de vida cuyas cuotas apenas podría satisfacer. Esa póliza actuó a modo de profecía, una profecía que acabaría cumpliéndose, por desgracia.

–Doctor, vea, cuanto más se hable en los periódicos de la próxima guerra mundial más pólizas de vida vamos a vender. ¿Me entiende, no? –comentaba un día el astuto Portuño.

–Le entiendo –repuso Mariano pensando que su interlocutor era talentoso y también ingenuo–, pero me parece que se equivoca... porque si hay una guerra, ¡aquí no va a cobrar ni el Tato!

Mariano pensaba que los barcos rusos no retrocederían en su avance hacia Cuba y que, efectivamente, estallaría la contienda atómica. En aquel mes de octubre de 1962 recordaba la heroica tenacidad soviética en Stalingrado. Pero Krushev no era el mariscal Zhúkov, así que ordenó dar media vuelta y todo quedó en nada, aparte del enfado de Castro y cuatro misiles que Estados Unidos tuvo que retirar de Turquía.

* * *

En aquel bellísimo lugar los inviernos eran extremadamente duros. En esos días el doctor cocinaba el plato que mejor conocía y que amaba con el fanatismo alegre de los que recuerdan los sabores de su infancia. Hacía verdadero proselitismo de las migas de pastor, y no era menos su exigencia al prepararlas para sus invitados, quienes, tras probarlas, tenían que emitir un veredicto.

La ceremonia de su preparación comenzaba después de rehogar el pan seco. La masa humedecida se cubría con un trapo de algodón; seguidamente se volcaba en la sartén de pared alta donde aguardaba el sofrito con sebo de cordero y dientes de ajo. Tras ello vendría el ritual que su hijo observaría sin perderse detalle: darles vueltas lentamente al tiempo que la grasa ocupaba poco a poco el lugar de la humedad y el hierro ardiente de la sartén doraba las migas. Al cabo de un buen rato, ya tiernas y sabrosas, el doctor probaba el punto exacto de cocción lanzándolas con el cucharón desde lo alto de la escudilla; si al caer se separaban en pequeños copos tostados, ya estaban para ser saboreadas. Y ello se hacía directamente de la sartén con cucharas de madera de boj, aunque había que hacerlo sin pérdida de tiempo pues a pesar de la humildad de sus ingredientes las migas tienen muy tasadas las condiciones de temperatura para ser degustadas.

*   *   *

En aquellos años, muchos adelantos modernos no habían llegado todavía a Ansó y tardarían lustros en hacerlo. Las películas de estreno a todo color y Cinemascope que podían verse en los teatros de las grandes ciudades –como el cine Capitol de la Gran Vía madrileña– no llegaban allí, pero en la Fonda Aísa de la plaza ansotana se proyectaban buenas cintas casi todos los miércoles cada quince días, cuando el *cinero* ambulante llegaba con su camioneta e instalaba un proyector de carboncillos en el bar. Todos le esperaban. Esa sesión de cine en blanco y negro sobre una sábana era el momento mágico de la semana, y no importaba que las películas se interrumpieran continuamente. Además, allí dentro no hacía frío, algo muy importante. Había una estufa de leña que quemaba en el centro de la sala, inmensa, cuyo tubo de humos se proyectaba parcialmente sobre una esquina de la pantalla, aunque el fervoroso público ya se había acostumbrado a ello y nadie protestaba.

En aquella estancia estaban todos juntos, los padres y sus hijos, los pastores y los vaqueros, los maestros de la escuela, el médico y el veterinario con su mujer y sus dos bellísimas hijas. Allí, en el pueblo, la leña era gratis y se vivía en paz. Si las bombas nucleares arrollaban todo a su paso, el último lugar donde llegaría su onda sería aquel bar de la Jacetania escondido tras un laberinto de montañas.

Hola, oscuridad
1963-1966

Después de su regreso a España, Mariano fue recuperando la reputación de obstinado que él mismo se había ganado a pulso entre sus paisanos. Fue de los primeros que se apuntaron a la medicina pública, el Seguro Obligatorio de Enfermedad, pero sus ingresos eran demasiados menguados. «Hay que pagar los colegios, Mariano», le recordaba Aurelia. Entonces él decidió aventurarse en la única inversión económica de toda su vida. No fue una mala idea.

En aquellos años la gente tenía que acudir a visitarse al hospital de la capital de la provincia y las especialidades las atendía en Barbastro un insuficiente grupo de médicos. Cuando Mariano se decidió a instalar su consultorio en el número 39 del Paseo del Coso de esa ciudad, lo hizo sin lujos, aunque con cierta prestancia. Aquel principal se ubicaba en uno de los mejores edificios de la pequeña ciudad, con espacio adicional suficiente para un consultorio privado, pues disponía de muchas habitaciones. La casa tenía su propio huerto más una pequeña cueva excavada en la roca al fondo del jardín, que servía para guardar la nieve y fabricar hielo en verano. El paseo del Coso, ya de por sí elegante, fue después embellecido con bancos de piedra y una doble fila de plátanos que al crecer fueron habitados por miles de pájaros que se confundían en verano con las hojas.

En una sala espaciosa tras el recibidor situaron los Muñiz la sala de espera. Leo jugaba todo el día con el material sanitario de su padre, especialmente cuando este se hallaba ausente. Y es que Mariano, que ya rozaba la sesentena, era todavía interino en Ansó, y tendría que dejar el pueblo en cuanto esa plaza la reclamara para sí algún médico con más antigüedad. Había estado veinte años fuera y los médicos republicanos no contaban. El escalafón...

No se quejaba por ello. Estaba en su país e iba tirando. Finalmente, un verano, a principios de los años sesenta, contrajo una severísima infección por agua contaminada. Antes ya había denunciado la irregular salubridad de los pozos, rodeados de ganado, y sus temibles filtraciones cargadas de bacilos. La solución al problema, el hipoclorito de sodio, un desinfectante que él reclamó en repetidas ocasiones a las autoridades, llegó demasiado tarde. El doctor se recuperaría de la enfermedad infecciosa, pero, todavía hospitalizado, le sobrevino un infarto cuyas secuelas dejaron su miocardio muy estropeado.

Pasó tres años de baja médica, con frecuentes crisis que requerían de un enorme botellón de oxígeno en la cabecera de su cama. Cuando este se agotaba, su hijo tenía que correr con la bicicleta en mitad de la noche y llamar al proveedor de oxígeno. Entre los trece y los dieciséis años, Leo vivió una etapa de enorme sufrimiento personal. El temor constante por la vida de su padre hizo que esos años fueran recordados como los peores de su vida.

De esta segunda dolencia Mariano no se recuperaría nunca. En 1964, un médico amigo de la facultad afincado en una pequeña ciudad leridana, Cervera, le procuró un destino tranquilo en las inmediaciones, un pueblecito de clima seco situado en un altozano dedicado al cultivo de cereales. Sus últimos veranos trascurrieron allí, entre los trigales infinitos de la Segarra, casi feliz a pesar de que las grageas del Persantín ya no le aportaban la seguridad coronaria que necesitaba. Su corazón no resistía el peso de su cuerpo. Muy debilitado, se jubiló definitivamente y la familia se trasladó a la capital, Lérida.

Su vida se agotó una noche, solo cinco meses después. No hubo aviso, ni agonía, ni conciencia del final. Al menos en parte tuvo esa suerte, morir mientras dormía, aunque él debía de saber que le quedaba muy poco. Era el verano de 1966, tenía sesenta y tres años y ya nada recordaba en su aspecto al hombre fuerte que había sido. Su hijo adolescente, muy unido a su padre, ya no podría independizarse de su figura y solo podría mantener sobre este una memoria incompleta, mágica, en parte idealizada. Leo sintió una rabia sorda por aquel final anodino, tan carente de épica, tan inapropiado para un héroe. Probablemente todos los progenitores lo son, pero para él su padre había sido más que un héroe.

* * *

Aquel verano fue el último de la adolescencia de Leo. Todo lo que había sucedido antes permanecería en su memoria como una identidad a la que le había llegado un final definitivo. Lo ocurrido aquellos días causó el cambio súbito. El antes y el después acabaron correspondiendo a dos personas distintas, el Hijo del doctor y Leovigildo, dos vidas, dos caracteres. Ambos tardarían muchas décadas en volver a unirse en uno solo, reconociéndose por fin en una misma personalidad que explicara, ya en su madurez, su propia naturaleza y también por qué las cosas eran como eran.

Entretanto, el funcionario o funcionarios del Estado que atendieron el caso, es decir, los representantes de la asistencia social debida a los familiares, no encontraron motivos para otorgarles, ni a su viuda ni a los dos hijos menores de edad, una mínima pensión, alegando que, según el expediente del funcionario público que había sido el esposo y padre, no tenía la suficiente antigüedad, «faltándole unos meses para acreditarla».

Resultó con el tiempo que todo fue una mentira deliberada y una burda falsificación del expediente. La vileza se destaparía demasiado tarde, cuando el delito de falsedad cometido por el funcionario ya había prescrito. Aun así nadie hizo nada. Se conmemoraban a bombo y platillo los veintiocho años de paz en España, una paz en la que aún quedaban por castigar a algunos que se habían ido de rositas sin purgar sus culpas y, por supuesto, sus hijos. Lo único que recibiría la familia fue una dádiva privada, las tres mil pesetas mensuales que el Colegio de Médicos de Lérida asignó a la viuda y a sus dos hijos.

En el piso donde el doctor Muñiz había abandonado este mundo, quedaron como único legado los libros de la Oficina de Farmacia de Durvault y un maletín de urgencias. Desgraciadamente, la póliza del seguro de vida de la compañía La Catalana había sido cancelada por falta de pago de los últimos recibos y no se pudo rescatar ni un solo céntimo.

Leo no pudo elegir. Comenzó a trabajar al día siguiente en la fábrica de la carretera de Lérida a Zaragoza. El trayecto de cinco kilómetros en autobús costaba una peseta. Ni una sola vez lo tomó, y esa manera de comenzar, caminando, fue una gran suerte para él. Ese año, 1966, la canción de éxito en todo el mundo fue «The Sound of Silence» de Simon & Garfunkel. La escucharon millones de jóvenes. También lo hacía el muchacho en su pequeño transistor, mientras caminaba carretera arriba, apretando los dientes rumiando su futuro.

Hola, oscuridad, mi vieja amiga/ He venido a hablar contigo otra vez/ Dejó sus semillas mientras estaba durmiendo/ Y la visión que fue plantada en mi cerebro/ Todavía permanece dentro de los sonidos del silencio.

Un nuevo país
1966-1981

Con veinte años, Leo vivió un hecho que sembraría en él una semilla de curiosidad y marcaría el inicio de una búsqueda que se alargaría años. Descubrió, en la casa del valle de Campo, un baúl polvoriento en la falsa, un lugar que nadie se había molestado en visitar desde hacía decenios. Dentro estaba la caja de documentos de don José Baldellou, su abuelo materno.

Eran las fiestas de la Virgen de Agosto y habían llegado todos los hermanos y hermanas de su madre, la misma Aurelia, la abuela Consuelo y un considerable número de niños que se distribuían alegremente por el refectorio y la cocina contigua, despachando una comida que se había preparado durante días, tal vez semanas. Tras dejar atrás la zona del jolgorio y después la planta de las alcobas, que siempre le habían parecido numerosas y oscuras, y subir por la inacabable escalera, el joven Leo había encontrado en el arcón las cédulas de identidad y escrituras de al menos las seis últimas generaciones; y, asimismo, fotografías y cartas del tiempo de la Guerra Civil, aquella época que todo el mundo quería olvidar. Fascinado por el descubrimiento, pasó allí una hora leyendo papeles mientras abajo continuaba interminable la fiesta con la algarabía de siempre, y el tío José, ahora un hombre maduro y bien trajeado, alzaba la voz intentando recuperar la llave del «celler» donde guardaba sus legendarios jamones y restos del mondongo pasado, junto a una inverosímil miscelánea de licores, simulando un enojo hacia sus cuñados y sobrinos por el saqueo que en realidad estaba muy lejos de sentir. La visita multitudinaria al subterráneo era parte de la tradición y, aunque los más jóvenes lo ignoraban, aquel carnaval no era sino una revancha, un desquite por los tiempos del hambre, que era especialmente lo que nadie quería recordar.

Así pues, Leo, con la información que había recogido de aquí y allá, había puesto después nombres y fechas a rostros para él desconocidos, fragmentos de un puzle imposible de resolver: las vidas olvidadas de sus ancestros.

* * *

Pasaron varios años desde el fallecimiento de su padre y ya nadie le llamaba el Hijo del doctor. Leo se había hecho un hueco de supervivencia, y a los treinta ya tenía un territorio propio, y no estaba dispuesto en absoluto a imitar la existencia franciscana, la austeridad militante de su padre, de la que era muy consciente. En aquella época, Leovigildo era más bien crítico con lo que había sido el estilo de vida, o su fe, o lo que fuera aquella confianza del doctor, ciega, pétrea en tantas cosas: la solidaridad humana, la honradez campesina, la compasión de los amigos, los viejos ideales republicanos –los de la república francesa, claro– y la generosidad de los desconocidos. Y sobre todo el infalible destino, gobernado por un orden universal, por un reloj interior.

Los años transcurridos no habían sido fáciles, fueron tiempos de búsqueda, tiempos estimulantes. Al principio lentamente, de manera insegura, hasta que las puertas del mundo se abrieron diáfanas. Leo descubrió que su voluntad, antes caprichosa, ahora resistía, y que prevalecía el esfuerzo. También que era capaz de tomar sus propias decisiones y asumir las consecuencias de ello. Cambió de ciudad, cambió de empleos, hasta encontrar el campo de batalla que le pareció que mejor encajaba con su carácter, con su forma de encarar la vida. No planificaba un futuro, no tenía un objetivo concreto, simplemente construía un presente firme. En realidad, supo que huía de repetir el pasado que había visto: la provisionalidad, las puertas cerradas, la sempiterna pobreza. Ese era su único proyecto.

Lo cierto es que tuvo suerte. Y que los nuevos tiempos estaban cambiando el país. Porque aquel era ya otro país. Cuando empezó a trabajar en lo que sería su oficio, ya en el último tercio del siglo XX, casi no quedaban en España falangistas en los cargos públicos para falsear expedientes ni los militares estaban en el poder, y se decía que algunos de estos hacían el taxi porque Franco les pagaba un salario misérrimo. Hasta los obispos se habían peleado con el régimen mientras iban a las recepciones en las embajadas a compartir el pan y la sal, es decir, los canapés de huevo hilado y *foie*, con marxistas reconvertidos en eurocomunistas.

Había vuelto la democracia a España y, ahora sí, casi veinte años después del regreso temerario y a la postre afortunado del doctor, todo el mundo quería olvidarse de la maldita Guerra Civil, o mejor dicho, nadie quería olvidarla del todo, por si acaso. Era un miedo cerval e inconfesable, pero no a que volvieran los republicanos y los rojos, sino a que reaparecieran los viejos demonios, fueran estos familiares, personales o colectivos. Ya no había tampoco anarquistas tirando bombas Orsini en los teatros, ni pistoleros a sueldo de la patronal descerrajando tiros por las esquinas, porque todo el mundo pensaba que eso eran salvajadas decimonónicas. Era no solo otro tiempo, sino también otro país. Lo que la gente quería en el fondo no era un coche utilitario, sino que sus hijos fueran a la universidad, el único pasaporte seguro para ahorrarse emigrar a Alemania.

Lo del nuevo país en que vivían los españoles era casi una realidad de la mano de aquel rey joven, por cuya poltrona, francamente, nadie había dado un duro al principio y que tuvo el cuajo de poner de jefe de gobierno a un presidente listo, descarado, corajudo y buena gente que podía prometer y prometía. Un tahúr del manejo del Estado que al parecer sobrevivía a base de cigarrillos y tortillas a la francesa. Un hombre del régimen que fabricaba las noticias de España a tal velocidad que el relato lo escribía cada mañana en los periódicos, antes de que nadie se diera cuenta de que no eran noticias, sino la verdadera Historia.

Leo seguía esos acontecimientos diarios con el mayor interés y entusiasmo, convencido de que Adolfo Suárez y Juan Carlos I culminarían su tarea con alguna guinda divertida y prodigiosa en el pastel, por ejemplo, tomando Gibraltar en taxi en las mismas narices de los ingleses; y es que Leo pensaba en aquel momento que ningún ciudadano gibraltareño en su sano juicio se resistiría a convertirse en ciudadano de un país tan asombroso como la España renacida. Por supuesto no era todo un camino de rosas, porque en los caminos vascos volvía a haber muertos. Pero aun así, el país seguía adelante ante la admiración pasmada de un mundo que temía que España volviera a las andadas.

Leo y los miles de jóvenes de la nueva generación alzaron la vista y quisieron seguir el ejemplo, cada cual en su ámbito, de aquellos héroes, Suárez y Abril Martorell, Felipe, don Manuel y el general Gutiérrez Mellado. Y después don Leopoldo Calvo-Sotelo, un presidente políglota e ingeniero de caminos que además tocaba el piano. Máquinas portentosas que construían una invención española llamada «el Cambio».

Así pues, Leovigildo se convirtió en un ejecutivo perfeccionista y estricto. De hecho, no necesitó preocuparse demasiado de los aspectos materiales porque la nueva sociedad se encargaría de retribuirle con una largueza que le fue negada a su progenitor. No le resultó fácil al principio, pero una vez sentadas las bases de su educación, pagada con su trabajo, y, siguiendo su instinto, aprendió a comprimir las palabras, o a usarlas como filos cortantes del mismo modo que un zapatero usa la cuchilla de rebanar el cuero. Muy pronto encontraría el camino de una prosperidad razonable, que no excesiva, una sensación que compartió con millones de compatriotas coetáneos.

Pero su orgullo, heredado de la matriz republicana de sus progenitores, una mentalidad impresa a fuego, le obligó a un comportamiento de autoexigencia no siempre bien comprendido. Sabía que desde aquella tarde del entierro de su padre en 1966 tendría pocas posibilidades de ser un bellaco de los de verdad. Le provocaban repugnancia las personas que consideran que todo vale, especialmente en los negocios. Cada vez que tuvo la oportunidad de ser un pícaro, supo que el doctor le estaría mirando desde algún lugar. Y cuando algunos socios anglosajones le sugerían al oído «*this is business, do it*», él pensaba:

«Pobres diablos, siempre queréis ganar dinero a cualquier precio. ¡Cómo se nota que algunos carecéis de padre!».

Con el paso de los años, entendió que los hijos necesiten comportarse distinto a su progenitor, incluso hacer lo opuesto –una necesidad quizá también de raíz freudiana–, aunque a la vez imitando sus valores, la manera esencial de confrontar las decisiones con la propia conciencia. Leovigildo no quería vivir como un franciscano, pero podía ser muy obstinado en su modo de entender lo que es justo y lo que no, lo que es lealtad y lo que es traición, y en ello tuvo que reconocer la huella, la inercia, la fuerza del pasado.

–¡Pero tú sacas dinero de debajo de las piedras! –le espetó un día uno de esos socios pancistas, viendo perder una de tantas oportunidades de oro– . Tendrías que aceptar el negocio.

–Te equivocas. Yo lo que hago siempre antes de iniciar nada es levantar las piedras, no sea que debajo haya algo que no nos guste.

Tercera parte

*Estamos todos en el mismo barco, en un mar tormentoso,
y nos debemos los unos a los otros una lealtad enorme.*

G. K. CHESTERTON

La cartera
1982

A principios de los años ochenta, Leovigildo era ejecutivo en una compañía europea que le nombró director general para Latinoamérica. Y entonces regresó por primera vez a Argentina, después de haberla abandonado cuando era un niño. Cumplió con su trabajo profesional durante una semana en la capital, y el domingo, cuando el sol aún dormía, volaba desde Buenos Aires hacia Tucumán. Iba a saludar a quienes habían sido amigos de sus padres, los Llobril, de cuyo aspecto ya ni se acordaba. En realidad, volaba con cierta aprensión y no sabía muy bien qué le había motivado a ello, tal vez un deber en nombre de su familia, de su padre ya desaparecido. Podría haber desistido del viaje con cualquier excusa, pero algo le empujó a ello.

Tras dos horas de vuelo llegó a su destino. Era mediados de 1982 y habían pasado veintisiete años y cinco meses desde que un día despegara de aquel mismo lugar –el aeródromo de San Miguel– en un viejo Dakota. Cuando se abrió la portezuela del avión, una ráfaga de viento llegó a su cara y el impacto le confirmó que lo último que olvidamos los seres humanos son los olores. Así fue consciente de que existía el aroma de la caña, aunque de niño no lo había percibido.

Junto a esa vaharada envolvente regresaron también las imágenes, los días de bochorno, las lluvias torrenciales. No estaba simplemente recordando sombras del ayer, sino que el mismo ayer se hacía real, danzaba a su alrededor. Por un instante volvían las caricias y aquella difusa presencia que olía a almizcle y leche. Recordó una losa de mármol en la cocina, adherida a la pared junto al lavadero, mientras unas manos nacaradas y solícitas le vestían con mimo y sonrisas. Vio de nuevo a las muchachas morenas con sus trenzas, «chinitas» corriendo tras él, enfadadas a más no poder por sus escarnios, y también a una Carmencita diminuta con aquellos rizos rubios de muñeca que con el tiempo se volverían de color castaño oscuro. Pero allí estaba ella, de nuevo berreando y sacando flemas mientras se ahogaba por el asma, pobrecilla. En una fracción de segundo se vio a sí mismo en el pasillo, entre la casa y la valla, primero en la duda y después cruzando de un salto ante el perro de los Lucatella, atado con una cadena que resultaría demasiado larga. Sabía que aquel animal iba a salir por su izquierda y a morderle seguro, y no obstante saltó. «Ya está, me ha pillado», rememoró con la nitidez de una imagen congelada en una cámara Hasselblad 500. La imagen se fue y retornaron los dorados *panettone* argentinos con frutas de cristal, de colores variados, y después, cómo no, la figura añorada entre todos los recuerdos, la cabeza del Negro Zumbón con sus gruesos labios de escayola pintados de rojo.

Conmocionado en lo alto de la escalerilla, Leo sintió una presión en el tórax: se ahogaba. Brotaron entonces, incontenibles, unas lágrimas que fluyeron como un torrente liberando el pecho anegado y sellado durante años.

Se avergonzó cuando un viajero que había volado junto a él le sujetó por los hombros, buen samaritano. Después, en la abarrotada sala de la terminal del aeropuerto, vio la cabeza de un anciano que sobresalía como una gran cebolla oscura entre las demás: era el Negro Llobril, con sombrero blanco de paja, un panamá. Ni siquiera necesitó reconocerlo. Simplemente lo era. Un minuto antes no habría puesto rostro a aquel señor ni hubiese dado un paso por él, y ahora, cuando este le abrazaba, sentía como si lo estuviera haciendo su propio padre, el doctor. El amigo Llobril, joder.

El hombretón apenas pudo articular palabra esa mañana; su estremecimiento se lo impedía. Se dirigieron a su domicilio y compartieron almuerzo con el resto de la familia Llobril. Al acabar, el Negro se levantó de la mesa y fue a buscar algo. Salió de una de las habitaciones con una cartera de cuero en las manos, que con enorme solemnidad le ofreció al Hijo del doctor.

–Tomá, Leo, esto es para vos.

–Pero... ¿qué es? –En la mirada de Leo se reflejaba sorpresa.

–Tu papá antes de marchar me pidió que guardara esta cartera. Ignoro lo que hay dentro, solo sé que don Mariano me encargó que te la diera tras decirme que algún día volverías. Era un hombre bueno, Leo, bueno y leal, y este es el legado que ahora te entrego en su nombre.

El momento había ido adquiriendo una solemnidad inesperada. En la estancia todos miraban a Leo expectantes mientras abría la cartera como quien abre el arca que contiene el santo grial. El Hijo del doctor no tenía ni idea de lo que estaba sucediendo, pero sí tuvo la impresión de que la cartera no se había abierto nunca desde que su padre abrochara por última vez sus hebillas y que, ciertamente, él era el único autorizado a hacerlo. Y ni siquiera había sabido antes de su existencia, o eso pensaba.

Mientras tanto, Llobril miraba con el cuello estirado y el rostro anhelante. Sin duda esperaba una satisfacción a tantos años de fidelidad, después de mantener la boca cerrada ante propios y extraños y custodiar aquello que su amigo le había confiado. En todos esos años, había llegado a pensar que en realidad Mariano, un hombre tan inteligente, culto y dotado para la geopolítica, podía haber sido un agente de Stalin en la España republicana, que al fin y al cabo se había llenado durante la guerra de asesores rusos. Según esta teoría, el doctor se habría refugiado en el remoto Tucumán, donde el régimen de Franco no pudiera echarle la zarpa. Cuando finalmente salió para España de manera tan extraña e inusitada, Llobril vio más clara esa posibilidad, aunque no quiso comentarlo con nadie: los acuerdos de Franco con la ONU podrían ser la explicación del fin de los problemas políticos de don Mariano con el régimen. Porque ahora en la ONU estaban también los rusos sentados en primera fila, y los rusos, ya se sabe, no dejan nunca tirados a sus agentes.

Esa cartera fue una colosal sorpresa para el Hijo del doctor. Solo entonces comprendió que tal vez no la recordaba, aunque en el fondo le resultaba familiar y sabía de ella de alguna forma, oculta en algún rincón de su memoria. Al principio dentro solo encontró recibos de muebles y algunas pequeñas agendas casi vacías, pero después apareció, en un sobre azul, un ejemplar del Boletín Oficial del Ministerio del Ejército de la República Española con el nombramiento de don Mariano Garcés Muñiz como teniente del Cuerpo de Carabineros. Allí estaba pues, ¡ese era el documento que no le interesaba llevar a España!

Sin embargo no era muy lógico, pensó Leo enseguida, porque los militares españoles tendrían sus hemerotecas, faltaría más, y además ningún ejército del mundo pierde los historiales del personal militar, las llamadas Hojas de Servicio, incluso aquellas en las que al final se ve escrito en letras de tinta china, al lado de los empleos efectivos y las fechas: muerto gloriosamente en combate por la Patria, o en otras, fusilado por rebelde, o huido o juzgado en rebeldía, algo bastante frecuente en la España del XIX y, cómo no, en la del XX. Además, en la primera exposición escrita que hizo ante el tribunal que le juzgó en España, eso fue lo primero que reconoció Mariano, que había sido oficial médico del Cuerpo. Ese Boletín tendría después una utilidad magnífica: permitir a Aurelia revindicar la pensión de viuda de militar que un joven diputado socialista, José Luís Rodríguez Zapatero, propugnaba en las Cortes.

En la cartera, además, había una libreta de tapas negras con notas manuscritas. En su primera página figuraba una frase: «Regreso: pros y contras». No era un texto muy largo. Leo lo leyó rápidamente, en diagonal. En resumen decía que Argentina era una nación con enorme potencial, pero en la que todos los «experimentos» sociales y políticos estaban por hacer. Se estaba acabando la etapa de prosperidad y tras el agotamiento de las reservas sobrevendría la inestabilidad. Las huelgas sindicales y las luchas obreras se notaban ya dentro de los ingenios. Después continuaba con algunas reflexiones: «Quiero disfrutar de nuevo de la presencia de mi madre, asistirla en la medida de lo posible. Recuperar para mis hijos los olores y los sabores de mi tierra».

Además, pensaba que en Europa la educación era diferente. Aunque la escuela primaria en Argentina era buena, prefería que sus hijos se educaran en España.

Entre los inconvenientes del viaje de regreso citaba la precariedad de la vida, el aislamiento español, la falta de libertades y, sobre todo, los riesgos personales que habría de enfrentar, políticos, pero también económicos. Era lo más grave, pues podrían afectar también a su familia.

El señor Llobril interrumpió su lectura, reclamando su atención.

–Yo por aquel entonces le pregunté: «Pero, don Mariano... en realidad, ¿usted por qué demonios se quiere marchar?».

–¿Y qué le contestó mi padre? –quiso saber Leo.

Llobril movió la cabeza. Nunca había recibido una respuesta. Después continuó.

–Tu papá decía que tenías un espíritu guerrero y que por esa razón volverías. Algún día.

–Vaya. Era adivino...

–Como botón de muestra, decía el doctor, estaba la anécdota del perro de los Lucatella, que te había mordido con una buena dentellada saltándote al vientre. Tenías tres años, pero quien resultó muerto de rabia fue el animal.

Habían pasado veintisiete años y Leo todavía recordaba ese preciso momento. La cadena de hierro era demasiado larga. Trató de ocultárselo a su madre, quien descubrió, mientras lo bañaba esa tarde, las señales de la dentellada en su abdomen. El doctor sufrió un enorme sobresalto. Corrió a llamar al chofer y se marcharon de noche al hospital de San Miguel de Tucumán, donde entró con su vástago en brazos. El perro murió de rabia a los pocos días y al pequeño no le sucedió nada.

–Un caso muy extraño –dijo el Negro–. A los Lucatella no les gustó nada lo que pasó y después de que ustedes se fueran siempre comentaban el caso, como si la culpa de que muriera su perro fuera tuya.

—Bueno, no creo que nadie creyera que el rabioso fuera yo. Ni siquiera los Lucatella.

—No, pero lo pensaron porque eras tremendo —repuso riendo—. Un día llegó tu papá muy enfadado y te puso sobre sus rodillas para fajarte. Nos habías mojado a todos los invitados con la manguera del jardín. Entonces, pibe, te revolviste y girando la cabeza, colorado de rabia, le gritaste al doctor con tu acento argentino: ¡Pegá, pegá, gallego de mierda, que yo no pienso llorar!». ¡Gallego de mierda lo llamaste! ¡Y tenías solo cuatro años, boludo!

* * *

Esa noche, cuando volaba a Buenos Aires de regreso, Leo pensó en que todo había sido muy extraño, irracionalmente casual. El periodo más terrible de la historia argentina, quién lo hubiera dicho, había durado exactamente lo que él había tardado en regresar. Y ello para recuperar una cartera cuya existencia ignoraba.

El ciclo violento había empezado solo dos meses después de la partida familiar, en septiembre de 1955: un golpe de Estado derrocaría al gobierno de Juan Domingo Perón y establecería una dictadura liderada por un general, Leonardi. Hubo decenas de muertes durante el bombardeo de Buenos Aires ejecutado por los aviones de la Marina. Los siguientes años estuvieron protagonizados por la inestabilidad y por una serie de dictaduras sustentadas en la violencia y en la represión más dura.

El terror terminaría ese mismo verano de 1982 con la capitulación militar en las islas Malvinas ante los barcos ingleses. Argentina volvía a mirar hacia el futuro con una cierta esperanza. Veintisiete años de paréntesis y ahora se podía decir que si el doctor hubiese tenido una bola de cristal, no le habría salido mejor.

Leo pensó que Mariano había previsto con acierto que los tiempos de prosperidad en Argentina, después de haber sido el granero mundial durante la guerra, estaban terminando. También que había olfateado el humo revolucionario que precede al incendio social y político de un país. Esos inicios ya los conocía por su propia experiencia en la República frustrada. Y por otra parte, no dejaría de considerar que pronto sus dos hijos habrían de comenzar sus estudios. Cualquiera de los motivos podría haber sido la base para tomar una decisión tan a contracorriente. O incluso todos a la vez.

Pero, con ser todo eso muy importante, tuvo que haber algo más, una razón más allá de lo que se veía venir, porque los riesgos futuros en Argentina no compensaban la certeza de los problemas que debería afrontar en España. Leo extrajo de nuevo el manuscrito «Regreso: pros y contras». Lo volvió a leer más despacio. Nada nuevo. Reflexionó que cuando alguien se ve obligado a poner en una balanza los elementos a considerar en un dilema, normalmente acaba como al principio: sin conclusiones. Mariano no había dejado allí constancia de ninguna razón obvia, tanto a favor de quedarse como de regresar a España.

El madrugón de esa mañana comenzó a hacerse notar y ya le pesaban los párpados. Cuando despertó, miró el reloj. Había trascurrido una hora desde el despegue y le quedaban todavía sesenta minutos de vuelo. En ese momento una idea atravesó su cerebro como un relámpago. Se cumplía una vez más una realidad: las mejores ideas, las imágenes más reveladoras, las que conectan por fin las variables de todo problema que se precie, se presentan entre sueños, en el duermevela, cuando la consciencia todavía flota. Leo tomó de nuevo los papeles de su padre y releyó: «Podría recuperar también los olores y sabores de mi tierra para mis hijos...».

Solo entonces creyó intuir el hilo invisible del pensamiento del doctor, su verdadera motivación. Así pues, se trataba de recuperar los olores y sabores de su tierra... no para sus hijos, sino para sí mismo. Ahora estaba más claro. La palabra clave era *recuperar*. Este es un verbo que solo se utiliza en caso de una pérdida previa. Él iba a volver a España a poner punto final a su propia pérdida, a su desarraigo. Y para ello correría cualquier peligro, pagaría cualquier precio. No le tenía miedo a nada, ni siquiera a la prisión.

Era el maldito exilio, pues. El destierro era la verdadera cárcel.

Hay mucho más dolor que nostalgia en un exilio, en todos los exilios. Durante demasiado tiempo había sido solo un extranjero, un proscrito. Le resultaba difícil describir a sus amigos —los que no lo habían sufrido— el vacío, la ausencia de afección a una tierra que no es la propia. Un conjunto de ausencias. También el despojo de sus derechos. Ese hueco que existe como algo insoportable y que ninguna ventaja material puede llenar. Él no estaba de viaje, porque hasta los pájaros saben que un viaje solo lo es si existe la posibilidad de un retorno.

Ese era pues el verdadero mensaje de la cartera del doctor: «si las cosas acaban saliendo muy mal en España, lo que es posible como todo el mundo teme, algún día sabrás al menos por qué había valido la pena hacerlo, regresar».

Estaban llegando a su destino. Sobre Ezeiza, la inmensa llanura iluminada le devolvió la voz que había escuchado muchos años antes: «Mira, hijo, esas de ahí son las luces de tu ciudad».

Pedro
1990

Cuando nació Mariano, en 1902, todavía no existía la explotación minera, pero los habitantes de Ariño ya se proveían del carbón en flor para calentar sus casas tomando el mineral directamente de la superficie de la montaña. Porque entre los ríos Escuriza y Martín, en plena sierra de Arcos, se halla la mina de lignito a cielo abierto más grande del continente europeo. Aparte de la agricultura, la economía estaba ligada a la extracción de alumbre, otro mineral con multitud de aplicaciones.

La localidad es incluso más notoria por otros yacimientos prehistóricos. Hace más de ciento diez millones de años –durante el periodo cretácico medio– vivieron allí colonias de grandes dinosaurios y otras especies. Había en ese lugar una gran laguna de aguas tropicales donde proliferaba una vida que desapareció casi súbitamente por fenómenos aún desconocidos. Se dice de este depósito que es el más grande de Europa, y los paleontólogos aprovecharon la facilidad que ofrecía la mina a cielo abierto para desenterrar y catalogar los fósiles.

Se podía concluir pues que la población vivía de las maravillas del subsuelo. Lo que en otras villas del bajo Aragón se encontraba a la vista, bellos edificios de piedras nobles alzados en épocas gloriosas –Alcañiz, Híjar, Albalate–, aquí, en la zona minera, la riqueza se encontraba bajo tierra, oculta.

El Hijo del doctor y nieto del boticario de Ariño había estado allí en 1955 con su familia, recién llegados de Argentina. Pero ese niño de seis años no tenía recuerdo alguno de esos días. Su visita ni siquiera había coincidido con la Semana Santa, cuando tienen lugar algunas de las singulares costumbres de la región, como la de golpear frenéticamente unos tambores durante días y noches.

Leo no había vuelto hasta entonces. Era el año 1990. Tenía cuarenta años y un impulso seguramente de raíz sentimental le había llevado al lugar donde había nacido su padre, noventa años atrás. Para ello se había desviado de la autopista a Zaragoza recorriendo la carretera que, entre curvas suaves, bordea el embalse de Mequinenza para luego internarse en el antiguo trazado de caminos de herradura, ahora ensanchados y cubiertos de alquitrán.

Al llegar a Ariño detuvo el automóvil y preguntó al azar a la primera vecina que vio caminando por las calles desiertas si conocía a alguna persona que se apellidara Muñiz. Fue informado al instante de que, efectivamente, en la misma calle vivía Pedro Blesa... Muñiz. Después de unos suaves golpes de aldaba en la casa señalada salió una señora sonriente que fácilmente habría pasado de los cincuenta. Ante la pregunta directa del desconocido, se llevó las manos a la cabeza y, sin decir palabra, se lanzó a abrazarle. Era María Luisa, la esposa de Pedro, que le había reconocido.

Aquella tarde, cuando su marido regresó a casa, el visitante fingió ser un agente de la Contribución, ante la risa contenida de la mujer. Pedro Blesa, antiguo alcalde y hombre con fama de prudente, lo miraba circunspecto. «A otro perro con ese hueso. La cara de este chico me suena», pensó. Cuando Leo se hubo cansado de la broma y reveló a Pedro su identidad, este no dio ninguna señal de sorpresa. Solo sonrió, pero fue una sonrisa de una felicidad que resplandecía en su mirada, que le salía por los poros... Después tomaron su lugar los recuerdos de muchos años. Efectivamente, los padres de Mariano habían sido para él los suyos adoptivos. Gran parte de su juventud la vivió con ellos en la calle Prudencio de Zaragoza mientras estudiaba Comercio, y su memoria de contable, prodigiosa, conservaba todos los detalles.

Entre cafés y magdalenas que María Luisa horneaba sin descanso en la cocina, salieron de una caja montones de fotografías, todas antiguas. Leo reconoció algunas. Eran duplicados de las mismas que Mariano y Aurelia conservaban en su casa y que viajaron con ellos por el mundo; constituían ahora la prueba más obvia de que su padre siempre había mantenido correspondencia con Pedro. Las había reconocido porque hacía años que Leo había ordenado el pequeño tesoro familiar. Todo lo había archivado en álbumes numerados con notas escritas a mano con el mismo celo de un registrador de la propiedad. Y junto a ellas había ordenado toda clase de documentos: cédulas y pasaportes; partidas de nacimiento, de defunción y matrimonio; también títulos académicos, facturas y una miscelánea de cartas hológrafas de familiares y gentes desconocidas cuyas identidades, poco a poco, con los años, fueron saliendo a la luz.

* * *

Algunas de las copias fotográficas que Pedro Blesa Muñiz había sacado de su caja de hojalata estaban escritas al dorso con la inconfundible caligrafía del doctor, remitidas por este a Ariño en algún momento desde Francia o América. No obstante, una de ellas no procedía de España, sino que estaba dentro de un sobre sellado en Córdoba, Argentina. En ella había un grupo de personas sentadas en torno a una mesa, presidida por una anciana de cabellos blancos dispuesta a soplar las velas de su pastel. Las indumentarias de los comensales revelaban la época, finales de los años cuarenta o a principios de los cincuenta. Además de algunos niños sonrientes, la mayoría parecían matrimonios jóvenes que miraban a la cámara con entusiasmo.

En algunos de ellos sorprendía el parecido físico, inequívoca señal de que se trataba de miembros de una misma familia. Pedro explicó que el visitante les había dicho que eran los Muñiz de la Argentina, los descendientes del bisabuelo Román.

Al parecer, el abuelo materno de Mariano se había largado con viento fresco a Buenos Aires sin previo aviso, a saber por qué lo hizo. «¡Que ya son bemoles...!», dijo Pedro con contundencia. No tenía idea, sin embargo, de quién era la señora que ocupaba el centro de la fotografía, la de los cabellos blancos. De hecho no conocía a ninguno de ellos. Habían pasado tantos años que en Teruel ya se habían olvidado de los nombres, de las caras, de quién había sido quién. Si es que algunos de los familiares en España –ya desaparecidos– habían recibido noticias, había sido hacía mucho tiempo, ya no quedaba nadie para recordar y solo subsistía la leyenda de Román. Alguno de sus descendientes había enviado esa fotografía de grupo muchos años atrás, pero sin una nota. O esta se había perdido.

–Es posible que te interese saber –continuó Pedro–, que hace unos diez años vino a vernos un joven que se presentó como miembro de nuestra familia de la Argentina. La verdad es que nos pareció muy simpático.

–Hombre, eso es importante –repuso Leo–. Cuéntame, ¿quién era?

–Jorge Díez… Muñiz. Nos dijo que vivía en la provincia de Córdoba con su madre y su hermana.

El tal Jorge era un bisnieto de Román y había dejado su dirección y una caja con pastelitos criollos, una especie de mantecados rellenos de una crema muy espesa y dulce. Jorge Díez Muñiz estuvo con ellos solo una mañana y luego se marchó. Desde entonces no habían vuelto a tener noticias suyas. A propósito de esta visita, Leo preguntó a Pedro, extrañado por este distanciamiento tan perdurable. Este le contó que Román Muñiz no solo había dejado un inmenso agujero en la modesta hacienda en la familia; en el pueblo se rumoreaba que algo inexplicable había sucedido. Por ello Pedro era de la firme opinión de que no valía la pena remover las cenizas.

–Porque, dime tú, ¿qué sentido tiene que un hombre sensato abandone a su mujer y sus cuatro hijos con premeditación y nocturnidad para irse a América? ¡Podía haberlo dicho! –remachó con cierto uso de la retórica que recordaba sus mejores tiempos de alcalde.

En ese momento Pedro se interrumpió. Él mismo pareció sorprendido de su olvido. Pidió perdón y salió de la estancia para regresar con un sobre lleno de timbres, todos de procedencia argentina y la fecha conmemorativa de la serie postal:

Argentina 12 de octubre de 1892, sellos del 400º aniversario del Descubrimiento.

–Aquí está la carta, ya no me acordaba de ella. Hace años que no la veía –aclaró.

–¿Una carta?

–Sí, es la que envió Román a tu bisabuela para pedirle que se reuniera con él. Me parece que ha estado ahí, dentro del sobre, desde que llegó. ¡De eso hace casi un siglo!

–Pero... ¿no la has leído? –preguntó Leo. Estaba claro que a Pedro no le había interesado nunca aquella vieja historia.

Pedro extrajo del sobre dos folios amarillentos. Estaban escritos por ambas caras con una letra irregular, picuda.

–Pues la verdad es que no..., ya suponíamos todos lo que decía la carta. Estaba dentro del armario y ahí se debió de quedar.

Se encogió de hombros.

–Ya veo... –La leyenda negra de Román seguía vigente en su pueblo natal.

–Te la puedes quedar. –Pedro le alargó los folios–. A nosotros no nos hace falta.

Leo solo se fijó en la firma, claramente legible, rodeada de una rúbrica que le pareció un tanto ampulosa: Román Muñiz. Volvió a colocar los escritos en el interior del sobre y se despidió de Pedro y María Luisa con la promesa de regresar muy pronto. Se había hecho de noche.

Cuando llegó a su casa en Barcelona eran ya más de las dos de la madrugada. La conducción, como le sucedía a menudo, le había desvelado por completo y por ello, en lugar de acostarse, lo que hizo fue servirse un malta escocés con agua, la única bebida que se permitía después de una vida sin probar el vino. Luego sacó del bolsillo la carta de su bisabuelo y leyó pausadamente:

Folio 1

Cañuelas, a 14 de abril de 1892

Amadísima Edelvira:

Me alegraré de que al recibo de la presente estén todos bien. Antes que nada he de pedir perdón a mi esposa y a mis hijos por el grandísimo sufrimiento que ha debido de causarles mi ausencia y también el necesario silencio de los pasados años, pues conociendo su gran afecto hacia mi persona debió de ser grande su pena, y si en esta carta me atrevo a explicar mis razones por las que espero obtener el perdón puedo decirles que sé muy bien que aquella decisión mía pudo parecerles más locura que razón.

Mas si entonces no pude dar cuenta de mi viaje fue por evitarme que mi amada esposa lo impidiera con sus actos y voluntades, que este sería y fue el primer y único motivo de no comunicar mi partida cuando aún me encontraba trabajando en Barcelona y era de lo más fácil hacerlo. Pero la mala fortuna quiso que antes de partir para América sucediera algo que me llevó a quedarme demorado en Cataluña mucho más tiempo del que yo hubiera querido y ya después pasaron cosas al llegar a América que no me permitían escribirles ni prometerles nada pues estaba en todo momento a punto de cambiar todos mis planes.

Folio 2

Y como es muy cierto que no pude hacer mi voluntad verdadera la hago ahora desde Argentina, cuando las cosas están felizmente más claras para mí, y mediante esta carta afirmo de nuevo por mi honor que fue a causa de graves impedimentos y la voluntad de Dios, que no de la mía, servirme del secreto para cumplir con mi decisión de probar en otro país. Y no fue otra cosa que hacer posible la intención de mi viaje en buscar una vida mejor para V. y mis hijos.

Juro que lo único bueno que he tenido en todo este mi largo alejamiento es el recuerdo de una familia a la que no olvido, y una vez establecido en esta región de Cañuelas, provincia de Buenos Aires, en la que soy propietario de un tambo con muchas vacas, declaro que lo he de compartir, Dios mediante, con ella, por lo que le solicito a V. que prepare todo lo que haya de menester para el viaje a Argentina.

Le envío afectos y abrazos para V. y los hijos.

Román Muñiz

P.D. Ruego disponga la venta de las tierras y la casa a fin de trasladarse a esta con los hijos. Para arreglo de los papeles es mejor visitar al abogado señor Emeterio Embid de Alcañiz, que V. ya conoce.

* * *

Sentado todavía, Leo dobló los folios, pero cuando quiso introducirlos de nuevo en el sobre el cansancio le había rendido.

Unos días más tarde, y gracias al contacto facilitado por Pedro, Leo pudo dirigirse por carta a Jorge Díez Muñiz, el bisnieto argentino de Román. Este contestaría de inmediato a su primo. A pesar de compartir bisabuelo, Jorge constató que ni siquiera tenía conocimiento de que existiera esa parte de familia, la de Mariano y sus hijos. Así que estaba encantado con las noticias de España: saber que su pariente lejano vivía en Barcelona le inspiraba una inmensa alegría, pues de hecho a los argentinos les encanta visitar esa ciudad de la que todos hablan maravillas.

Sin embargo, Jorge y él tardarían aún años en encontrarse.

El Familiar
1999

Habían pasado diecisiete años después de la primera visita a Argentina y Leo se subió de nuevo a un avión rumbo a Buenos Aires. Esta vez le acompañaba Cuco, un buen amigo mallorquín.

No le había desvelado inicialmente el motivo de su viaje: la curiosidad. En el trayecto de ida le explicó el caso y el interés que tenía por Argentina. Estaba decidido a desentrañar la historia de la desaparición de su bisabuelo Román. Para ello era ineludible recuperar su pista y el camino más despejado parecía ser la visita a Jorge Díez, su bisnieto, residente en Córdoba. Cuco encontró magnífica la idea de acompañarle, porque en cierta forma era como recordar la historia de su propia familia. Miquel Graner, a quien todos llamaban Cuco, era un hombre menudo y fibroso. Aparentaba más años de los sesenta que tenía y era lo que en Mallorca se conoce por un *fadrí*, un soltero contumaz. Hasta la fecha nadie había sido capaz de emparejarlo, a pesar de las oportunidades que tuvo.

Su rostro cuarteado por el sol terminaba en un mentón prominente, pero lo que llamaba más la atención eran sus manos, tan grandes y desproporcionadas que los brazos parecían las ramas de un árbol del que pendían extraños frutos. Y efectivamente, manos y brazos parecían los de un lanzador de piedras que con su peso hubieran provocado el anormal alargamiento de los huesos. A pesar de su aspecto, se le atribuían diversos dones, entre los cuales no era el menor el de hablar con los pájaros desde que era pequeño. Estos se le acercaban dóciles, aunque ello únicamente sucedía cuando estaba solo. Eran las buenas vibraciones las que le permitían ese milagro, decían sus vecinos. En todo caso, estaba comprobado que Cuco poseía alguna clase de don, y desde luego tenía el de inspirar una confianza instantánea a todas las personas que le acababan de conocer. Y es que no solo los pájaros tienen instinto, pues esa capacidad de relajar las almas actúa más allá de las especies.

Ellos dos se habían conocido muchos años antes, el mismo día que Leo compró el viejo caserón de Mallorca. Algunas partes de aquella ruina medieval se mantenían todavía en pie gracias a Cuco, a cargo también de la pequeña finca de naranjos que la rodeaba. A los diez minutos de conocerse ya habían sellado el pacto con un apretón de manos: el hombre seguiría ocupándose del huerto.

A Cuco no le gustaba viajar fuera de su isla, pero aquella nueva aventura del viaje a Argentina había sido diferente. Su patrón, Leovigildo, insistió en que le acompañara.

Leo sabía que el padre del mallorquín había nacido en Buenos Aires. Sus abuelos, emigrantes campesinos de Felanitx, llegaron a Argentina en 1915. Por entonces ya no quedaba rastro en Baleares de la riqueza generada por el cultivo de las viñas. Tras la plaga de la filoxera, a finales del siglo XIX, no había sobrevivido en Mallorca ni una sola. Incluso se desguazó el vapor *Santueri*, destinado al transporte de vino, que había sido la envidia de la isla. Los vinateros lo habían comprado con la creencia de que por el hecho de estar rodeada de mar Mallorca se libraría del insecto, y podrían exportar a Francia indefinidamente mientras la plaga continuaba haciendo estragos en el país vecino. Lo que ignoraban es que llegaría diez años después en los mismos barcos en que exportaban sus vinos.

Ante este panorama de ruina general, el abuelo de Cuco emigró a Argentina como otros muchos y se estableció en Bahía Blanca. Trabajó enseguida en una bodega, pero antes de acriollarse, solo siete años después, en 1922, decidió que debía regresar a Felanitx a toda costa. Nadie supo por qué razón lo hizo. Embarcó con su mujer y sus dos hijos, nacidos allí. Ellos relatarían después que el hombre estaba tan contento que se pasó el viaje de vuelta cantando tangos. Cuando retornó a España no era un hombre rico, aunque él se consideraba afortunado. Ciertamente lo era, pues en aquella sana prudencia consistía su riqueza, la «cuquería», ya que fueron muy pocos los emigrantes que como él se abstuvieron de vender sus tierras para establecerse en América. Al sobrevenir después las feroces crisis de Latinoamérica, la mayoría de los que lo habían vendido todo tuvieron que resignarse a malvivir como estancieros o como obreros en la ciudad, atrapados entre sus sueños de riqueza y una tierra que no era la suya. El mito del indiano que regresa vestido con levita de doce botones no era otra cosa que un sueño alimentado por el hambre. De ahí que el abuelo recibiera de sus paisanos el apodo que pasaría al primogénito de cada generación como si se tratara de un título nobiliario: Cuco.

Su nieto Miquel, el tercero de la saga, el amigo de Leo, pasó muchas jornadas en su niñez conversando con el abuelo mientras este rememoraba los paisajes y la inverosímil magnitud de los ríos argentinos. Para entender hasta qué punto su iniciativa había sido percibida como una aventura, hay que tener en cuenta que a principios del siglo XX muchos mallorquines del interior no habían llegado siquiera a ver el mar.

Por toda esa historia familiar, a Leo no le costó esfuerzo seducir a Cuco. Para aprovechar el viaje había decidido que también visitaría a los Llobril en Tucumán, casi seiscientos kilómetros más al norte. Hacía años que no los había visto, y detraer un par de días en San Miguel sería suficiente. Había mantenido una correspondencia frecuente con Porota, la hija de Llobril, y sabía por ella que don José, el padre, había fallecido. La desaparición del Negro le había entristecido.

Los dos viajeros llegaron temprano a Buenos Aires y tras dejar las maletas se fueron a pasear por la ciudad hasta que, poco antes del mediodía, recalaron en la avenida Costanera con la intención de almorzar. Se asomaron a la orilla del estuario del Río de la Plata, donde la otra ribera, la de Uruguay, se pierde en el horizonte. El taxista, que empezaba a encontrarse cómodo en su papel de guía, confirmó que aquella inmensidad líquida era realmente un verdadero río, el de la Plata. Cuco, con la lógica de quien vive en una isla donde solo hay hermosas torrenteras que se despeñan desde las alturas de la sierra de Tramontana a un mar azul pálido, se pronunció sobre el asunto con una frase que casi hizo desmayar de risa al porteño: «Pues si esto es un río... ¡cómo será el mar!».

Ecologista en el fondo de su corazón, como los isleños de todos los mares, observó que las aguas tenían un color tan marrón que se intuía una catástrofe medioambiental de proporciones colosales. Pensaba que era la contaminación causada por la urbe, la Gran Aldea bonaerense. El taxista repuso que no, que las aguas del Río de la Plata nunca habían sido transparentes a pesar del nombre que le pusieron los conquistadores españoles, e incluso un escritor argentino, Julio Cortázar, las había descrito, en su novela *Los premios*, como semejantes al dulce de leche. La verdadera causa de ese color, según dijo el taxista, era el aluvión de piedras y barro arrastrado a lo largo de miles de kilómetros por los ríos que allí desembocan, el Uruguay y el Paraná. El fango acumulado en el fondo del estuario oculta cientos de naufragios, incluidos barcos de inmigrantes que no llegaron nunca a ver el puerto. Esos mismos pecios marinos –más de dos mil desde el siglo XVI–, junto con el escaso calado del fondo y los terribles vientos, dificultan peligrosamente la corta travesía. El taxista remató su charla con un comentario que estremeció a Leo: «Pibe, yo ni cobrando cruzaba este río de ustedes».

Después de pasar un par de noches en la ciudad y haber visitado casi todos los boliches de tango –incluido El Viejo Almacén, lleno de orientales enardecidos bebiendo cerveza y entregados a la coreografía de un baile salvaje, cuerpos de goma y acero desafiando la gravitación universal– tomaron el vuelo a Tucumán, donde una década antes a Leo le había sido entregada la cartera de su padre, que durante años custodió celosamente el señor Llobril.

Esta vez Leo organizó en el hotel una cena con Porota y sus hijos. También invitó a los del ingeniero Lucatella, los vecinos del chalé del Ingenio Mercedes. Fue muy simple localizarlos en la guía de teléfonos por su apellido. Los tres hermanos –dos hombres y una mujer– vivían en San Miguel de Tucumán y, como era previsible, acudieron a la cita llenos de curiosidad. Quedaron sorprendidos cuando vieron en las paredes de la sala donde cenarían las viejas fotos del pasado que, ampliadas, Leo había traído de España. Fue un encuentro cordial y emotivo. Sin embargo, en todos ellos existía el recuerdo del perro, el que murió de rabia después de haber mordido al Hijo del doctor. No lo dijeron abiertamente, aunque este intuyó que las dudas sobre su culpabilidad no se habían disipado. Tras despedirse esa noche, reflexionaría sobre la naturaleza humana; se durmió pensando que las personas somos capaces de olvidar las deudas materiales pero no de cerrar las heridas. Con asombro, acababa de comprobar cómo, cincuenta años después, a los Lucatella les quedaba un fondo de resquemor, una emoción negativa hacia el niño asociado a la muerte de su mascota, cuando la lógica más simple hubiera llevado a la conclusión de que fue el vástago de los Muñiz quien sufrió la irresponsabilidad de los señores Lucatella, que mantenían al animal sin las obligatorias vacunas.

Inevitablemente, la historia del perro había llevado durante la cena a recordar a otro sabueso que merodeaba por los ingenios del azúcar, pero este mucho más famoso y terrible: la extraña bestia que atacaba a los obreros, *el Familiar*, una leyenda que corría de boca en boca entre las familias, que relataban la manera en la que el monstruo acometía a los trabajadores, siempre de noche, como un licántropo voraz, mezcla de lobo y humano, acechándoles entre los cañaverales. Después de cobrarse sus víctimas, *el Familiar* les devoraba la piel, el corazón y hasta los huesos, y esa era la razón por la que no quedaba ningún rastro de ellos. Al menos eso es lo que se dijo entonces.

Diez años después de la salida de la familia Muñiz, las fábricas de azúcar –once en total, incluido el Ingenio Mercedes– serían desmanteladas y miles de obreros despedidos. Fue probablemente la mayor crisis laboral de la historia argentina, una tragedia, pues doscientas mil personas tuvieron que emigrar de la provincia. Pero los problemas habían empezado mucho antes, en la época en que el doctor vivía allí. Tucumán nunca se recuperaría de aquellos cierres. Aunque con el tiempo nuevas actividades vinieron a sustituir parcialmente el cultivo de caña, la prosperidad antes vivida nunca regresaría.

En su viaje anterior, Leo no tuvo tiempo de visitar la casa donde había vivido en el Ingenio, por lo que al día siguiente, con Porota y Cuco, partieron hacia allá para localizarla. Ella le preguntó a Leo cuál era su interés en encontrar una casa tan modesta y en un lugar tan poco trascendente. Él contestó:

–La historia de las personas, querida Porota, viaja por caminos que parecen nuevos, pero que son los mismos y ahora se vuelven a cruzar; otras veces ya no los puedes ver, han desaparecido bajo el polvo, aunque siempre estarán ahí para quien quiera caminarlos de nuevo... Dime que me comporto como un tonto si quieres, aunque yo me siento hoy como me ves, un explorador. Un excursionista de lugares ya visitados. No te enfades por eso.

Llegaron al Ingenio, o a lo que quedaba de él. La antigua cancela de entrada al recinto estaba abierta. Entraron. Algunos obreros o sus familias todavía habitaban las viejas casas, después de que la industria hubiera sido clausurada definitivamente en 1966.

Seguían allí sus dos chimeneas, como mástiles de un barco varado en el fondo del mar. La desolación lo abarcaba todo y, junto a estructuras herrumbrosas, permanecían en silencio los edificios y almacenes, el hospital y la escuela. Desmantelada la maquinaria, cientos de toneladas de hierro habían sido vendidas. No era fácil recordar que bajo aquella desolación había existido un mundo vivo. La industria malograda dejó un halo de tristeza, un gran hueco. Leo pensó que Mariano les había ahorrado a sus hijos la aflicción que llegó a las familias que allí habían crecido. Porque fueron expulsadas de un paraíso en la Tierra, el suyo. Al menos, así lo recordaban.

Cuco, Porota y Leo se detuvieron frente a una casa en la calle de tierra.

—Buenos días, señor —saludó Leo al varón sentado a la puerta.

Era un hombre muy mayor, rondaría los noventa, pero sus pantalones cortos y su blusa estaban planchados de manera irreprochable. Sentado al aire libre, se defendía del calor con la ayuda de un viejo ventilador de hierro cuyas palas doradas giraban con pereza. El viejo declaró que había vivido allí casi toda su vida, desde los quince años, plantando caña. Toda su familia se había ido a la ciudad, y ya viudo desde veinte años atrás, se había quedado a vivir en el Ingenio.

—¿Sabe usted dónde estaba la casa del médico? —preguntó Porota.

Hacía medio siglo que ya no había médico en el Ingenio y él ya no podía recordar tantas cosas como había vivido, y menos dónde vivía el doctor, aunque señaló instintivamente con el brazo en dirección a donde se encontraba el edificio del hospital. Leo le dio las gracias, pero cuando ya se alejaba volvió sobre sus pasos.

—Señor, ¿se acuerda usted de aquel perro, el que llamaban *el Familiar*?

—Ah, sí, señor. Claro que me acuerdo. Todo el mundo se acuerda de eso, en este y en todos los ingenios de azúcar de por acá, en Tucumán.

—Pero nadie dijo haberlo visto... —observó Leo.

—Bueno, ¿cómo podrían verlo? Se armó acá el gran pedo y luego vinieron los problemas. Entonces llegó *el Familiar*. Nosotros solo queríamos una plata decente para comer y ellos nos trajeron a aquellos hombres que iban vestidos como civiles, pero eran policías que salían de noche en sus autos grandes.... y algunos sabíamos la verdad. La gente empezó a hablar de ese animal que no existía. Eran ellos, se los llevaban y ya no volvían. Eso fue todo. Estee... no diga que yo se lo dije, señor —pidió con el temor reflejado en el hilo de su voz—. Además, usted vivió acá antes. Yo lo conozco, señor.

A Leo se le caían en ese instante varias de las vendas que le habían cubierto los ojos. No solo por haber descubierto la verdadera naturaleza de «la bestia», mucho más brutal de lo que había imaginado en sus días de niñez, sino porque había creído vivir en un oasis y comprendía de repente que estos no existen, aunque lo que veas a tu alrededor sea verde. Y no pudo evitar pensar que de eso también les había protegido su padre con la decisión de volver a España, que cada vez cobraba más y más sentido.

Ya nada quedaba físicamente del niño que había sido, y sin embargo aquel hombre acababa de decirle que le conocía. Eso era lo último que esperaba encontrar allí. No supo si el anciano le había relacionado por su parecido con su padre, aunque estaba seguro de que le había reconocido. Conmovido, en un impulso se acercó al viejo como si hubiera sido su amigo de toda la vida y le dio la mano: «Muchas gracias, señor».

En el primer vistazo, la búsqueda de la casa fue infructuosa. Ni Porota ni Leo recordaban su emplazamiento. En su mayoría las viviendas habían quedado deshabitadas, pero aun así la aldea conservaba intacta en las calles de tierra su belleza de antaño. Una hermosura primitiva y salvaje que crujía bajo sus pies al pisar las hojas caídas de los árboles.

Al final dieron con el chalé de los Muñiz gracias a las baldosas hidráulicas del porche, visibles en las fotografías que el viajero había traído consigo, aunque había desaparecido el esmaltado de la superficie decorada y también el encalado de los muros, dejando a la vista los adobes de cemento. La doble puerta principal en madera había perdido sus cristales esmerilados y no quedaba ni rastro de las cortinas blancas que antes tamizaban la poderosa luz subtropical.

Sin embargo, allí seguía, viva y majestuosa, la gran morera, el magnífico árbol de frutillas blancas. Leo se vio a sí mismo de niño bajo su sombra mientras comía con avidez las bayas blancas, lechosas, de un dulzor mitigado. Siempre volvía, una vez y otra, a alzarse de puntillas hasta que se agotaban las que estaban a su alcance. Sintió el impulso de abrazarlo, pero se contuvo. De haber estado solo, de buena gana lo hubiera hecho. Por el contrario, el jardín aparecía seco y devastado y la pileta de cemento sin agua, con la pintura del fondo desaparecida. Aurelia nunca les permitió bañarse, ni en las piletas ni tampoco en los ríos de la montaña. Algunas cicatrices no se ven; son más profundas que otras.

Habitaba ahora el chalé una familia de campesinos que la había ocupado tiempo atrás y en ella habían nacido sus cuatro hijas, de edades todavía infantiles, y un niño pequeño. En todos ellos llamaba la atención la piel brillante y morena, de mejillas escarlata y grandes ojos. Los Salazar vivían en una precariedad insólita, con las paredes ennegrecidas por el hornillo de carbón donde la esposa preparaba, en el mismo suelo, un comistrajo de verduras y carne. La casa respiraba más indigencia que humildad. Sin embargo, por contraste, los niños vestían sin cicatería. Se les veía aseados, y, muy significativamente, ellos y sus padres se expresaban en un castellano excelente. La consigna de educación gratuita, laica y obligatoria iniciada en el siglo anterior por el presidente Sarmiento, y desde entonces una tradición cardinal del Estado argentino, se veía plenamente acreditada en aquella familia. Por otra parte, además, los niños eran excepcionalmente alegres. Las niñas poseían una especial dulzura y belleza que habrían de robar el solitario corazón de Cuco, del que antes cualquiera hubiera dicho que era lo más parecido a un mendrugo de pan seco. Sonreía.

Junto a aquella ruina se hallaba un pequeño camión pintado en un color rojo vivo. Parecía ser el único objeto realmente nuevo de aquella casa y el padre, el señor Salazar, un hombre de extraña timidez, explicó que el vehículo lo utilizaba para transportar las verduras y hortalizas que cultivaba en las montañas del valle de Tafí, a unos cien kilómetros de Lules. Lo había adquirido a plazos para vender los productos de su huerto en el mercado de Tucumán. Tenía con ello una esperanza de mejorar el futuro de su familia, aunque ahora temía perderlo, pues la inflación había casi duplicado el pago de los recibos mensuales. Ahogado por la deuda, probablemente aquel camioncito de gomas blancas y carrocería escarlata desaparecería de sus vidas al final de ese mismo año. Es decir, en pocos días.

Estaba muy próxima la Navidad y Leo se retiraba de una casa que, incluso en su ruina, estaba para él llena de significados. Era el lugar donde comenzaban todos los recuerdos de su vida, y por ello no podía evitar sentir un irresistible impulso hacia aquellas personas, un afecto que no podría definir y que era más poderoso que un sentimiento de simpatía. Porota, impaciente, apremiaba porque se acercaba la hora de la cena, pero Leo pidió detener el automóvil cuando ya salían. Descendió y, dirigiéndose a los niños que le despedían agitando las manos, tras agruparlos en un círculo, se agachó hasta su altura y les dijo con una voz tan baja que nadie, excepto ellos, podía oír:

—Recordad esto: los niños que viven aquí siempre tienen suerte. Es una casa encantada. Y vosotros también tendréis suerte. Lo sé seguro. Pero tendréis que estudiar mucho.

Inmediatamente partieron para la capital. A la mañana siguiente, sin avisar a Porota, Leo se fue con Cuco de compras y luego pasó por la oficina del banco. Cuando terminó, ordenó al chófer dirigirse de nuevo al Ingenio. Llevaban cajas adornadas con lazos. Dentro había juguetes, dulces y regalos; también ropa para los padres. Cuco —sin separarse de los niños— improvisó el papel de rey mago, un rey de Oriente sin capa y sin camello. Un *fadrí* lleno de alegría, según explicaría más tarde a todos los que quisieron escuchar de su boca, capítulo a capítulo, la historia del viaje.

Leo llamó aparte al señor Salazar y, en presencia de su mujer, le hizo entrega de un sobre.

—Adminístrenlo... Son dólares, no se van a devaluar como los pesos. Acaben de pagar el camión, no lo dejen escapar. Es suficiente, aunque tendrá que seguir llenándolo cada día. La suerte no volverá a pasar por su casa en mucho tiempo, créanme. –Hizo una pausa–. Esta noche les invitamos a cenar en el hotel, y me gustaría que pudieran venir...

* * *

Esa tarde se presentaron en el hotel todos los Salazar de punta en blanco, y juntos cenaron con sus nuevos amigos españoles, se fotografiaron y despidieron, casi con seguridad para siempre. Cuco recordaría toda su vida a la familia Salazar y Leo nunca quiso revelarle que, un tiempo más tarde, la esposa le contó por teléfono que a su marido no le fueron bien las cosas y finalmente perdió el hermoso camión rojo. Sus hijos, en cambio, tuvieron mucha más suerte. La mayor estudió en Buenos Aires para oficial de la Marina, la segunda se hizo profesora y los pequeños también estudiaron, ayudados por sus hermanos.

La única suerte de aquella casa encantada del Ingenio de azúcar eran los niños que la habitaban.

Feliciana
1999

Cuando los viajeros aterrizaron dos días más tarde en el aeropuerto de Córdoba era todavía temprano. Les esperaba el abogado argentino Jorge Díez Muñiz, con quien el Hijo del doctor había contactado por correo y que, como él, era bisnieto de Román, el fugitivo. Hechas las presentaciones, el jovial familiar les conduciría en su automóvil a Adelia María, una localidad próxima al departamento y ciudad de Río Cuarto, a doscientos veinte kilómetros de la capital de la provincia, Córdoba. Ambas localidades riocuartenses se encuentran enclavadas en lo que se conoce como la Pampa húmeda. Allí vivían su madre y su hermana.

Leo no tenía ninguna fotografía de ellos, salvo la del grupo con la anciana soplando las velas, tan antigua, y se había preguntado muchas veces qué aspecto tendría su familia lejana después de tantos años. En aquella foto todos parecían españoles. Pensaba ahora que los constantes casamientos en la tierra austral les habrían aportado al menos un punto de previsible etnicidad.

Sin embargo, Jorge era algo menos oscuro de tez que él mismo. Aparentaba una edad próxima a la suya –algo menos de cincuenta–, pero su esbeltez y unos pocos centímetros más de altura le hacían parecer una persona joven. Vestía un saco azul con corbata lisa a juego y pantalones grises, lo que denotaba un conocimiento preciso de la elegancia canónica. Se fijó en sus zapatos con cordones, demasiado claros y puntiagudos para el rancio gusto español de la época. Los ojos oscuros resaltaban en un rostro alargado y huesudo, aunque al reír se achinaban hasta casi desaparecer. Su primo pensó que este efecto asombroso podía ser debido a la escasez de grasa bajo la piel o quizás a la herencia de su bisabuelo, quien, según la única fotografía disponible, los tenía parecidos. Jorge lucía un peinado perfectamente cortado con raya esculpida a navaja y un discreto bigote negro. Todo el conjunto poseía una expresión divertida que, desde el primer momento, obligaría a Leo a dilucidar en cada comentario si Jorge hablaba en serio o no. Enseguida supo que había hecho un largo viaje para toparse con un consumado e insaciable socarrón.

Jorge llevaba una provisión de mate en un estuche de cuero cuyo contenido le duraría todo el viaje gracias a un termo con agua caliente que parecía no tener fin. Llegaron de un tirón sin repostar a Adelia María, localidad fundada en 1928 como un apeadero del Ferrocarril del Pacífico ejecutado por la compañía Franklin & Herrera Ltda. La empresa había ofrecido después terrenos a los colonos que quisieran establecerse allí. Eran precios subvencionados, de ganga, lo que aprovecharon cientos de inmigrantes que llegaban de Europa. En los años previos a 1930 la superficie cultivada se duplicó gracias a la afluencia de la mano de obra barata de la inmigración. También se desplazaron a la nueva Adelia María algunos de los propietarios establecidos desde mucho antes en otras zonas más caras. Este era el caso de algunos que venían de Laboulaye, la pequeña ciudad al sur fundada en 1880, o de zonas más consolidadas en el negocio de la leche como Cañuelas, en el sur de la provincia de Buenos Aires.

Interrogado por su invitado, Jorge se entretuvo en explicar el origen del topónimo Laboulaye, lugar donde él mismo residía. Era el apellido del político francés que había tenido la idea de regalar a la ciudad de Nueva York la estatua de la Libertad en nombre de Francia.

–¿Y qué tenía que ver Laboulaye con Argentina? –se atrevió a preguntar Leo.

–Nada –respondió Jorge sonriendo–. *Monsieur* era amigo de nuestro presidente Sarmiento y este decidió ponerle su nombre al nuevo enclave. Bueno, nuevo del todo no era, habíamos acabado de echar a los aborígenes...

–Interesante. Y estos, ¿dónde fueron?

Gómez le miró de reojo y su fino labio torció ligeramente el bigote...

–¿Me estás cargando, gallego?

–No, no, para nada. Ya entiendo que no fueron a ninguna parte. Eso es lo que dicen que hicimos nosotros, los españoles. Siempre nos autoinculpamos, aunque diciendo que los anglosajones nos superaban en crueldad. Pero los indígenas... ¿eran muchos?

–¿Ellos? No lo sabemos, no tenían censo –replicó. Jorge dio un largo sorbito a la bombilla del mate.

La villa Adelia María se aproximaba. Leo sintió que el pasado de Román estaba volviendo a toda velocidad, con fuerza, porque en absoluto era un pasado muerto. No solo estaba a punto de descubrir quiénes eran esas personas de la vieja fotografía de los años cincuenta, sus identidades y parentescos, sino que ahora tenía la esperanza de conocer la verdadera historia de su bisabuelo. Leo insinuó a Jorge que la fama de Román no era precisamente buena.

* * *

Jorge le explicaría después que en su primera visita a España, durante su breve encuentro con la familia de Teruel, él no había recibido esa impresión; no había notado ningún comentario adverso sobre la figura de su bisabuelo. A decir verdad, no hubo comentarios sobre el indiano, de ningún signo, y Jorge no le dio importancia, pues había pasado casi un siglo desde su muerte.

–La verdad es que no me dijeron nada –afirmó–. Tenés que entender que a nosotros Román nos quedaba un poco lejos: solo es el bisabuelo que vino acá el primero y se quedó en Cañuelas, en su tambo. Nuestros héroes son Pablo y Feliciana, los abuelos. Los gallegos que construyeron todo esto, en Córdoba. A Pablo no, pero a ella sí la pude conocer.

Leo había leído –gracias al obsequio de los descendientes de su bisabuelo– la carta de Román a su mujer en 1892, que con toda probabilidad solo fue vista por su destinataria, Edelvira. A tenor de su airada reacción, la esposa no tuvo ningún interés en que la misiva llegara al conocimiento de los hijos de ambos, sino todo lo contrario. Después aquella carta fue a parar al cajón de un arcón cerrado con llave. Sus descendientes tampoco tuvieron interés alguno en curiosear en esos viejos papeles. Dolores, la hija mayor, se marchó a Zaragoza y su hermano José nunca abrió el sobre donde se guardaba. Solo lo hizo después su sobrino Pedro B. Muñiz, el heredero, aunque no dio importancia a un sobre con dos cuartillas. Era evidente

EL HIJO DEL DOCTOR

que la voluntad de Edelvira, todo el tiempo que vivió, fue ocultar a sus hijos las explicaciones y motivos del marido.

Sin embargo, Leo ya estaba prevenido de sus verdaderas razones; sabía, gracias a los recetarios de Mariano y a la confesión de Edelvira a don Félix, por qué ella había ocultado la carta, tal como habría hecho con todas las que hubieran llegado de Román. Edelvira era la mano oculta que estaba detrás de todos los secretos, pero nadie sabía en España qué había sido de Román en Argentina.

Y en ninguna parte tampoco nadie sabía los motivos que este había tenido para hacer lo que hizo.

* * *

Por fin llegaron a Adelia María. Descendieron del automóvil delante del hostal. Era un establecimiento sencillo, con una recepción, comedor y unas pocas habitaciones. Después del registro, y mientras Cuco deshacía su maleta, Jorge y Leo tomaron una cerveza en la salita de desayunos que también servía de bar.

–Tengo acá un regalito para vos –dijo Jorge al Hijo del doctor. Su sonrisa le cruzaba el rostro de oreja a oreja; parecía la de un niño a punto de hacer una travesura.

–A ver si lo adivino. ¿Una bolsa de yerba mate?

–Eso también, por supuesto, pero tenés tiempo para elegir el que más te guste. Esto es algo mucho más… digamos, personal –concedió el argentino.

–Bueno, vamos a ver.

Jorge Díez había sacado un tubo de cuero que ahora colgaba de su hombro. Con parsimonia, se lo alcanzó al Hijo del doctor.

–Tomá, es para vos –dijo lacónicamente.

El viajero observó las letras grabadas sobre el cuero a lo largo del tubo: Cañuelas. New Western Railways of Bs. As. Parecía un estuche para guardar planos. Lo abrió soltando la hebilla. Parecía usado, pero ¿qué podía ser?, se preguntó mientras extraía de su interior dos sobres. Debido al enrollado, presentaban pequeños cortes en los bordes. Estaban cerrados, unidos por una faja de papel con varios timbres y un sello con las palabras: Escribano Público.

—Fijate en lo que hay escrito sobre la faja —indicó Jorge señalando el papel.

Reconoció enseguida la letra picuda de Román. «Propiedad/entregar a/José o Dolores Muñiz/España/o legítimos herederos España.»

Leo levantó la mirada.

—Jorge, todo esto es muy misterioso... ¿me puedes decir qué es?

—Francamente, no lo sé. De hecho nadie lo sabe, porque estuvo decenas de años en el armario de la abuela, ¿viste?

—Feliciana....

—Bueno, ella era la esposa de Pablo Muñiz, la nuera de Román. Acá fue una verdadera institución, y no solamente en la familia. Era una mujer muy dulce y querida, pero yo era muy chico y no te puedo decir, solo me acuerdo de que tenía un acento raro; claro, español.

—Claro, muy raro —bromeó Leo.

—Cuando murió, sus cosas pasaron a mi mamá y parece que las guardó bien. Yo tampoco supe de su existencia hasta esta misma semana, viste, tu presencia acá las sacó a la luz. Fue precisamente mi madre quien me lo dio para que te lo entregara a vos... En cuanto llegaras, me insistió.

—Pero al menos tu madre sabrá de qué trata, ¿no? –inquirió Leo cada vez más sorprendido.

—Creo que ni ella lo sabe. Soy abogado y me doy cuenta de que esto forma parte de un legado. Porque ahí están bien visibles los sellos del escribano público –dijo, repasando el sobre con su dedo–. Ustedes los españoles lo llaman notario... pero hasta que no lo abras, no lo veremos, ¿no?

—Bueno, aunque yo no tengo constancia de que estos sobres sean para mí y...

El sonriente abogado Díez Muñiz no le dejó terminar la frase.

—¡Naturalmente que sí! Mirá, acá lo dice bien claro: legítimos herederos, y vos sos descendiente directo de Dolores Muñiz, ¿no es cierto?

—Sí, pero no sé si por ello...

—Por supuesto que sí, más claro imposible. Vos sos el mayor de sus nietos, ¿verdad?

Jorge terminó sus conclusiones con una renovada sonrisa que delataba satisfacción.

—Vos sos, mientras vivas, el único propietario de este tubo.

—Vale, entendido –aceptó.

—Escuchame, gallego. Podés hacer lo que querás. Incluso quemarlo. Pero el tubo no puede volver a la casa de mi mamá.

—Bien, me lo quedo entonces.

—Mirá, es obvio que esto viene directo del bisabuelo Román –observó Jorge– porque el tubo es de la época. Fijate, lleva la marca de los ferrocarriles. –Jorge apuró el último sorbo de cerveza–. Esa empresa inglesa, la Railways, compró los Ferrocarriles del Oeste cuando el desastre económico del presidente Juárez Celman. ¡Esos ingleses boludos! Y después tuvo que venir Perón, medio siglo más tarde, para volver a nacionalizarlos.

—Vaya, no lo sabía...

—Y sí, querido primo, la culpa de lo que pasa en Argentina no es siempre de los argentinos. Estos hijos de la Gran Bretaña siempre estuvieron armando quilombo por acá. En esa época en concreto fueron ellos, los hijos de la Pérfida Albión, los que provocaron la bancarrota. Nos fabricaron una burbuja con sus créditos y, claro, el país más rico del mundo se endeudó hasta explotar, ¿entendés? Fue la peor crisis. El presidente Juárez Celman, que era un político ultra liberal, dijo que teníamos que liberalizarlo todo y vender los ferrocarriles a los mismos ingleses para pagarles la deuda. ¡Qué boludo!

—Sí, ya había oído decir que en Argentina todo el gran transporte se hace por carretera...

—¡Pero eso no pasaba antes! —exclamó Jorge, excitado—. Los ferrocarriles de Argentina funcionaban bien, el tren llegaba a todas partes. Y además era barato. Este es un país muy grande. En 1890 perdimos una fuente de riqueza, una industria del transporte que nos había costado un gran esfuerzo. ¡La concha de su madre, la muy hija de puta de la Railways!

—Bueno, podéis plantearos ahora lo del tren de alta velocidad y olvidaros de las viejas vías... —argumentó el español.

—¿El tren de alta velocidad, decís? Qué mierda. No tenés ni idea de cómo está ahora el país. Acá la única «alta velocidad» es la del Gobierno en meter la mano. No tenemos plata ni para mantener las pocas vías que todavía funcionan. Este país lleva años arruinado, fijate, ¡el país más rico del mundo!

Del rostro de Jorge había desaparecido cualquier rastro de socarronería. El Hijo del doctor permaneció en silencio. Le pareció que Jorge se sentía parte de una generación secuestrada.

Estaba seguro de que su primo no se lo diría así de claro, pero se le notaba en la mirada y en la voz.

–Bueno, ¡cambiemos de tema! –propuso Jorge levantándose–. Estoy convencido de que este lindo tubo guardó antes los planos de arquitectura de la estación de Cañuelas, un lugar importante en la historia del ferrocarril argentino. Alguien, me imagino, debió de regalárselo al abuelo Román, ¿no? Pero ahora el estuche es tuyo.

–Agradecido. Tengo unas ganas enormes de verlo.

–Está bien –terminó Jorge–, vendré a buscarte en una hora. Te duchás y después iremos a comernos un asadito los tres, ¿vale? Ustedes dicen siempre *vale*, ¿no es cierto?

Leo se fue a la habitación. Sobre la cama quedó el tubo de cuero. Mientras el agua de la ducha caía sobre su piel, caviló acerca del misterioso legado. ¿Qué contendrían aquellos dos sobres? Se vistió y después, poseído por una incontenible fascinación, los extrajo.

Ahora sí. El pasado estaba llamando a la puerta.

New Western Railways of Bs. As.
1999

Extrajo con cuidado los dos sobres, que seguían dentro del tubo de cuero. A pesar de los años, las letras en él estampadas –Cañuelas. New Western Railways of Bs. As.– conservaban su brillo dorado. Ello era una señal de que no había estado pasando de mano en mano. Inmediatamente reconoció en el primero de los sobres una copia calcográfica, exacta, de la carta manuscrita que Román le había enviado en 1892 a su mujer Edelvira y que luego Pedro Blesa, cien años después, le había regalado. La firmeza impresa del carboncillo sobre el papel revelaba que probablemente solo se había hecho una única copia del original. La misma que ahora tenía en sus manos. La recordaba bien, era la misma carta. Escrita en dos folios a una sola cara.

Cañuelas, a 14 de abril de 1892

Amadísima Edelvira,

Me alegraré de que al recibo de la presente estén todos bien. Antes que nada he de pedir perdón a mi esposa y a mis hijos por el grandísimo sufrimiento que ha debido de causarles mi ausencia...

La había leído suficientes veces y conocía el contenido de memoria.

El otro sobre guardaba un documento de muchas más páginas, un cuadernillo con hojas holandesas numeradas desde la primera a la última de ellas. Todo el pliego estaba escrito por ambas caras, al contrario que la carta remitida por correo, y de ello podía deducirse que se había hecho un único ejemplar. La escritura, igualmente menuda, parecía creada por la misma mano que la carta anterior, pero las formas parecían menos espontáneas. Daba la impresión de que entre ambos documentos hubiera trascurrido mucho tiempo.

La caligrafía, escrita en largos párrafos, aumentaba o disminuía el tamaño de las letras, inflándose caprichosamente aquí y allá. A menudo, las hileras de palabras que colgaban en el vacío del papel sin pautar se curvaban como si una ventolera las hubiera desplazado. Pero en conjunto se veía un texto compacto, coherente y sin tachaduras, lo que indicaba a las claras que había sido corregido y reescrito a propósito por el autor.

Leo miró su reloj. Todavía le quedaban unos minutos hasta la hora convenida. Dudó un momento si bajar. Estaba ansioso por leer. Era el mismísimo Román Muñiz quien se presentaba ante sus ojos, y no lo hacía por casualidad sino siguiendo sus propios designios, los de un hombre que llevaba muerto casi un siglo. Y ahora se disponía a contarle su historia, a él y solo a él, por ser su bisnieto. Menudo tipo. Era mucho más de lo que Leo hubiera esperado de un hombre tan sencillo, un campesino, y tan osado. No pudo resistir la tentación. Le echaría un primer vistazo. Aquel mediodía pasó ese rato leyendo, hasta perder la cuenta del tiempo.

* * *

1888

«Cuando mi hijo se hubo marchado comenzó a llover. Me bajé del caballo mientras los relámpagos cruzaban la sierra. Sentía tanta pena que deseé que uno de aquellos rayos bajara sobre mí y me partiera en dos, quería terminar allí mismo. El corazón me iba muy deprisa y noté un ahogo. En medio del camino, tuve miedo por primera vez como un niño que se ha perdido, hablando en voz alta para ahuyentar la oscuridad, casi gritando, mientras pensaba que no debía dar un paso más. Tenía que volver, y me quedé parado en el camino al lado del caballo. ¡Todo era culpa de aquella locura mía! Bien se veía que estaba a punto de perderlo todo, la familia, los hijos. Cuando todavía era un mozo, mi padre me había dicho: "Acorta tus deseos y alargarás tu salud", y tenía razón. Un ensueño, la obsesión que había comenzado dos o tres años antes, cuando supe que alguien del pueblo se había marchado a Venezuela y después volvió rico. Ya no me lo pude quitar de la cabeza.»

* * *

Leo se interrumpió un instante. ¿Acaso eran las alpargatas del campo compatibles con el talento de un narrador? Lo más probable es que Román hubiera ido escaso tiempo a la escuela y memorizara poco más que el abecedario. ¿Cómo pudo transformarse tanto? Tuvo que hacerlo después, en algún momento. Recordó a Joaquín Costa, el más prolífico ensayista de la España del siglo XIX, quien había sido un campesino hasta los dieciocho años, y del que Menéndez Pidal –su eterno antagonista– dijo tras su muerte: «¿Costa? No lo puedo calificar, sus conocimientos excedían mi saber».

Román contaba su historia con la cabeza de cronista puesta al servicio de su verdad. Para hacer lo que hizo, emigrar a América, podía imaginársele un carácter determinado, apto para sobrevivir a su osadía. Pero lo que no se esperaba de él es que resultara un excelente narrador. Parecía haber pergeñado aquellos textos ayer mismo y, sin embargo, habían pasado casi cien años. Poseía el don de las palabras justas, enlazadas en una narración aún viva.

Leo comprendió la metáfora que encerraba la fotografía que Román había enviado desde Buenos Aires, retratado con una mano apoyada sobre dos libros en lugar de hacerlo –como era lo común– sobre un zócalo de mármol, símbolo del poder y riqueza de los indianos recientes. Aunque Román era mucho más de lecturas que de oropeles de nuevo rico. Cabía pensar que reescribió su relato una y otra vez con la ayuda de un diccionario. Tenía obstinación, pero la suya no era la tozuda voluntad aragonesa, sino la de un perfeccionista sensible. A pesar de la variedad de sus palabras, se le notaba poca práctica en la escritura; las líneas eran surcos vacilantes, mientras que su letra era un trazo grueso y discontinuo, enérgico, escrito aplastando los gavilanes de la plumilla contra el papel. Decidido a transmitir su historia sin omitir nada, había escrito a fuego lento, sin prisa. Seguramente pensó que la respuesta de su mujer –un gesto que era una declaración sin vuelta atrás– impediría que sus hijos y sus nietos conocieran su versión de la historia. No le había parecido justo y quiso contarla con pelos y señales, por si alguien de la sangre de su sangre algún día leía sus escritos.

* * *

«Poco a poco, el chaparrón iba pasando, el cielo se llenó de estrellas y con ello mi ahogo comenzó a desaparecer. Agarrado al pomo de la silla, tomé impulso para subir al potro que me llevaría en pocas horas a Zaragoza. Para quien pueda estar leyendo declaro sin disfraces o tapujos que esa fue la única vez en mi vida que recuerdo haber llorado. Y eso que ocasiones no me faltaron en el futuro. Pero todo a su tiempo.»

* * *

Leo se detuvo. Quería seguir leyendo, pero sonó el teléfono. Era Jorge. Tenía que dejar la lectura justo cuando empezaba. Cuco aguardaba frente a una cerveza abajo mientras su primo miraba impaciente el reloj.

—Apurate, Leo, nos esperan hace rato —dijo Jorge.

—¿Quién nos espera? —preguntó.

—Sos un curiosón, gallego de mierda.

Los Muñiz de Río Cuarto
1999

Era un mediodía radiante. En Adelia María lucía un espléndido cielo azul sin nubes. El topónimo de la villa tenía su origen en la esposa del estanciero y político cordobés Ambrosio Olmos. Su viuda, doña Adelia María Harilaos, condesa pontificia, había donado los terrenos para la construcción de la estación del ferrocarril y sus vías en 1928.

Poco más tarde de la una del mediodía llegaron al lugar del amuerzo. No era un restaurante, más bien se trataba de un salón para asados familiares en el campo, lo que en Argentina se conoce como un guincho. Olía a llanuras y a pastos. Entraron enseguida. Leo no habría podido esperar ninguna clase de recibimiento, y de haberlo hecho no hubiera podido imaginarlo así. Al entrar en la gran sala, medio centenar de personas prorrumpieron en aplausos con vivas a España. Fue una ovación cerrada e interminable que le puso la piel de gallina. Después sonaron músicas solemnes, tal vez himnos patrióticos. Sorprendido, y antes de que pudiera comprender lo que estaba sucediendo, avanzaron hacia el grupo que continuaba aplaudiendo y gritando vivas. Colgaban del techo guirnaldas de papel, farolillos y banderitas argentinas y españolas. A medida que iba saludando a los congregados, Jorge les presentaba uno a uno, por su nombre y apellidos. Invariablemente llevaban el Muñiz como apellido o eran cónyuges de ese linaje. Estaban convocados los abuelos, sus hijos y los nietos; habían venido de todos los rincones de la provincia invitados por Jorge, quien oficiaba de chambelán de la fiesta. Personas desconocidas hasta ese momento le tomaban de las manos, le abrazaban y los ancianos no se esforzaban en contener unas lágrimas que brotaron cuando lo tuvieron delante. Uno de ellos, el tío Alberto, le regaló una caja de plata que contenía objetos que eran su herencia y recuerdos que cruzaron el océano en un viaje sin retorno, hacía mucho más de un siglo. Había también muchas fotografías. Entre ellas el rostro de una mujer joven que sonreía; sus rasgos eran indígenas, de una mirada intensísima. Leo miró en su reverso y leyó unas palabras que solo más tarde cobrarían sentido: «F. C., piensa en mí». Intrigado, preguntó al tío Alberto quién era la joven y este le respondió encogiéndose de hombros. Era evidente que no lo sabía.

—La foto de la chinita siempre estuvo allí, en la caja.

Otro familiar, el tío José, trajo monedas y un cuchillo parrillero, con mango de plata, que había pertenecido a su abuelo Pablo. No le debió de parecer suficiente como regalo y extrajo de una funda un gran revólver cuyo aspecto era bueno, a pesar de la fina capa de óxido que alertaba de un prolongado desuso. El arma –explicó José– había pertenecido a Román y aún podría funcionar. Leo tuvo que aclararle que no podía llevarlo consigo pues en España no se permite poseer armas de fuego y, sin duda, sería inmediatamente requisada en la aduana.

Le impresionó conocer a un hombre alto y fornido, nieto de Pablo y Feliciana. Había traído las partidas de nacimiento de su madre y la suya propia. Gracias a estos documentos, Leo confirmó que Román y su hijo Pablo se habían establecido como vaqueros al sur de Buenos Aires, en el municipio de Cañuelas. Allí nació la hija de este último. Era una población que había comenzado a adquirir un prestigio agropecuario desde 1868, aunque no fue hasta 1892 cuando el ferrocarril le dio el empuje definitivo. Cañuelas acabaría por detentar el merecido título de «Cuna de la Industria Lechera», de la misma manera que Tucumán era conocida como «El Jardín de la República». Pero cuando llegó al mundo la siguiente generación de los Muñiz, al menos su madre ya se había mudado a los pastos de la pampa húmeda en Río Cuarto, muy cerca de Adelia María, continuando allí el negocio de la leche.

En un momento de la velada, el Hijo del doctor extrajo de su bolsillo la foto que había encontrado en Ariño, la del grupo con una anciana de cabellos blancos en el centro de una mesa dispuesta a soplar las velas.

–¿Quiénes son? –preguntó.

Jorge y su hermana Nidia miraron con interés la imagen.

–¡Somos todos nosotros! –rieron con entusiasmo.

Inmediatamente un grupo se congregó a su alrededor. Nidia señalaba con su índice a una joven risueña mientras su hermano hacía lo propio con el niño serio que se encontraba a la izquierda de la venerable dama de los cabellos blancos. Con un bolígrafo fueron numerando sus cabezas y escribiendo sus nombres al margen de la fotografía. La anciana que celebraba su cumpleaños era la esposa de Pablo, la española que no pudo regresar a su patria, Feliciana. Algunos de la vieja fotografía ya habían fallecido. Se intuía un aire de familia en los rasgos de muchos de los rostros sonrientes. Y un tiempo más tarde el propio Leo comprobaría –cuando recibió en España la fotografía que ese día se hizo con el grupo– que uno de los familiares argentinos se le parecía como una gota de agua.

Sentados todos después a la gran mesa en forma de U, el primo Jorge y Leo quedaron en la cabecera, donde todos pudieran verles. Jorge, solemne desde la presidencia, reclamó silencio. El español comprendió que no era en realidad a él a quien estaban recibiendo aquellas personas. Especialmente las de más edad se encontraban aquella tarde con alguien que llegaba desde el otro lado del mundo, un lugar lejano, pero también de un pasado aún más remoto y desconocido.

¿Acaso no era ese hombre de acento español la reencarnación de las leyendas de España, de las personas y los mil relatos que alguna vez habían oído y que habían quedado sepultados en algún lugar de la memoria? Ese tipo había llegado de más allá del océano o del tiempo, pero por primera vez era algo propio y tangible, alguien de carne y hueso a quien podían tocar. Por esa razón los hijos de los emigrantes se aferraban a él como si tuviera el secreto del origen, de sus mismas vidas, como si fuese el mensajero de los que habían desaparecido... Nidia Díez describió así aquel momento en una carta posterior que le envió a Leo: «Es como si nos hubieras traído un mensaje de nuestros padres, los que hace tantos años partieron...».

Mientras Leo escuchaba el discurso de Jorge, pensó que el legado de Román, esa herencia humana y sentimental que ahora tenía ante sus ojos, era demasiado grande para que cupiera en un corazón pequeño. No, ahora sabía por primera vez que aquel Muñiz no había sido un desalmado egoísta. Recordó la fotografía de Román en el estudio de Buenos Aires un siglo atrás. Y el texto suplicante escrito en su reverso. Era el de un hombre sereno y lúcido ante la certeza de un adiós definitivo. Un abismo de desolación. ¿Acaso no había pagado él su precio?

Jorge Díez Muñiz improvisó una bienvenida como saben hacer los hombres de leyes, un alegato en el que importaban menos las palabras que el tono, mucho más los gestos que los adjetivos. Jorge habría de ejecutar a la perfección su papel de tribuno –aprendido en la Facultad de Derecho–, con una solemnidad más propia de una visita de Estado que familiar. Pareció, más que un discurso de presentación, una *laudatio* doctoral. Incluso frente al asiento del invitado alguien había dejado una banda de seda con los colores argentinos y el escudo de la nación, por si el homenajeado tenía a bien colocársela sobre el pecho, algo que no hizo. Optó por guardarla en su bolsillo doblada con mimo.

Abrumado por la tormenta de emociones que sobrevolaba el abarrotado galpón pampeano, el Hijo del doctor tomó finalmente el micrófono que se le ofrecía mientras arrancaba su discurso, al principio en voz baja, como tenía por costumbre. Después, alentado por un silencio sepulcral, puso más fuerza en la voz, en un calculado *in crescendo* desplegado con pericia a medida que notaba cómo sus palabras enardecían al público y a sí mismo...

Chacarera
1999

Leo carraspeó ligeramente.

–Os contaré una vieja historia, querida familia, aunque espero ser breve –dijo al empezar.

Lo que no sabía es que los allí congregados no habían venido desde tan lejos para oír un discurso breve. De hecho, ese era el plato fuerte de la reunión y, como tal, la promesa de brevedad no era lo que esperaban. En sus caras se pudo ver que el anuncio no era bien valorado y, además, si bien todos los congregados estaban familiarizados gracias a la televisión y el cine con el acento castellano, para los argentinos, sin excepción, siempre es un incentivo escuchar en directo una entonación que a fuer de castiza les divierte como pocas.

–Un día lejano, hace más de un siglo, en mi país desapareció un hombre. Ello sucedía en Ariño, Teruel, y esa persona, casada y con hijos, nunca regresó a su casa... Todo el mundo pensó que había muerto y el hecho se vio al principio como una enorme desgracia. Pero no era así. Nadie comprendió por qué lo había hecho. Y es que en realidad no huía, sino que corría en busca de mejor fortuna. Era un hombre maduro y sensato, aunque cometió un gran error: no anunciarlo antes a su familia. Y por ello jamás fue comprendido y es de temer que tampoco perdonado. Hoy tengo que deciros quién fue en realidad aquel hombre: nuestro bisabuelo Román, el vuestro y el mío, un campesino valiente...

El orador levantó la mirada para saber si había atrapado la atención de su público. Parecía que sí. Y que todos allí sabían a quién se refería. Continuó el discurso:

–Román era valiente y juicioso a la vez. Un buen esposo y padre, un compañero y un vecino honrado, muy al contrario de la imagen que se nos ha querido dar de él en España, donde no se apreció nunca su memoria. Porque tuvo que callar su propósito de salir de su país...

En plena vena retórica, Leo se animó a levantar su voz y preguntar:

–¿Os imagináis lo terrible y duro que debió de ser en plena noche volver la espalda a su propio hijo y abandonarles a todos ellos, dejando su tierra y su país para siempre? ¡Una decisión temible! Pero él estaba decidido a tomar el camino de América. Vivía en una España atrasada y pobre donde no había futuro, ninguna esperanza para sus hijos salvo morir en una guerra colonial. Así que, desalentado, decidió emigrar, aunque a su edad era ya una aventura peligrosa. Y sí, es verdad que se guiaba por la idea de que en América el ganado vivía en océanos de pastos verdes. Y él, sabiéndolo, ¿se quedaría allí, en Ariño, donde ni las cabras daban leche, viendo la desventura de sus hijos, la perspectiva de un futuro desalentador?

Nada más decir esto, Leo se arrepintió, pues sabía que todo exceso verbal siempre tiene un efecto desfavorable en el arte de la oratoria. Y en este caso, efectivamente, fue el primo Jorge quien reaccionó con un gesto de incredulidad. Luego este comentaría: «Cómo exageran estos gallegos... ¡no puede ser que las cabras españolas se nieguen a dar leche! Eso es tan improbable como que algún día tengamos un Papa argentino».

El orador hizo como si no hubiera notado el gesto admonitorio y continuó. Elevó otro punto la voz, que ahora se había hecho precisa y clara como la de una copa de cristal de Bohemia.

–Estas son las preguntas que millones de emigrantes que tomaron el camino sin retorno, abandonando para siempre su patria, se han hecho a sí mismos. ¿Qué me espera? ¿Podré regresar? No fue ese el caso de los conquistadores que, empujados por el deseo de aventura, el apetito de riqueza, el sueño de poder, tomaron sus barcos y regresaron con ellos cargados de oro y esclavos. No es tampoco el de los peregrinos que, bajo la deuda de una promesa, se lanzaron, incluso descalzos, a un viaje duro, sí, para regresar al cabo del tiempo redimidos. Tampoco fue lo mismo para aquellos que tomaron las armas, se pusieron la malla y el casco para unirse a la guerra como cruzados y embarcar para los Santos Lugares. Ni mucho menos los viajeros románticos del siglo xx que decidieron sobrevolar las sabanas de África en frágiles avionetas para reunirse con sus amadas. Sí, todos ellos correrían peligros. Y sin embargo lo que daba sentido a su partida, lo que hacía que ello fuera un verdadero viaje, era precisamente la conciencia de que el regreso era posible. ¡No fue el caso de Román Muñiz! En su situación no era posible el retorno. El lugar de destino era este país, el final del viaje. No tendría lugar jamás el reencuentro con los olores de su tierra, nunca volvería a bañarse en las aguas del río Martín. No podría regresar al camposanto a visitar a sus padres y tampoco le llevarían flores a él. Todo quedaría atrás, muy lejos. No, el de

Román no fue un viaje, sino el más valeroso de los sacrificios, pues se ofrendaría él mismo. Hizo el itinerario de ida solo y ya viejo. No estaba imitando a otros héroes cuyo propósito era volver: él tomaría el rumbo sin retorno del desarraigo...

A esas alturas del discurso, los niños presentes comenzaron a parlotear entre ellos. Hambrientos, pellizcaban el pan que tenían delante. Leo comprendió que sería mejor ir concluyendo, pues la perorata se había convertido en un pesado alegato.

–... Así de colosal fue su reto. Emigrar sin familia. Estuvo tentado muchas veces de decírselo a su mujer, sí, pero pensó que esta no le hubiera dejado marchar. Tenía razón. Esa mujer tozuda, la bisabuela, se equivocó e hizo errar a sus descendientes al proyectar una luz oscura sobre su marido. Yo quiero hoy enterrar para siempre esa leyenda injusta. Levantar mi copa por la memoria de aquel hombre generoso y valiente, del que debemos estar muy orgullosos. Por nuestro bisabuelo, Román Muñiz, ¡salud!

Y levantó en el aire su copa de vino.

Entonces escuchó el mayor silencio que jamás habían acogido antes sus palabras. Fueron unos segundos eternos. Su amigo Cuco, el enmudecido mallorquín que nunca había llorado en ningún entierro, sintió el impulso de aplaudir mientras luchaba consigo mismo para que no se le notara que tenía un nudo en la garganta. Pero ahora, ante el silencio general, de una gelidez inesperada, optó por callar, disimulando una vez más su dulce y tierna alma de ensaimada. Después, el vaho inmaterial que flotaba en el ambiente como una espesa nube de emociones y que paralizaba la voz y las manos, precipitó como el granizo en la tormenta mientras descargaba su peso con furia. Los aplausos estallaron atronando las paredes de aquel lugar en Río Cuarto y liberaron de una vez los sentimientos y lealtades invisibles, ignoradas, que habían anidado en los pechos durante más de un siglo.

* * *

Tras la involuntaria catarsis organizada por el abogado de Laboulaye, todos ellos disfrutaron de la música, que duraría hasta la noche, con los asados, las empanadas y pasteles, acompañándolo todo de chistes de «gallegos», en los que siempre la tradición de la broma manda que el español sea el ignorante, el aldeano, el tonto. Ese día no podía ser una excepción. Se contaron pues chistes crueles de personajes perdidos en la gran ciudad porteña, historias de humor y sátira sobre los ancestros propios.

El Hijo del doctor especularía después de su regreso a España con la idea de que toda aquella familiaridad y desparpajo no servía a otro propósito que confirmar la conquista definitiva del territorio, la victoria sobre la nueva identidad irreversible, ganada a la historia, la argentinidad en definitiva. Las canciones de la Pampa, las músicas y danzas de tan profunda tristeza, la nostalgia del paraíso prometido de llanuras infinitas, el fuego y las parrillas, y los chistes y chascarrillos propios no eran sino una restitución. El propio tango, de tan ignorado y mestizo origen, un son asimismo emigrante, representaba mucho más que una música, una zarzuela breve o un argumento cantado de simples amoríos. Era, sobre todo lo demás, la expresión del desarraigo, el espejo del auténtico ser austral, el azogue común en que todos los argentinos podían mirarse: españoles e italianos, alemanes y croatas, rusos y polacos, árabes y judíos, franceses y belgas, turcos y libaneses, británicos, checos, mapuches, guaranís, bantúes o yorubas.

Abrieron después las puertas del guincho y se añadieron a aquella fiesta otros hombres viejos, gauchos acostumbrados a reprimir la poesía que les brota del pecho; por eso tocan la guitarra bebiendo con parsimonia un mate amargo bajo el cielo... Otros bailaban en el galpón, rompiendo las botas sobre el suelo, y desplegaban sus boleadoras con una sorprendente belleza, desgranando el tesoro de una cultura mestiza con zambas y chacareras, melodías que sonaron desenfrenadamente en la llanura.

Ya bien caída la noche, los dos jóvenes Muñiz, los hijos de Nidia, les llevaron en auto a Laboulaye a través de los campos infinitos. Aquellas carreteras habían sido trazadas por ingenieros italianos que desconocían la curva. En doscientos veinte kilómetros solo se le dio un pequeño giro al volante para enfilar la segunda recta de la carretera, una línea hacia el infinito bajo la inmensa cúpula estrellada de la Pampa, la Tierra Prometida.

El Hijo del doctor Muñiz se preguntó de nuevo cómo era posible que un país tan grande, tan diverso en climas y recursos, con una gente como ellos, tan cultos, tan deliciosamente educados en su idioma –desde el más humilde campesino al más elegante y sofisticado porteño–, tan entusiastas en su actitud vital, tan creativos en las artes y las letras, no fuera todavía el país más rico del planeta.

* * *

Menos de veinticuatro horas después, la gran panza del Boeing 747 se elevaba sobre el aeropuerto de Ezeiza de vuelta a España. Cuco Graner, quien todo lo que veía en su viaje lo comparaba con las cosas de su isla, comentó que la cabina de aquel avión le parecía la de un transatlántico. Su compañero le dio la razón y no pudo evitar el recuerdo del *Bretagne*. Y también el de una anciana, la nuera de Román, tan viva en la fotografía. La mujer de cabellos blancos permanecería siempre ante su pastel de aniversario. La imaginó susurrando la misma estrofa que había escuchado la noche anterior en la estancia y que no podría olvidar:

«Siempre en el corazón
guardo una jota y una chacarera.
Déjame que me vaya y con ellas muera...»

Oscuro
1888

Leo se despertó cuando hacía dos horas que volaban a once mil metros de altura sobre el Atlántico. Las luces de la cabina del avión se habían atenuado y el pasaje dormía en sus butacas. Incorporándose de su asiento, retiró del compartimento de equipajes su maleta de mano. Extrajo el tubo de cuero y lo abrió. Cuco también se había aclimatado a las alturas y dormía.

Era la segunda vez que abría el legado de su bisabuelo Román. Antes no había podido acabar de leerlo, tan solo las primeras páginas mientras aguardaba en el hostal de Adelia María la hora del almuerzo. Ahora le quedaban diez horas hasta la escala de Madrid y se dispuso a aprovecharlas. Román seguía allí, contando su historia.

1888

«Llegué a Zaragoza muy cansado y lo primero que hice fue vender a *Oscuro*, mi caballo. Era un animal magnífico y le habíamos puesto ese nombre porque nació coincidiendo con un eclipse de sol, y no porque tuviera aquel pelo tan espléndidamente negro que era la envidia de las ferias, donde me lo pedían prestado para juntarlo con alguna buena yegua. Eso solía pasar en primavera y *Oscuro* nunca me hizo quedar mal, pues a su buen carácter le seguía la buena planta, lo que era importante con las hembras difíciles, las que no se apareaban con cualquiera. En fin, este detalle no tiene mucho que ver con mi vida, pero cada uno habla de lo que entiende, y en aquella época yo entendía solo de caballos. Por eso me dio tanta pena venderlo, porque era muy cariñoso y además tuve que aceptar el precio que me ofreció Gimeno, el tratante de la calle Predicadores. Porfiaba que era el tratante de ganado de la región que más vendía y era verdad, aunque solo en el sentido de que era muy capaz de venderle un caballo desdentado a un pobre ciego, el muy sinvergüenza.

Las monedas con que me pagó Gimeno tenían la cara del rey Alfonso, aquel que se había muerto joven dejando viuda e hijo. Pensé que aquellas monedas que ocupaban tan poco espacio en mi bolsillo eran todo lo que tenía. Antes de decir adiós a *Oscuro*, le pedí al tratante que nos dejara solos. Le acerqué un poco de paja y después acaricié su cuello, y en él pude notar las venas hinchadas bajo el cuero de su piel mientras inclinaba la cabeza como si quisiera que lo abrazara. Dicen que los animales no tienen pensamientos, pero eso es una mentira. Y con el tiempo aprendería que hasta los árboles los tienen. Aquel día lo confirmé porque supe que él se daba cuenta de que me estaba despidiendo.

Después fui a la estación para comprar un billete a Barcelona en la Compañía de los Caminos de Hierro del Norte, al tiempo que en la cantina me hacía con una hogaza y un cuarto de queso. Llené la bota de agua, pues me dijeron que el viaje duraba más de doce horas. No era mucho tiempo pero había que comer. Cuando mi padre era joven, el viaje en calesa duraba tres días y era algo muy peligroso. Había asaltos de bandidos cada semana y no todos los criminales eran tan buenas personas como el Tempranillo, del que dijeron que si te veía pobre no te robaba. «Vete a saber, mejor no encontrártelo», pensé yo.

Habíamos salido de Zaragoza y en cada curva el vagón crujía como si fuera a romperse. Si nos hubiéramos ido hacia un terraplén y hubiese habido un accidente, como era frecuente, aquellas maderas se habrían partido en miles de astillas atravesando a los viajeros. Pero los compañeros de viaje no debían de estar preocupados por esta posibilidad y al comienzo dormían o comían; algunos hablaban en voz baja. La mayoría era gente que como yo se dirigía a Cataluña en busca de fortuna; eran familias enteras, con niños y personas mayores, cargadas de bultos atados con cuerdas, maletas, y algunos viajaban hasta con las gallinas. Los pequeños corrían por el pasillo sin descanso, mientras arrastraban sus rodillas por la tarima. Uno de ellos se había encaramado en el asiento y sacaba la cabeza por la ventanilla cuando una brizna de carbón le entró por un ojo y comenzó a berrear como si le estuvieran moliendo a palos. Desconsolado, fue corriendo hacia su madre. "Cierra los ojos", le dijo la mujer. "Ahora gíralos hacia arriba y hacia abajo, dándoles vueltas." El niño obedeció al momento mientras ella le miraba. El rapaz abrió los ojos y sonrió. La mujer comentó a sus vecinas: "¿Ven? Ya no está, esto me lo enseñó mi madre, siempre funciona".

Extrañaba que en aquel revoltijo de familias en mudanza no se vieran perros o gatos, aunque cualquiera podía entender que estos se habrían quedado atrás, abandonados. Por lo menos *Oscuro* tendría un nuevo dueño que en pocos días se encariñaría de él. Me dormí con ese pensamiento. Cuando desperté, el vagón se había llenado con nuevos viajeros que se acomodaban en los asientos vacíos y algunos nos levantábamos para permitir que las familias pudieran sentarse juntas. Al cabo de poco tiempo hablábamos como si nos conociéramos de toda la vida.

Un viejo contaba su vida de joven en Barcelona. Regresaba después de muchos años para conocer a sus nietos. Nos aconsejaba que no confiáramos en nadie, pues dijo muy convencido que allí lo único que cuenta es el dinero. Añadió que jugaban mucho a la lotería, cada semana. Se sorteaba de todo, en todas partes, incluso en los cafés; además de dinero, relojes, joyas, agua potable y hasta cerdos rollizos que paseaban por Las Ramblas con un cartel al cuello anunciando el sorteo.

El anciano, viendo que se había formado una gran atención a su alrededor, continuó: "Una vez encarcelaron a un concejal y a un oficial del Ayuntamiento por estafar con la lotería de la que estaban encargados. El de menor categoría era el encargado de poner las bolas. Pero antes del sorteo se iba al bombo y distraía tres o cuatro con diferentes números y se las entregaba al concejal. Era un truco muy sencillo. ¡Os podéis imaginar el dinero que robaron aquellos dos sinvergüenzas! Cuando los pillaron los llevaban presos por Las Ramblas y la gente les seguía insultando y les daban patadas como si a cada vecino le hubieran robado la lotería. Pero yo creo que en el resto de rifas también había algún truco".

Una señora que viajaba con su sobrina de quince años sacó de una cesta de mimbre una tortilla de patatas relucien-

EL HIJO DEL DOCTOR

te y hermosa como una luna llena. Tenía un color tostado que daba gloria verla. La probamos casi todos los viajeros. Ahora me doy cuenta de que esa fue la última vez que comí una, firme por fuera y jugosa por dentro, tal como debe ser una tortilla española.

Algunas mujeres jóvenes que no se conocían antes del viaje habían formado un corro y jugaban al tresillo con una baraja de cuarenta naipes. Otras muchachas aún más jóvenes hablaban y reían con algunos soldados. Estos también lo eran, y con seguridad habían sido recién alistados. Recuerdo que pensé: "¡Pobres infelices! A estos pobrecillos que ahora ríen los enviarán al matadero. Las noticias de Cuba cada vez son peores. Seguramente estos chicos lo saben, lo dice todo el mundo, que el final está a la vuelta de la esquina, y si van a morir bajo las balas de los mambises habrán caído por nada, solo para que sus madres y sus novias lloren el resto de sus vidas. Menudo país desgraciado el nuestro. Por eso estoy en este tren, para darles a mis hijos una oportunidad de no ir a esa guerra. O a África, donde las cosas no están mejor. José, el mayor, tiene ahora quince años, y Pablo once; Dolores, la segunda, doce, y la pequeña Teresa solo ocho. ¡Pobrecilla!". Viajando en aquel tren la recordaba sentada en mis rodillas cuando yo volvía del campo. De buena gana hubiera saltado de aquel vagón para correr hacia ella y poder abrazarla. Yo le enseñé las letras y en verdad que iba muy adelantada, con aquella caligrafía tan fina... Me preguntaba en aquel tren si todavía estábamos a tiempo de arreglar nuestras vidas y pensaba que tal vez podría si me daba prisa.

Las estaciones iban pasando y en casi todas se subía gente normal. Digo esto porque a veces eran asaltantes que detenían los vagones en cualquier curva poniendo algún obstáculo. Desde hacía unos años la costumbre era que viajaran también guardias con carabinas para desanimar a los atracadores, armados con simples escopetas o antiguos arcabuces. Aunque al *Cucaracha* no había quien le parara los pies, hasta que le acribillaron con toda su banda en una ladera de Lanaja. Los trenes son como la vida. Hay estaciones en las que se apean algunas personas y a esas ya no las veremos nunca más. Y llegan otras. Otras veces suceden súbitos accidentes; la muerte inesperada. Lo importante es que mientras estemos juntos en el vagón sepamos que en alguna estación habremos de bajar. Entretanto hay que convivir.

Muy cansado, habiendo dormido tan poco después de tantas horas de viaje, primero a pie y después en tren, debí de quedarme nuevamente dormido... En sueños me vi de pequeño, con nueve o diez años, bebiendo de la mano en la fuente. ¡Qué buena era aquella agua en verano! Digo con toda seguridad que era verano porque en el maravilloso fondo de piedras de la fuente se refrescaban unos cuantos duraznos. Eran grandes, con manchas de colores marrones y rojos del bajo Aragón, que llevaban aún algunas hojas verdes, recién cortados. No sabía que habría de añorarlos toda mi vida. He escrito duraznos, como se dice aquí, en Argentina, pero eran melocotones. ¡Ay, los árboles de casa, regados por la acequia...! Nunca más volvería a verlos.

Cuando me desperté, habían desaparecido la señora de la tortilla de patatas y su sobrina. Sentí un poco de tristeza, ya he dicho por qué. Su lugar lo había ocupado una pareja muy joven, ella con un bebé en los brazos mientras su marido, que no habría cumplido los veinte, trataba de liar un cigarrillo. Noté que no tenía mucha práctica porque se le iban las hebras de picadura entre los dedos. Cuando acabó, me lo ofreció y le dije que no fumaba. Los pobres irían a buscarse la vida a la ciudad.

El tren por fin llegó a la estación sin incidentes. Nada más salir a la calle noté que la ciudad tenía un ambiente distinto al de Zaragoza, y no hubiera podido decir entonces por qué. Había carros tirados por mulas entrando y saliendo de la estación y mucha gente en la avenida. Estaba la mañana tan soleada que los adoquines brillaban como si los hubieran pulido y apenas se notaba ese día el humo negro que salía de las chimeneas. Había muchas fábricas. Yo estaba allí de pie, mirando a mi alrededor, todavía sin maleta y sin familia. Pero hay que decir que me sentía mucho más aliviado; había quedado atrás aquel dolor que me apretó con rabia el pecho en el camino de Ariño y que nunca volvería a sentir, ni siquiera en los peores momentos.

Respiraba algo distinto que no conocía; luego supe que era el aire del mar y oí el graznido áspero de las gaviotas, al que por cierto nunca me acostumbraría. El puerto estaba relativamente cerca y pronto pude ver las velas de los pesqueros. Chocaban sus panzas con las redes colgadas encima de la borda y los marineros trajinaban mientras las mujeres las cosían hablando en voz alta, protegidas del sol con pañuelos anudados a la cabeza. Me sorprendió la alegría de aquellas gentes que trabajaban con sus barcas de pesca; yo antes no había visto ninguna de aquellas naves de vela, aparte de las pequeñas con remos que cruzaban el Ebro cerca del puente del Pilar. Estas de Barcelona se distinguían unas de otras por sus cascos de colores pintados en bandas horizontales a lo largo de su eslora: verdes y azules, amarillas y rojas... Todo era luz, una mezcla de ambientes que se avenía con la alegría inusual de aquellas personas, y mi primera impresión fue como la de un continuo festejo que en nada me recordaba las jornadas en el campo. Allá, solo en las fiestas patronales se veía a la gente riendo, como si las condiciones de trabajo que nos había impuesto nuestra tierra hubieran sido una especie de maldición. Es verdad que cultivar la tierra en España ya no salía a cuenta porque había venido a menos en pocos años y la gente se iba de los pueblos, como yo. Luego me di cuenta de que algunos de aquellos pescadores que en ese momento estaban riendo podían morir cualquier día en el mar; era su oficio, y sus viudas y sus hijos eran los mismos que cosían las redes aquella mañana de mi llegada. Pero a pesar de ello la ciudad y su puerto tenían esa alegría inexplicable que nunca volvería a ver en la calle, ni siquiera en América.

Un viejo, flaco como el clavo de una herradura, con una graciosa caperuza roja en la cabeza –se llama barretina– permanecía agachado en cuclillas mientras fumaba tranquilamente su pipa. Vendía pescado en una estera de esparto, de esas de moler aceitunas, redonda y plana. Algunos chiquillos pasaron por su lado y uno de ellos alargó la mano y después de pillarle dos o tres sardinas salió corriendo muerto de risa. El viejo, que parecía una estatua de sal fumando, ni se movió, como si aquello no fuera con él. Unas semanas después volví y seguía allí, impasible sin soltar su pipa. Entonces me fijé mejor y vi que al pobre hombre le faltaba un brazo. Me dijeron las mujeres que eran cosas del oficio. Y yo que pensaba que el campo era duro.

Repito que en aquel puerto todo me resultaba nuevo, y a fuer de ello era atractivo, o así me lo había parecido en mi primer día. Una de las novedades importantes en aquellos primeros días fue conocer a Dionís, un joven pintor que siempre estaba con sus pinceles y telas animando escenas de pescadores y mujeres en el puerto. Yo no había visto cuadros en mi vida y me quedé realmente pasmado. ¡Qué colores los de aquellas telas! Juro que no entendía cómo una persona tan joven podía dibujar así, porque los personajes parecían vivos y la arena pintada era tan real como la de la misma playa, grano a grano. Entablé conversación con él y le pregunté si me podía acercar un poco más, quería ver cómo lo hacía. Casi nos hicimos amigos. Otro día que pasé por allí me comentó: "¿Se ha fijado? Usted y yo, señor Román, nos parecemos, físicamente, quiero decir". No sé por qué lo dijo, pero me hizo gracia.

Él no tendría ni treinta años, o sea que era bastante más joven que yo, aunque era capaz de pintar todos los detalles en las caras de las personas. Me habría gustado saber algo de dibujo, aunque era tarde para mí. Lo que al fin entendí de lo que me explicaba mientras trabajaba es que la habilidad del artista no está en las manos, sino en los ojos, la vista, en la manera que tiene de ver las personas y las cosas. "Hay maestros que ven más allá de las caras de las personas, Román. Pueden ver incluso su alma y retratarla", dijo. Naturalmente, me quedé estupefacto. "¿Cómo podrían ver el alma?", pregunté dudando si exageraba o me estaba tomando el pelo.

Entonces Dionís sacó de su bolsa un libro con fotografías y láminas, señalándome unas páginas coloreadas.

–¿Lo ve? Estos son algunos retratos de Goya, fíjese en este tipo, y ahora en este otro… ¡lo que daría yo por pintar así!

La verdad es que yo no veía otra cosa que sus caras y sus cuerpos, totalmente normales, como si fueran fotografías. Me parecían muy reales, pero fuera de eso no había nada especial en ellos. Así se lo dije.

–Ahí está. Son normales para usted, o sea que son casi reales. Lo mejor es que este, por ejemplo, el rey Fernando VII, no solo está bien pintado, sino que con su cara paga. ¿Le caería a usted bien alguien así?

Me fijé entonces en aquel rostro girado, de ojos huidizos y labios rechonchos y algo retorcidos.

–Pues tiene razón, Dionís, no debe de ser muy simpático.

–No lo era, le llamaban *el Deseado*, aunque era bastante poco de fiar, y ya ve, su paisano Goya lo pinta de tal manera que el rey no puede negar su parecido, ni se lo puede reprochar, pero le saca la mala entraña que lleva dentro.

Me dejó asombrado.

–Ya lo entiendo –contesté.

Entonces Dionís relató que en los retratos del mejor pintor español del siglo se podía adivinar qué personajes le caían mal, como el rey Fernando VII o el valido de su padre, Godoy, o, por el contrario, a quienes admiraba o incluso apreciaba, como la familia del infante don Luis de Borbón, el poeta Fernández de Moratín o el capitán general de Cataluña, don José de Urrutia, que fue el primero que tuvo ese empleo militar sin pertenecer a una familia noble.

Me quedé un rato allí, mirando fascinado aquellos retratos que Dionís iba describiendo con todo detalle. Es fácil comprender que me impresionara la sabiduría de ese hombre, tanto como darme cuenta de mi propia ignorancia. El mejor pintor del siglo era un paisano mío... ¡y yo ni había oído hablar de él! Intentaría después dibujar un retrato con un papel y un lápiz, pero no conseguí hacer nada que se pareciera ni de lejos a una imagen real. ¡Y decía que la habilidad no estaba en las manos! Cuando Dionís supo que mi intención era marcharme a América me hizo un dibujo de mi cara, un papel que aún conservo como el único recuerdo que tengo de aquella ciudad. Y me regaló aquel libro. Un gran hombre y un amigo, Dionís. De verdad que nunca le olvidaría.

Lo que quiero decir con todo esto es que Barcelona era, en todos los sentidos, distinta. Como explicaré más tarde, me hubiera quedado allí para siempre, aunque mi vida iba a andar por otros caminos y estaba destinada a otras cosas.

Mis planes estaban decididos desde hacía tiempo y no soy hombre de apartarme mucho de ellos. Me habían hablado de las tierras de ultramar y el destino final sería Argentina, pero como no tenía dinero para pagar un pasaje habría de quedarme en Barcelona una temporada. Yo no era albañil, aunque sabía que el trabajo de peón estaba bien pagado si era a destajo, pues los contratistas buscaban que las brigadas de albañiles trabajaran muchas horas. Ya no era joven, tenía cuarenta y dos años, pero estaba acostumbrado a las jornadas largas y el trabajo no sería diferente en los andamios. En menos de doce meses conseguiría reunir los cincuenta duros que costaba el viaje si trabajaba sesenta y cinco horas a la semana. Solo libraría los domingos por la tarde.

Me puse a buscar una pensión, había decenas que se anunciaban en los diarios, así que encontré esa misma mañana una casa de huéspedes en la calle del Carmen, cerca de Las Ramblas. Como decía el anuncio de *La Vanguardia*, podría "compartir una habitación con otro caballero por un precio razonable". Con el único que había compartido antes cuarto, cuando viajaba a Teruel o a Zaragoza, era con mi hijo José, pero como es de suponer la idea de hacerlo con un extraño no me hacía ninguna ilusión. Y pensé que a cosas peores tendría que acostumbrarme. Por entonces ya era de la opinión de que aquellos que desean peces han de mojarse el culo.

Doña Rosa
1888

La cabina del reactor había apagado por completo sus luces. El Hijo del doctor se sirvió el botellín de Old Parr que había dejado la azafata sobre la bandejita y prosiguió la lectura.

Román debía de llevar mucha razón en sus expectativas de trabajo. En aquellos años de finales de siglo, la Barcelona fabril era un imán; llegaban hombres de la Cataluña interior y de otras partes de la Península atraídos por la explosión económica que la máquina de vapor había producido. Los barcos que llegaban a Barcelona iban cargados de maquinaria textil fabricada en Manchester, mientras que los que salían para Europa o América transportaban las telas producidas en las fábricas catalanas. El imparable desarrollo urbanístico de la ciudad era una consecuencia de aquel poder creciente.

Tras la demolición de las murallas que durante siglos habían ahogado la vieja Barcino romana, ahora ya con medio millón de habitantes la ciudad seguía creciendo a expensas de lo que habían sido huertas y masías. Antes, la suave y fértil planicie se extendía desde los municipios de Sarriá y Gracia hasta el Mediterráneo como un gigantesco lienzo donde plasmar un sueño urbano: la constelación de altos edificios que pedían construir los propietarios enriquecidos hasta el pecado. Al fin y al cabo, en algún lugar tenían aquellas familias ricas que invertir sus ganancias, y qué mejor que en la propia mansión, a la vista de todo el mundo. Además, ese año era el de la Exposición Universal de Barcelona. Bajo el mando de un alcalde monárquico y liberal, obstinado y emprendedor, Rius y Taulet, la ciudad tenía la voluntad de mostrar que era una capital del mundo.

1888

«En la segunda obra que me presenté me dieron trabajo. Era una casa en el Ensanche cuyos propietarios querían verla acabada antes de final de año. Querían dar una fiesta la noche de la inauguración. Así era aquella gente. Hablaban todos de la "inauguración" como si hablaran de la llegada del Papa. Me pagarían a razón de dos pesetas y media por día la primera semana y si me contrataban después de esa fecha subirían hasta tres, lo que no era mucho pero significaba que podría ahorrar una peseta diaria después de pagar la pensión. Como necesitaba unas trescientas pesetas para cubrir el billete del barco y disponer de algún dinero extra para subsistir los primeros tiempos en Argentina, eso equivaldría a trabajar un año, lo que sería mucho más tiempo del que había calculado.

Una semana después de estar alojado en la pensión Los Claveles llegó mi compañero de habitación, un alemán rubio y alto, algo mayor que yo. Me dijo la dueña, la viuda de Vallés –de la que nadie recordaba su apellido de soltera y que se hacía llamar doña Rosa–, que me lo presentaría. Los huéspedes, que cuando no estaba presente se referían a ella como la Doña, debían dar su consentimiento a quien se les proponía como compañero de habitación. La pensión tenía pocas normas, pero eran estrictas. Primera: en ninguna circunstancia se aceptaba la presencia de señoritas. Ni siquiera se alquilaba a parejas estables. Segunda: no se permitía andar por los pasillos y salones en ropa interior ni con el torso descubierto. Tercera: la puerta de la pensión se clausuraba por las noches a una hora fija, según las estaciones.

Supe por el mismo Frank Schmidt-Vogel que era viudo desde hacía tiempo y que tenía una hija adolescente a la que había puesto al cuidado de familiares alemanes en su país. Persona muy simpática, fornido en lo físico, se había trasladado a Barcelona tras pasar años trabajando en los tranvías de Zaragoza, inaugurados durante la II Exposición Aragonesa de la Agricultura y la Industria. Precisamente yo había estado visitando esa feria con mi hijo José y recordaba haber subido a uno de aquellos bonitos tranvías tirados por mulas. Además de esta coincidencia, el alemán de Nuremberg –a quien observé que le faltaban dos dedos de la mano izquierda y tenía tatuada en la muñeca una pequeña serpiente– me había causado buena impresión desde el primer momento. Acerté en ello, sin duda era un hombre de talante abierto y solícito, como más tarde se vería.

Después de la cena pidió permiso para encender su pipa, aclarando que jamás la usaría en la habitación de ambos, ni siquiera apagada. Yo le agradecí el gesto, porque si hay algo que detesto es el tabaco. Cumplió su palabra, pero su olor estaba tan pegado a su ropa que toda la pensión acabaría oliendo, discretamente, a la picadura de Frank. Mecánico fresador en la compañía de ferrocarriles, se había venido a Barcelona porque aquí su sueldo era casi el doble. Pasarían semanas antes de que Frank me confesara que trabajaba para enviar el dinero a su hija, enferma de tuberculosis, y por cuya vida temía. Pagaba sus gastos en un sanatorio cerca de Frank-furt llamado Falkenstein, en los montes Taunus. Fundado por el doctor Detteweiler, era el único de Alemania que man-tenía pacientes con pocos recursos. Aun así, el esfuerzo de Frank era considerable, pues incluso había cogido en el taller el turno de noche, mejor pagado. La altura y el aire puro, así como la sobrealimentación, conseguían que los enfermos tu-vieran un pronóstico excepcional. Si antes de 1880 ese sana-torio hubiera existido, tal vez su esposa Ushi no habría muerto de la misma enfermedad, me comentó un día con tristeza.

Ya he dicho que había observado que a su mano izquierda le faltaban los dedos meñique y anular, así que le pregunté si había perdido los dedos trabajando, viendo la precisión de ambos cortes. Me contestó que había sido un descuido en el taller. El accidente le sucedió con una sierra de cortar, solo un día después de enterrar a su mujer. Cuando se dio cuenta de que algo le había pasado en la mano ya era tarde. Notó un calor abrasador en ella y ya vio los dos dedos en el suelo. Tan rápido y exacto resultó el corte que ni sangraba. En realidad no supo lo que había pasado, no recordaba qué estaba ha-ciendo en ese momento. Una distracción. Sobre todo lo que lamentaba profundamente era que ya no podría tocar el pia-no, afición que su madre le había trasmitido y que luego per-feccionaría durante doce años en el conservatorio de la ciudad bávara. Pocos días después se hizo el tatuaje de la serpiente para no olvidar que las distracciones son más peligrosas que los reptiles, dijo. La mala suerte había acompañado en la vida a mi compañero y, sin embargo, esas cornadas no le habían afectado el carácter. Tenía Frank algo de filósofo y afirmaba que él no había tenido nunca buena suerte por la sencilla razón de que esta no existe. "Lo que existe, Román, es la mala suerte, esa sí." A él se le había presentado con frecuencia, tal vez más que al resto. Tuve que darle la razón: la única buena suerte posible es la que te haces cada día, trabajando.

En los meses que convivimos en la pensión, Frank se ausentó de Barcelona dos veces para viajar a Alemania y ver a su hija. Siempre pensé que fui afortunado por contar con un compañero de habitación tan discreto. Coincidía poco en la pensión conmigo, pues trabajaba de noche como he dicho, pero a veces salíamos para distraernos, siempre los domingos. Como los dos teníamos motivos para gastar el menor dinero posible, nuestras diversiones no eran las mismas que las de la mayoría. Nada de prostíbulos. Solíamos pasear por las calles de la ciudad, vestidos con chaleco y corbata, como los señores. Nuestro recorrido comenzaba en la plaza de Cataluña y seguía por Las Ramblas.

Otra distracción era colarnos en el Ateneo Barcelonés. Cada semana llegaban revistas de todo el mundo que podíamos leer durante horas si conseguíamos colarnos sin ser detectados como lo que realmente éramos, falsos socios. Utilizábamos un truco bastante inocente que se le ocurrió a Frank: entrar con un periódico atrasado bajo el brazo en animada conversación, dando los buenos días al portero pero sin mirarle. El aspecto de fabricante alemán de mi compañero ayudaba bastante a que la argucia funcionara.

Una tarde nos dirigíamos hacia Las Ramblas, como siempre muy concurridas, cuando a la altura del mercado de la Boquería vimos cómo unos individuos rodeaban a una pareja que caminaba delante de nosotros. Parecían extranjeros. Súbitamente, dos individuos de aspecto arrabalero y vulgar se les aproximaron por detrás y uno de ellos despojó del bolso a la mujer con un fuerte tirón para salir huyendo a gran velocidad. Ella gritó y el hombre corrió detrás de los ladrones, que se habían internado ya en las calles laterales.

Tuve el alocado impulso de ayudarle comenzando a correr detrás de todos ellos, mientras Frank se quedaba rezagado. En un minuto me encontré en un callejón estrecho junto al desdichado extranjero, quien giraba la cabeza en todas direcciones. No se veía a nadie. Solo quedaba sobre el suelo la montaña de excrementos de algún carruaje que había pasado por allí. De repente, de una esquina salió un grupo de hombres con las gorras caladas hasta las cejas exhibiendo sus navajas. Rodeados, retrocedimos hasta dar con nuestras espaldas en una pared y los cinco bandidos formaron un semicírculo. El mayor –no tendría más de treinta años– mostraba una sonrisa estúpida y un rugoso caliqueño entre los labios. Sostenía con las manos, amenazador, un grueso extremo del remo de una barca, mientras de su brazo colgaba el bolso robado. Calculé que con un golpe en la cabeza podía partírmela en dos como una sandía. Se dirigió hacia mí con el remo en alto para asestarme el golpe que me enviaría al otro mundo. Acentuó la sonrisa con una repugnante mueca. "Qué rabia, morir rodeado de mierda de caballo", pensé. Y cerré los ojos.

–¿Quieres quitarme tú mismo el bolso, valientillo de mierda? –me increpó a menos de medio metro mientras retrasaba un pie para tomar fuerza antes de descargar el golpe.

En su mueca vi que le faltaban casi todos los dientes. Escupió al suelo. Era la señal, el preludio de un crimen. En ese momento retumbó en la calle un disparo, seguido de un vozarrón.

–¡Tira eso o te perforo los huevos! –dijo la voz, estentórea.

Giré la cabeza y vi a Frank con un revólver en la mano apuntando al tipo. Del cañón salía un grueso tirabuzón de humo blanco. "Vaya con Frank", pensé.

Los facciosos se habían quedado tiesos como estatuas; levantaron los brazos y sus chaquetas dejaron ver sus chalecos, de los que colgaban bisuterías y relojes. Observé que al jefe de la banda se le formaba una gran mancha oscura a la altura de la bragueta. Frank movió la cabeza en un gesto enérgico ordenando a los otros bandidos ahuecar el ala. Tal vez pensaron que era un policía que planeaba aplicar la costumbre de dispararles por la espalda una vez iniciada la fuga, porque no se movieron. Al cabo de un segundo, no obstante, recobraron la confianza y empezaron a correr. El desdentado había soltado el bolso y el caliqueño. Frank se le había acercado y el cañón del revólver le alcanzó la frente, ahora perlada de sudor. Cuando sus compinches hubieron desaparecido, le ordenó que se diera la vuelta. No había terminado de girarse cuando recibió tal patada alemana en el trasero que el pobre diablo fue a dar de bruces contra la pared y rebotó más allá, justo donde el suelo estaba cubierto de estiércol. Sin entretenerse a quitarse la mierda de la cara, huyó de espaldas con los brazos en alto sin mirar atrás.

El extranjero –creo que era francés– se había quedado blanco, pero comprendió que Frank nos había salvado la vida. Metió la mano en el pantalón y, sacando dos hermosos duros de plata, se los ofreció a mi amigo. Este rehusó con una sonrisa; en su lugar le tendió su mano vigorosa deseándole buena suerte.

Cuando le pregunté de dónde había sacado aquel arma descomunal –un revólver Glisenti fabricado en Brescia– me respondió que siempre lo llevaba encima.

Incluso la gente de orden solía llevar pistolas y estiletes en las botas, aunque me extrañó que un hombre tan calmado como Frank fuera uno de ellos. Hay que reconocerlo, tenía mucha razón, pues gracias a ello me había salvado la vida y si puedo contarlo hoy es, sin duda, gracias a su intervención.»

Frank
1888

«Los meses pasaron con lentitud, entre jornadas de doce horas y domingos breves, escasos de distracciones. Sufría mucho pensando en mi familia. Debían de estar muy mal por mi causa, pero no me pareció que tuviera que advertirles. Cavilaba que Edelvira era capaz de todo, hasta de venirse a Barcelona. Conociéndola estaba seguro, y también de que iría con mi retrato por todas las comisarías denunciando mi desaparición. Esa mujer tan testaruda acabaría por encontrarme. No podía correr ese riesgo, esa parte del plan ya la había decidido mucho antes de mi partida.

Yo ahorraba peseta a peseta. Había pensado que para marzo o abril ya podría sacar mi pasaje, no sin haber previsto una cantidad adicional para mis primeros días en Argentina; allí también debería buscar un trabajo al llegar. Según había sabido lo encontraría con facilidad, pues la nación se hallaba en pleno desarrollo. Hice también por informarme con Frank en el puerto de Barcelona, donde cada semana llegaba algún barco de Sudamérica. Esperábamos a que bajaran antiguos emigrantes que retornaban; eran muy pocos los que lo hacían en comparación con los que embarcaban en dirección contraria. Conseguí que algunos de ellos me hablaran de las condiciones de vida de Argentina y en particular de la capital. Todos dijeron que, en efecto, las oportunidades de trabajo eran inmediatas.

Cuando, según mis cálculos, solo faltaban tres meses para la partida, mi compañero de cuarto se encontró con un primo suyo, del mismo pueblo, oficial de la compañía naviera que hacía la línea Hamburgo-Buenos Aires. En su última escala en Barcelona Frank había tenido la idea de preguntarle si este familiar podía comprarme un billete para América a buen precio, esto es, con un descuento, tal como solían hacer todas las compañías. El primo le había contestado que tales ventajas estaban reservadas para familiares de los tripulantes. No obstante, en el viaje de retorno se encontrarían de nuevo y recibiría una respuesta más exacta.

Gracias a que las escalas se anunciaban con mucha antelación, supimos el día preciso en que el vapor alemán volvería a Barcelona. Un mes más tarde, estábamos esperando la llegada del mismo barco, de regreso hasta su destino final, Hamburgo. Una vez atracado, y mientras los pasajeros descendían, un oficial de barba rubia apareció en la cubierta y, reconociendo a Frank, le saludó alegremente levantando el brazo: "¡Frank, ven!", gritó. Mientras subíamos por la rampa le dije: "Te espero abajo, no quiero complicarle la vida a tu pariente". Desde el muelle vi como ambos se abrazaban y después desaparecían tras el portón de estribor. Sentado sobre un fardo del muelle, esperé más de una hora, y cuando Frank apareció de nuevo lo hizo sonriente y bastante achispado. Me dio un abrazo como nunca lo había hecho antes y dijo:

–¡Ya lo tenemos, Román, ya lo tenemos!

–¿Tenemos qué? –le pregunté lleno de ansiedad.

–¡El pasaje a mitad precio, coño! –gritó–. ¡Veintidós duros!

Era una gran noticia. El primo de Frank, quien resultó ser el contramaestre del buque, lo había conseguido. La condición era que yo debería figurar en el pasaje con un apellido alemán, el suyo, de modo que pudiera pasar por familiar del tripulante. En esa época todavía no existían los pasaportes ni los salvoconductos llevaban pegadas las fotografías. De ese modo pasaría a llamarme Román Muñiz Schmidt.

Convinimos que esa noche yo invitaría al oficial y a Frank a una cena en el afamado restaurante Siete Puertas, en los arcos de Can Xifré, al lado del puerto, y que además añadiría una propina para el marino por las molestias que en mi favor se estaba tomando.

Tras acompañarme a la pensión a buscar el dinero, Frank se dirigió de nuevo al barco con los veintidós duros en una bolsa de papel, más los que Frank sugirió como propina, mientras yo me quedaba en el restaurante.

Estuve esperándoles sentado a mi mesa dos horas. Cuando, pasadas las once y media, todos los otros comensales ya se habían marchado y solo quedábamos el pianista y yo, comencé a preocuparme. Temía que en el camino le hubieran robado. Esos sucesos criminales ocurrían en Barcelona a diario. El día anterior, *El Brusi* había publicado con todo lujo de detalles el ajusticiamiento por garrote vil del asesino de una pareja de novios que había sido asaltada con una navaja, robada y asesinada en un parque. El botín había sido de tres pesetas que el pobre chico llevaba en el bolsillo. Pensé que no tenía que haber ocurrido así con Frank. Él no era un jovencito y además llevaba una pistola encima. Se habrían emborrachado con su primo, que llevaba semanas sin bajarse del barco. Me tranquilicé con esa idea mientras me dirigía a la pensión a esperarle. Encontré a la Doña leyendo en el sofá una de sus novelas por entregas. Ella nunca se acostaba hasta comprobar que todas las ovejas habían regresado al redil. Le pregunté si tenía noticias de Frank y me miró extrañada.

–¿Frank?, pero si se ha despedido esta mañana… ¿No le ha dicho a usted que regresaba a Alemania?

Me desplomé en el banco forrado de crepé. Fue un mazazo inesperado. ¿Cómo podía Frank haberme hecho eso? Caí abatido frente a la mujer como si me hubiese explotado una bomba en el pecho. Me miró con preocupación. Mi rostro, que debió de parecerle de cera, mostraba la tribulación que pasaba por una cabeza que no podía pensar. La señora me ofreció un poco de agua con anís, que le acepté de manera mecánica, pues no bebo.

El sinvergüenza se había fugado con todos mis ahorros y el cuento del contramaestre, que seguramente era un falso primo. O tal vez era su primo de verdad y el legítimo sinvergüenza era él. Daba igual. Estaba claro que el hijo de su madre me había limpiado casi hasta el último céntimo y ahora tendría que seguir trabajando. La Doña se quedó allí un rato para consolarme y entonces me reveló que el señor Schmidt jamás le había dicho que fuera viudo. Y mucho menos que tuviera una hija en un sanatorio. Todo era un cuento. Ese tipo de cosas son las primeras que se investigan en una pensión decente, pues es obligado tener clientes de los que se sepa qué se puede esperar. Y él, además, ya se habría guardado muy mucho de mentirle a la señora; el gremio de las fondas se ocupaba de distribuir la información entre sus miembros, averiguar todo con sagacidad y profesionalidad, pasándose entre ellos cuantos datos podían recabar sobre sus pupilos, de diferentes informadores.

Del alemán Schmidt-Vogel, la Doña había averiguado hacía tiempo que sobrevivía como jugador de cartas, lo que era una actividad legal en Cataluña. Era un tahúr por cuenta propia que ejercía en un garito de Las Ramblas donde cada tarde se asomaba con fortuna variable. Tampoco era de los peores de la ciudad y, en ocasiones, Frank había ganado mucho dinero en las timbas; en otras se había quedado sin un céntimo. La viuda añadió que, a pesar de todo, Schmidt-Vogel, en su modesta opinión, era un hombre de buen comportamiento que siempre acababa pagando sus facturas, aunque nunca habría imaginado que pudiera hacerle algo así a otro cliente de su pensión. Nunca más le aceptaría en la suya, afirmó.

Había más. Doña Rosa había sabido que, en algunas ocasiones en que el alemán no tenía suerte, solía ausentarse una temporada de Barcelona para huir de sus acreedores y de paso probar fortuna en otros lugares. Regresaba cuando volvía a tener dinero fresco y podía saldar sus deudas. Ella sabía que el Casino Principal de Zaragoza era uno de sus caladeros habituales. Una vez perdió allí una cantidad considerable, más de cien duros, y tuvo la mala fortuna de que su deudor resultó ser un jugador vinculado al mundo del hampa. Un jefe. Esa misma noche al salir del local le conminaron al pago de la deuda contraída en el término improrrogable de una semana. Al no poder el señor Schmidt-Vogel conseguir esas cifra en el plazo exigido –siguió explicando la Doña– la banda mandó a dos sicarios a por él. Sin decir palabra le agarraron por los hombros donde le habían encontrado –en una mesa del cabaret El Plata– y en los mismos lavabos le cortaron con una sierra dos dedos de la mano izquierda.

–A mí el muy sinvergüenza me hizo creer que fue un accidente en el taller cuando murió su mujer... –le revelé a la Doña.

–¡Pobre hombre! –continuó ella–. Eso sí, tuvieron el detalle de desinfectarle la mano, se la vendaron y, tal como le habían sacado de su mesa, le devolvieron a ella, no sin advertirle que por cada semana que se mantuviera la deuda le cortarían dos dedos más. Parece que poco después tuvo suerte en el casino y pudo pagar a tiempo. Frank me comentó que sabían lo que hacían, pues un jugador sin dedos tiene finalmente que suicidarse... ¡pobre!

Pensé que Frank habría huido con mi dinero por una larga temporada, y no para ver a su hija tuberculosa. El asunto estaba claro, esta no existía y el canalla no aparecería nunca más. Yo tendría que empezar de nuevo. Cuanto antes asumiera los hechos, mejor. Pero había algo que no estaba dispuesto a hacer: amargarme por algo que ya no tenía remedio. Al fin y al cabo había sido culpa mía, por confiado. Por ignorar que el mal existe.

Aquella noche tomé una importante determinación. Nunca más me fiaría, nunca más me engañarían, nadie más me tomaría el pelo. Después de aquel día no volvería a pensar que alguien puede ser generoso por el placer de serlo. Y algo aún más importante: tenía que dormir convencido de que el precio que se paga por aprender es caro. Por veinte duros, el trabajo de medio año, yo había aprendido la lección de un escarmiento que me serviría para el resto de mi vida. Incluso para abrirme paso en mundos desconocidos para mí: Barcelona, América... Pude irme a la cama con esa idea: sabiendo que había dejado de ser un ignorante de pueblo. Entonces me dormí.»

* * *

«Aún trabajaría en Barcelona otro medio año más. En algún momento, ahora puedo confesarlo, tuve la tentación de renunciar a mi viaje, escribir por fin a mi familia y contarles la verdad. Sin embargo, no lo hice. Cualquiera que me conociera podría haber dicho que era por mi tozudez de nacimiento, aunque no creo que fuera por eso; había algo más. No habría sabido definirlo, creo que era el sentimiento de un nuevo apego, la simpatía hacia una ciudad, Barcelona, que se me había revelado como un descubrimiento, como una sociedad que a pesar de todos sus problemas –había muchos desórdenes que no se conocían en Teruel– estaba llena de vida. Ofrecía casi todo lo que un hombre podía desear: trabajo, entretenimiento y cercanía, y no estaba lejos de mi tierra. Para llegar al pueblo un solo día bastaba. Conocí a muchos emigrantes que tuvieron ese mismo deseo, quedarse. Llegaban a Cataluña de paso con la intención de dar el salto a América, se quedaban unos meses para pagarse el viaje y después... decidían quedarse a vivir allí.

Una sola idea se opuso a esta posibilidad, la que me aconsejó seguir mi primera intención y emigrar a la Argentina. Las oportunidades en Barcelona para una persona de pocos conocimientos y falta de instrucción eran muchas, pero limitadas a unas pocas tareas, casi todas manuales. Estaba muy bien para un trabajador sin otras ambiciones que la de un salario, solo eso. Aquí podría ganarlo e ir tirando con justeza, pero los míos seguirían igual. En América, en cambio, podía hacerme rico, disponer de una hacienda y garantizar una buena vida a toda mi familia. Eso al menos era lo que todos decían. Del otro lado del Atlántico continuamente llegaban noticias de un país ansioso por recibir brazos fuertes para cultivar la tierra y explotar sus granjas. Los periódicos no hacían sino hablar de ello y el negocio más grande de las compañías navieras era transportar a miles de emigrantes de toda Europa hacia Argentina.

Me había informado a conciencia. Era un país muy grande en extensión; casi multiplicaba por ocho la de España, mientras que su población total no llegaba a los cuatro millones, es decir, cinco veces menos. Era el lugar idóneo para un hombre con ganas de trabajar. Un país virgen y rico donde podría construir algo grande como para atraer a mis cuatro hijos y sus familias. El único inconveniente, ya lo he escrito antes, era que tendría que demorarme todavía más en avisar a mi mujer.

Habría que trabajar a lomo caliente, pero funcionaría. "La tierra siempre es generosa para los que la riegan con su sudor", me había dicho una vez mi padre. Aunque antes habría que comprarla, y para ello necesitaría que hubiera campos a buen precio, lo cual, según me habían dicho, era el caso. Estaba pues más que decidido, me embarcaría en cuanto volviera a reunir de nuevo el dinero del pasaje.

Maldito seas, Frank, que Dios te confunda, aunque gracias por enseñarme cómo es el mundo de cabrón.»

Charles
1889

«Casi un año después compré mi pasaje en una compañía francesa por cincuenta duros, algo más caro que lo que costaba el viaje en los barcos alemanes, pero es que no quería saber nada de ellos. Dos días antes de embarcar me fui a los almacenes El Globo, en Las Ramblas, me hice con un buen traje y me compré un sombrero. No me daba la gana de irme de España vestido como un campesino. Vi con claridad que desde el primer día tenía que pasearme por América como un propietario, aunque todavía no lo fuera. Las noticias que llegaban de Buenos Aires eran que la ciudad estaba aún más animada que la misma Barcelona y llena de gente elegante, así que el primer día que pisara un banco todo el mundo tenía que saber que este español era un señor que iba a devolver hasta el último céntimo.

La travesía me resultó todo un descubrimiento, porque no había navegado en mi vida. ¡Cómo iba a hacerlo si no había visto el mar hasta llegar a Barcelona! Me pareció impresionante estar allí, en mitad del océano. Viajaba en tercera clase, donde me instalaron en un camarote colectivo con hombres que lo habían abandonado todo.

Los únicos que parecían felices dormían aparte con sus madres y eran los niños, que correteaban libres por la zona de popa. Yo leía libros, y quiero detenerme en ello porque hice otro descubrimiento aún más importante. Comencé a frecuentar la biblioteca, donde se apretaban en las estanterías toda clase de libros y revistas en varios idiomas. Aproveché esas semanas para leer las tres primeras partes de *Los viajes de Gulliver*. No pude terminar la cuarta, aunque lo haría años más tarde en Argentina.

La verdad es que yo no había leído antes un solo libro. Sin embargo, en ese vapor me aficioné de tal modo que cada día le dedicaba hasta seis horas como si fuera un trabajo. Al principio era muy lento y tenía que hacer uso del diccionario, pero al cabo de los días fue aumentando mi ritmo de lectura porque había mejorado mi comprensión. Pensé que me hubiera gustado ser marino y enrolarme en un buque para recorrer el mundo y leer en las noches mientras el barco avanzaba. Solo era una idea que me vino a la cabeza. Ese fue el impacto que me causaron *Los viajes de Gulliver*. Además de leer, caminaba por la cubierta observando a las familias, la mayoría gente muy humilde, campesinos como yo que nunca habían salido de sus pueblos. También había jóvenes y parejas. Algunos se habían atrevido a emigrar con sus mujeres, muchachas a las que habían desposado recientemente con la intención de ponerse en marcha. Otros lo hacían ya con sus hijos de pocos años. Esos jóvenes parecían alegres y animados frente al futuro en un país lejano, incluso con un punto de entusiasmo. También había hombres maduros que viajaban solos y habían preferido ser prudentes y ver primero cómo iban las cosas por el Nuevo Continente antes de traerse a los suyos.

Los que parecían menos contentos eran mayores. Un matrimonio de ancianos –alguien llamado Cepeda dijo que eran manchegos, como él– paseaban en silencio por la cubierta, siempre cogidos de la mano. Sabíamos que iban a reunirse con su único descendiente, un varón que habría emigrado unos años antes y que ya les había dado nietos. Sin embargo, llevaban la tristeza escrita en el rostro. El manchego Cepeda creía saber que la pareja había dudado mucho antes de embarcarse. Los había conocido una semana antes, en la estación marítima de Barcelona, comprando los billetes. Discutían en voz baja. El hombre argumentaba que había prometido a su hijo que irían a reunirse con él. Ella dudaba. "¿Qué voy a hacer allí? Soy mayor y moriré lejos de La Roda. No volveré a subir la escalera de la Virgen de los Remedios…" Me pareció muy triste. Se veían forzados a elegir entre dos destinos: abandonar su país, ya ancianos, o renunciar a ver a sus hijos y nietos. Traté de evitar estos pensamientos que no llevaban a ningún sitio.

Paseando por cubierta, me gustaba mirar cómo cambiaba el color del agua con la posición del sol. Me recordaba los verdes de la montaña, tan diferentes según las horas del día. Supongo que para las gentes de la ciudad los bosques son siempre iguales, verdes, como la nieve es blanca, pero también pueden parecer casi negros y a veces violetas.

Estaba contemplando el mar desde la cubierta y vi un sombrero que volaba, errático, paralelo a la baranda y que parecía que iba a saltar por encima de ella. Corrí unos diez metros tras el jipijapa que se alejaba hasta que pude atraparlo; al levantarme, volví la vista hacia arriba y vi a un caballero que gesticulaba desde la cubierta superior. Sonreía mientras abría los brazos como si pidiera disculpas.

–No se preocupe, ahora se lo subo –grité.

–No, por favor, yo voy a buscarlo, espere un momento –contestó.

Yo insistí, movido por la curiosidad de conocer la zona de los afortunados pasajeros de primera clase.

–Dígale al marinero que me deje pasar, por favor.

Cuando nos encontramos me estaba esperando en el mismo acceso de la cubierta, por lo que no pude ver mucho, pero aun así se percibía que el ambiente era muy distinto. La diferencia no solo estaba en el mobiliario, incluso en el del exterior, con sus hamacas de madera barnizada cubiertas con colchonetas blancas y amarillas, sino en las señoras que se protegían del sol con sombrillas de todos los colores y los camareros que atendían solícitamente a los pasajeros con sus chaquetillas blancas. Tras encajarse la prenda en la cabeza, me saludó extendiendo la mano mientras me daba las gracias en un correcto español con acento extranjero. "Me llamo Charles Thays", dijo.

Me invitó a ir con él al lado de la barandilla donde le había caído el sombrero para descubrirme unas pequeñas macetas que me parecieron arbustos. "Ellas son mis compañeras de viaje", comentó. A su lado había dejado unas tijeras y una minúscula regadera, como si la racha de viento le hubiera sorprendido trabajando. "El capitán me permite dejarlas aquí, pero hay que cubrirlas por la noche porque si no el salitre acabaría con ellas." Intrigado, le pregunté si era su costumbre viajar acompañado de plantas, y su respuesta fue: "Claro que sí, soy jardinero". Después me explicó que viajaba a Córdoba porque se iba a abrir un nuevo parque público y él era uno de los que iban a trabajar allí. Yo sabía

EL HIJO DEL DOCTOR

que el país era muy rico, pero no hasta el extremo de contratar a jardineros extranjeros a los que se pagaba el viaje en primera clase. No obstante me alegró saberlo, porque no era sino una confirmación de la riqueza del país al que me dirigía. Considerando que su oficio era de la misma estirpe que el mío, la tierra, el campo, las plantas, estuve a punto de pedirle su dirección en Córdoba por si podía haber trabajo para mí, aunque me pareció abusar de su confianza y aparté la idea de mi cabeza.

Charles, que era francés, continuó dándome conversación, no como si se sintiera obligado, sino más bien por su buen carácter. Tenía mi edad, pero no se le veía una arruga, y a pesar de su trabajo sus dedos eran delgados y finos como los de una florista de Las Ramblas. Lucía sin ostentación un chaleco de colores que no terminaba de llegarle a la cintura y que contribuía a darle un aire juvenil a pesar de sus canas. Todo él respiraba salud, y su rostro mostraba la bondad que suelen aparentar los hombres a los que les gusta la buena mesa. "Pero esto que yo llamo mis compañeras de viaje", aclaró, "no están destinadas a ese parque de Córdoba, no crea, solo son pequeñas locuras, inventos míos. Y además me hacen buena compañía porque viajo solo, célibe como soy. Son árboles que solo existen en Europa y quiero averiguar si se pueden aclimatar a los suelos de América del Sur. En particular estos serían muy útiles en las playas de la costa, son pinos piñoneros".

Los pinos de mi tierra eran árboles bastante grandes y aquellos que estaban en las macetas del francés no tendrían ni dos palmos de altura. Él me instruyó sobre la asombrosa posibilidad de que cualquier especie de árbol podía ser reducida a un tamaño "Liliput", lo que me devolvió de nuevo a *Los viajes de Gulliver*. No tardé en despedirme de Charles, aunque aún le vería un par de veces más, recortando las ramas de sus árboles y regándolos. En una ocasión, bajó corriendo a donde yo estaba y me saludó con un abrazo que me sorprendió. Ya había preguntado antes por mi oficio, pero ese día se interesó por mis proyectos en Argentina y, naturalmente, le di buena cuenta de ello. Se quedó pensando unos momentos y después dijo:

–Mire, Román, si hace como los árboles, que son sabios, echará raíces en América. Aunque eso solo depende de usted.

La verdad es que en ese momento me pareció más una cortesía que un razonamiento lógico.

–Pero, señor Charles –me atreví a decirle con el respeto que le tenía–, los árboles son árboles y pueden echar raíces, trasplantarse incluso, como usted dice, sin los problemas que tenemos las personas. Ellos, por ejemplo, no tienen familia ni necesitan dinero. Y eso es lo que soy yo ahora, un árbol sin raíces y sin dinero.

Me interrumpió con un gesto que pretendía ser severo.

–No diga eso de los árboles. Ellos son iguales a nosotros y sufren igual, les conozco bien. También tienen familia, hijos... y no pueden vivir en cualquier sitio. Necesitan estar acompañados en su hábitat como usted o como yo. Yo creo que hasta se hablan entre ellos. Algún día no muy lejano se sabrá que las plantas y los animales se parecen más a los humanos de lo que creemos. Lo que tiene que hacer es echar raíces, le digo. Y usted lo conseguirá.

Me despedí agradeciéndole el consejo. Aun así pensé que él no tendría que seguirlo, porque regresaría pronto a su patria, Francia, en cuanto acabara su encargo. En resumen, él no era como los demás viajeros de tercera porque no era un emigrante. No obstante, me apenó decirle adiós. Ya lo he dicho antes. Es lo que tienen los viajes de penoso y triste, que se hacen amigos fugaces. Antes de que lo sean, uno ya sabe que nunca volverá a verlos. Ahora pienso que en ello está el motivo por el cual se hacen íntimos camaradas en los caminos; no hay razón para no abrirle tu corazón a alguien a quien no verás más. Sabes que aunque le confesaras tus secretos más íntimos no podría hacerte ningún daño.»

Lágrimas secas sobre el mar
1889

«Había otros compañeros de viaje en el barco que tenían ilusión por una nueva vida. Una pareja de italianos, Giuseppe y María, muy jóvenes, habían embarcado en Génova con destino a Montevideo con su hija de poco más de dos años, Andrea. Parecían felices con sus planes de vida futura y sin duda con buenas razones, pues tenían asegurado el trabajo en Uruguay, donde antes había emigrado un hermano mayor. Se sentaban cerca de mi mesa en el comedor. Pude entenderme con ellos hablando despacio y ayudándonos de puntuales gesticulaciones. No hay nadie que gesticule tan bien como los italianos. Luego dirán de nosotros, los españoles, pero no sé con quiénes nos comparan. Me caían muy bien; llevaban escrita la bondad en sus ojos, por cierto azules, un color que compartían con su niña y que parecía el reflejo del mar que nos rodeaba. El muchacho era agricultor y nos contaba que la plaga de filoxera había destruido las viñas de su familia hacía diez años, obligándoles a todos a emigrar, unos detrás de otros. Eran los últimos de su casa en abandonar Italia, allí ya no les quedaba nadie. Ambos sabían leer y la pareja se turnaba en la cubierta para enseñar a su hija a garabatear letras en una pizarrita.

Un día, cuando quedaba menos de una semana de travesía, la niña enfermó. Comenzó con una fiebre acompañada de fuertes diarreas y en solo cuarenta y ocho horas estaba completamente deshidratada y su faz presentaba un color alarmante, ceniciento. El médico sugirió que sufría una afección en el estómago causada por el agua o tal vez algún alimento, lo que no era infrecuente en aquellos barcos de travesías prolongadas. Nadie pudo hacer nada por ella y al cuarto día Andrea falleció cuando el sol ya se estaba poniendo. La noticia cayó en el barco como una losa. La comunidad de inmigrantes de tercera clase quedó conmocionada. Durante la cena nadie dijo una palabra y después, con cirios encendidos a su alrededor, envuelta en un sudario blanco, los pasajeros la velamos en cubierta durante toda la noche. Oíamos la música de baile que llegaba del salón de primera clase, ajena a la tragedia que había sucedido unos metros más abajo.

Uno de los viajeros más jóvenes pidió permiso a los padres para cantar acompañado de la guitarra y de su hermano pequeño, que no tendría aún quince años. Los chicos viajaban solos y eran portugueses; sus canciones se nos antojaron extrañamente tristes. "Es natural", dijo el primer oficial. "Los portugueses, cuando cantan, siempre parecen tristes", observó. Sentíamos la desgracia como propia: éramos una sola carne, una sola alma, pues allí, en medio del océano, aquella era una pérdida infinita. Tal vez una premonición sobre la tristeza que nos esperaba como emigrantes. Pero nadie podría olvidar el momento, muy temprano a la mañana siguiente, cuando el capitán, con la voz rota, ordenó al primer oficial soltar el sudario con el cuerpecito envuelto en una bandera verde, roja y blanca. En aquel amanecer, el sol en el horizonte tintaba el mar de un extraño color dorado. El rostro de aquellos padres adolescentes, con los ojos azules ahora hinchados de sangre, es la imagen que he conservado toda mi vida como la del máximo dolor posible en este mundo.

Yo recordé a los míos; los tenía ahora muy lejos, cada vez más. No sabía cuándo volvería a verlos. Había pasado más de un año desde mi huida en la oscuridad. Ignoraba si estarían bien; temí que hubieran enfermado. En España era frecuente perder hijos por enfermedad. No podría saberlo y no pude contenerme. ¿Y qué pensaría Edelvira? ¿Me habría dado por muerto? ¿Habría intentado encontrarme? Ella tenía buen instinto para las cosas. Lloré entonces para adentro, enmudecido, con lágrimas secas, en la alborada de aquel día que no podré olvidar.»

* * *

«Llegamos a Buenos Aires una semana después. El puerto anhelado aparecía ya ante nuestra vista, sobrecargado de barcos fondeados por todas partes. Las chimeneas de los vapores destacaban entre velas y mástiles. Cientos de personas caminaban por el muelle como un enjambre yendo y viniendo en direcciones opuestas. Parecían desorientadas, sin un rumbo determinado. Había barcos de todos los países y banderas, pero destacaban los vapores europeos, por cuyas rampas descendían los viajeros hasta las barcas que les aproximaban al muelle donde pisaban el Nuevo Continente.

Me costó esfuerzo despedirme de aquel navío ya familiar; pensé que, después de todo, el cascarón de hierro no tenía alma como mi potrillo *Oscuro*, pero era el último eslabón, el último suelo que me había unido a España. Ante mí se abría ahora un nuevo territorio: América. ¿Echar raíces como dijo mi amigo Charles? Tal vez.

Estuve apoyado en la barandilla de la cubierta todo el tiempo que duró el desembarque. No tenía prisa ni me esperaba nadie. Los pasajeros bajaban por dos rampas diferentes y Cepeda, el compañero con el que había hablado algunas veces, se aproximó con su maleta y la depositó al lado de la mía. Sacó una bolsa de tabaco y lio un cigarrillo con parsimonia; lo encendió a mi lado.

–¿Ha visto usted bajar a la pareja de mis paisanos, los manchegos? –preguntó–. Los viajeros más mayores.

–Pues no. Llevo aquí desde el primer minuto del desembarque. Y ahora que lo dice, es verdad, no les he visto.

–Ya somos los últimos, no queda nadie más. Es extraño. Tal vez pensaran regresar a España con el barco, pero no queda nadie en los dormitorios.

Le miré incrédulo. El viejo vapor permanecería en el puerto algunos días, tal vez semanas.

–Estarán metidos en algún sitio –sentenció Cepeda–, ¡quién sabe!

No miramos atrás. Tras él, recogí mi equipaje y empecé a caminar rampa abajo.

Al llegar al muelle, nos detuvimos un instante mientras él fumaba un cigarrillo.

–Bien, amigo. Le deseo buena suerte –dijo dándome la mano y recogiendo su maleta.»

Riachuelo
1889

El Hijo del doctor volvió a interrumpir su lectura. Pidió otro whisky sin hielo y, de paso, una manta. La azafata sonrió. Durante un rato había sentido algo de frío y se echó la prenda por encima de los hombros. Antes de proseguir su lectura, recordó retazos de la historia de Buenos Aires.

Cuando Román llegó a la ciudad, del Puerto Madero tan solo se había inaugurado la primera de las dársenas, el resto estaba todavía en construcción. La obra sería una solución a uno de los grandes problemas de la ciudad, que carecía de un verdadero puerto. Hasta la existencia de los nuevos muelles, los marinos tenían que aprovechar las oquedades naturales del Riachuelo –llegando al estuario– para fondear barcos de tamaño medio. Ello suponía un riesgo para las naves estacionadas en tales pozos, sometidas a todo tipo de inclemencias y fuerte oleaje. Además, para mayor dificultad, una vez fondeados dentro del curso fluvial, mercancías y viajeros debían ser transportados a tierra firme en barcazas. Estos problemas condicionaban el acceso del enorme contingente de inmigrantes que Argentina necesitaba, por lo que las fuerzas vivas de la capital se conjuraron para asumir una obra colosal, construir un puerto artificial dentro de la misma ciudad. Puesto que se trataba de una obra hidráulica de tan gigantescas proporciones, Leo había encontrado el nombre de Madero muy apropiado para el noble material con el que siempre se construyeron las naves en la historia, un verdadero homenaje poético al arte de navegar y construir en las atarazanas. Una genialidad cabalística que solo podría salir de la capacidad de los argentinos para la literatura. Pero en el lance de desvelar la historia de Román descubrió que no había nada de todo eso. Eduardo Madero fue el promotor del puerto, además de historiador, ingeniero y hombre de negocios. Muy por encima de las veleidades de la política, dedicó su vida y su fortuna a una idea. Con tal honestidad que a punto estuvo de perder su patrimonio. El puerto de Buenos Aires merecía un nombre emblemático, aunque aún más lo acreditaba su inspirado y valiente creador.

En las tabernas y boliches que animaban los aledaños del muelle viejo había una forma peculiar de vida. Todos los puertos del mundo tienen la suya, pero el de Buenos Aires contaba entonces con una mezcla hecha de inmigrantes buscando trabajo y obreros que venían desde el extrarradio en busca de ron barato y sexo, también barato. Había mujeres que acudían en busca de monedas o simplemente comida; también estibadores del puerto endurecidos y marineros de paso que apestaban a salazón, a brea o a guano del Perú tras terminar su jornada en las mal ventiladas bodegas de los barcos. Cuando el calor sofocaba, corría por las dársenas una miscelánea de olores insoportable.

Todo eso debió de encontrar Román al llegar a Buenos Aires.

1889

«Aquella tarde de mi llegada no le prestaba atención a mi olfato. La noche refrescaba el ambiente y los farolillos de las tabernas relucían pintorescos, mientras asomaban a las puertas mujeres la mayoría de las cuales, curiosamente, me parecían hermosas. Algunas eran criollas, pero también había polacas y francesas, portuguesas y españolas. Los colores de sus cabelleras eran de tal variedad que el puerto parecía la Torre de Babel. A cambio de una cena y un vaso de vino –vaca asada con papas fritas y dos monedas– calentarían un poco los huesos de los hombres sin familia. Aquellas cortesanas que aún no habían tenido tiempo de consumirse como las que había visto en las calles de Barcelona ofrecían verdadero amor, es decir, una combinación de conversación y baile. Para los parroquianos más atrevidos o los más apuestos, o más asiduos, las monedas podían incluir una danza un poco más apretada en la parte más oscura del boliche entre tangos y milongas, músicas nuevas que nadie supo explicar de dónde venían y que habían comenzado a crecer unos años antes en el barrio pegado al mar.»

* * *

Leo había leído que, en los primeros años del tango, la burguesía porteña lo consideraba indecoroso. Pero a pesar de su provocadora gestualidad, las suyas eran en el fondo melodías desgarradas, hijas de la melancolía. El tango en sus comienzos fue la expresión más sincera de la tristeza que se quiere ocultar. Acabaría triunfando universalmente porque, pensó el Hijo del doctor, no hay ningún lugar en la Tierra en que sus habitantes no hayan sido inmigrantes, fugitivos en algún tiempo lejano. En cada una de sus letras, el tango era un himno a todas las patrias perdidas.

Mientras tenía lugar el desenfrenado desarrollo de la ciudad en los años ochenta, crecía una inmensa burbuja de crédito que iba a explotar en 1890, poco después de que Román llegara al final de su largo viaje. La crisis financiera estaba reventando esos días, y la consecuencia fue que los bancos dejaron de renovar los créditos. Miles de fábricas, explotaciones agropecuarias, oficinas, pequeñas industrias y comercios cesaron su actividad tras una cadena de quiebras. En medio de esta catástrofe de empleo quebró también el Banco Nacional; y de la noche a la mañana ya no existía el dinero que hacía girar la rueda de la economía y el rutilante progreso de las décadas anteriores. Argentina entera se hundió, y la miseria y el hambre se extendieron por sus calles.

* * *

«Ahora, cuando escribo, muchos años después de mi llegada, recuerdo mi decepción. No esperaba encontrar aquella ruina que iría creciendo. Todo lo que me habían contado se esfumaba. Cuando descendí del barco, un ligero temblor se había apoderado de mis piernas. Era el reflejo natural, físico, tras una larga travesía sobre el mar. La inercia del cuerpo. Pero otra agitación se fue infiltrando en él mientras caminaba: la visión de aquella masa de gente ociosa, hombres que en silencio esperaban en los muelles o caminaban desorientados, con las manos en los bolsillos, hablando en pequeños corros o jugando a las cartas sobre el pavimento. Un grupo había improvisado una petanca después de cubrir los adoquines con tierra. Otros leían diarios atrasados, españoles, italianos, franceses, hojas viejas que habrían llegado antes en los buques y que hablaban de los países a los que ya no podían regresar. Aquellos hombres no esperaban a nadie. Pronto supe que se precipitaban en su huida hacia el mismo lugar por donde habían llegado: se arracimaban en torno a los barcos esperando tener la suerte de enrolarse y regresar a su patria. Algunos de ellos, sin el calor de sus familias, y sintiéndose fracasados, ni siquiera consideraban deseable la idea de regresar, sino poner punto final a la aventura. Lo hacían con un método habitual y primitivo: primero se emborrachaban hasta agotar sus monedas para, a continuación, arrojarse por el puente que cruzaba el Riachuelo.

Yo, que siempre pretendí la sensatez y el juicio, tampoco había tomado la precaución de embarcar con los recursos para intentar siquiera el regreso. ¿Podría reconocer ante mi familia que era un loco y un fracasado después de dos años de ausencia?

Al final de la tarde del tercer día de dormir en los muelles, con una inesperada frialdad, llené mis bolsillos con piedras de la calzada. Después me encaminé a la taberna. Estaba a rebosar y atendida por un camarero detrás de la barra y otro más joven en las mesas. Mientras, una pareja bailaba en una esquina del salón. La música llegaba a mis oídos y, aunque no presté atención, me pareció que eran canciones muy tristes. Me senté y pedí al camarero dos botellas de ron que insistí en pagar al contado. Sonrió burlonamente, pero cobró y no dijo nada. La primera de las botellas la vacié en minutos, bebiendo directamente de ella. Era un alcohol dulzón que se pegaba a la garganta como una ortiga. La segunda debió de costarme algo más de tiempo, aunque no creo haberla terminado.

Entre una y otra botella se aproximó una mujer que me ofreció pasar la noche en su cuarto por unas monedas; yo no dije nada, pero debió de darse cuenta de que estaba mucho más borracho que los demás hombres y decidió irse a otra mesa antes de que le vomitara en el escote. Después de varios intentos conseguí articular las piernas y levantarme. Algo me pedía dirigirme al muelle, como si un designio guiara mis pasos vacilantes. Pude empujar la puerta acristalada y salir. Caminaba a trompicones y vi acercarse los reflejos del agua bajo la luz de las farolas, que habían multiplicado su número, probablemente por efecto del alcohol.

Aún ignoro si fue el instinto de hacer más fácil la caída o la inercia de mi propio peso –lastrado en los bolsillos– lo que hizo que cayera al suelo y me quedara arrodillado al borde del río. En esa posición hice rodar desesperadamente mi cuerpo hacia el agua. Mientras caía al vacío, algo punzante rasgó mi espalda, pero estaba tan borracho que ni pude gritar de dolor.»

* * *

«Cuando comencé a despertar, empapado en sudor, la cabeza me pesaba como una bola de plomo. Apenas cubierto por una manta sobre un lecho desconocido, sudaba. Había tenido pesadillas y volvía a rememorarlas en imágenes confusas con pasajes de mi vida: la salida de Zaragoza, mi huida por los callejones de Las Ramblas, el aroma de la pipa del alemán, el vértigo de los andamios. Finalmente, subido en uno de ellos, caía precipitándome al vacío. Con la cabeza a punto de estallar por culpa del ron, traté de incorporarme, pero el mareo me hizo desistir. Quedé sentado en el catre sosteniendo mi rostro entre las manos. No había experimentado en mi vida tal postración, la resaca de un destilado solo apto para la desinfección.

Al cabo de unos minutos creí oír pasos. Alguien golpeó la puerta con sus nudillos y sin decir nada la empujó. Un hombre corpulento y con barba ocupó el umbral. Llevaba una jarra de cerveza en una de las manos. Me pareció que sonreía, aunque pudo ser una mueca. En la otra mano, la derecha, llevaba una pistola. Inmerso en las brumas, me sobresalté.

–¿Cómo está el amigo español? –dijo.

El hombre sabía que yo no era capaz de abrir los ojos. Era como si mis párpados estuvieran cosidos. Aunque adiviné, a través de la fina rendija de luz que permitían los pliegues hinchados, que el hombre me alcanzaba la cerveza. Al mismo tiempo me apuntaba con un arma. No entendía nada. ¿Dónde estaba? Estaba claro que ese tipo pretendía algo. ¿Pero es que ignoraba que yo no tenía un solo peso?

–La cerveza le hará tocar el cielo. ¡Menuda cogorza, amigo, como esa he visto pocas!

Intenté decir algo, aunque mi boca estaba atascada por una sequedad infinita, como si en lugar de lengua tuviera esparto.

–Tómesela sin respirar y luego haremos una buena cazuela de mate.

Sujetaba la jarra de vidrio, y llevándola a mis labios dejó que el lúpulo amargo y frío se deslizara hacia el fondo de mi boca. Todavía estaba yo con los ojos cerrados disfrutando de aquel placer infinito cuando empecé a notar un olor familiar que no era el de la cerveza. La luz que entraba por la ventana me molestaba. Parpadeé para aclarar mi vista y entonces pude fijarme en su muñeca izquierda. Enseguida reconocí el dibujo, un tatuaje..., una serpiente azul que ya había visto antes. Abrí completamente los ojos y comprendí. Se percató de mi descubrimiento y levantando el revólver ordenó.

–Vamos, quédese tranquilo, Román.

–¡Hijo de puta! –grité sin fuerzas.

Tuve la impresión de que la resaca había desaparecido de golpe. Me di cuenta de que la habitación olía a tabaco de pipa.

–Venga, Román, cálmese. Tómese la cerveza y luego se lo explico todo.

Frank había regresado a mi vida. Maldita sea.»

La Cobra
1889

«Preparó un mate muy amargo y ese fue mi primer mate criollo. A pesar del tiempo trascurrido, aún hoy lo recuerdo como el mejor de mi vida.

Me quedé allí solo en la habitación, unas horas, tal vez dos o tres. Más calmado, volví a dormir. La verdad es que debí de hacerlo buena parte de ese tiempo, porque en sueños recuerdo el sonido de un acordeón interpretando melodías para mí desconocidas. Cuando desperté sería media tarde y el sol estaba todavía alto. Pero el descanso me había animado y ahora podía pensar, estupefacto aún por la presencia de Frank. ¿Cómo había llegado a Buenos Aires? Al cabo de un rato apareció de nuevo con comida. Me explicó que había sacado su arma para controlarme porque no estaba seguro de mi reacción. Sabía que, como casi todos, yo podría llevar una navaja en el bolsillo, y los aragoneses, dijo, tenemos fama de brutos. Él había previsto que yo tendría buenas razones para estar mucho más que enfadado con él.

–La verdad, Román –siguió tratándome de usted como en los viejos tiempos– es que le reconocí instantáneamente en la taberna cuando entró, desde detrás de la barra. Vi su cara y su aspecto, terrible, muy diferentes de los que recordaba. Y sobre todo adiviné los adoquines en sus bolsillos. En estos tiempos son el pan nuestro de cada día. Le seguí después, viendo cómo caminaba dando traspiés por el puerto, y le sujeté cuando estaba a punto de caer al agua. Usé un buen garfio de marinero, pero, lo siento, se me fue la mano y casi le parto la espalda. Temí haberle hecho mucho daño, aunque no es más que un buen arañazo. Luego le cargué a hombros y le traje hasta aquí, donde vivo desde que llegué de Barcelona. De hecho trabajo en esa taberna y voy tirando, porque otra cosa no sé hacer.

Frank se había sentado frente a mí con la taza de mate. Parecía algo triste, y noté que mi odio se había transformado en una curiosidad infinita.

–La verdad es que me supo muy mal hacerle aquella jugada –declaró.

–Le llama así, jugada, y en realidad fue una gran putada, algo que no se le hace ni al peor enemigo. Usted sabía que yo necesitaba llegar a Buenos Aires cuanto antes. Iba a ponerme desde allí en contacto con mi familia, que no tenía ni idea de mi existencia. Y a pesar de eso, abusando de mi confianza, me robó.

–Sí, tiene toda la razón, pero no tuve otro remedio. Yo no era el hombre que usted pensaba. Usted, Román, no debió aceptarme como su amigo, es así. Mi único propósito era huir. Yo era un jugador de naipes desde joven, sepa usted que me enganché al juego en Baviera, y vivía de milagro con muchas deudas… y no había conseguido pagarlas.

–Y ahí entré yo… –precisé–. Su víctima.

–Sí. La gente de La Cobra ya me había marcado la piel

en Zaragoza como a una res. Lo hacen siempre para tener bien localizable al que les debe dinero. Es imposible escapar aunque te alejes. Les basta preguntar si han visto a alguien con el tatuaje azul en la muñeca y sin dedos en la mano. No puede haber confusión. Me habían localizado en Cataluña y no tendrían ni la caridad de liquidarme, me cortarían las dos manos por las muñecas para que muriera de hambre, como hicieron con un colega de al lado de Barbastro, un jugador que empezó su carrera como trilero profesional en Las Ramblas. El pobre diablo se creía muy hábil con las manos, pero le dejaron sin ellas y tuvo que aprender a jugar con los dedos de los pies. Al cabo de un año ya lo hacía con destreza y comenzó a ganarse la vida de nuevo. Pues, bueno, se enteraron, le localizaron en un bar y fueron a cortarle los pies.

–¡Caramba, qué salvajes! –exclamé. A esas alturas estaba sin resuello.

–Tiene que saber, Román, que cuando ideé el plan para robarle no podía pagarles a los de La Cobra porque no conseguí tener suerte en el juego. Tampoco habría podido ahorrar trabajando como usted. Yo no tenía el oficio de mecánico que le dije que tenía y… francamente, de albañil, subido al andamio, pues la verdad es que no me veía… Así que la única salida era huir muy, muy lejos. Tuve por fuerza que tomar aquel barco a Argentina, el suyo, perdóneme Román, o… suicidarme. No hace falta que le diga que no era verdad que el contramaestre del barco fuese mi primo, aunque sí era amigo. Y, eso sí, me consiguió el pasaje a mitad de precio, como le dije.

"Sí, hombre, bien mirado aún tuve suerte de que me robaras la mitad", pensé, pero no quise decirle nada. Creía a Frank, no había mucho más que entender, una persona atrapada en un laberinto. Me habían contado historias de señoritos de Zaragoza que se habían jugado las fincas en los casinos hasta quedarse sin un palmo de tierra. Debe de haber algo oscuro en los naipes que impulsa a algunas personas, incluso a costa de que dejen en la calle a sus mujeres e hijos...

Supe entonces que, al menos, una parte de la persona que yo había conocido en Barcelona era real. Estamos hechos de defectos y no deberíamos decir de alguien que es un amigo hasta que conozcamos los suyos. Además, aunque él no lo hubiera mencionado, Frank me había salvado la vida. Dos veces. Y eso merecía mucho más que mi perdón. Así se lo dije. Quiso abrazarme y, aunque me hice de rogar un poco, al final cedí.

Siempre había demostrado ser un hombre generoso y esta vez también lo fue. Me ofreció quedarme allí, compartiendo su minúsculo comedor cocina situado en un pequeño piso al lado del puerto. Era mucho mejor ofrecimiento de lo que me esperaba: compartir una estancia con cinco o seis hombres en un miserable conventillo. Ya no se podía vivir de peor forma, hacinado en una habitación sin ventanas, rodeado de familias que vivían en la pobreza. Había miles, atrapadas en una ciudad abarrotada de emigrantes sin trabajo. Era la otra cara del paraíso prometido: la oleada de recién llegados había desbordado las posibilidades de alojarlos y muchos propietarios de terrenos habilitaron a precios de oro esas antiguas viviendas como inquilinatos comunitarios.

Frank dispuso en el comedor un colchón y allí pasé los primeros tiempos. Fue la suya una enorme ayuda, considerando mi penuria, y por ello le habría de estar agradecido toda mi vida. Pero la verdad es que sí habían pasado cosas. Incluso la huida con robo que había destrozado mis planes me había ayudado a superar los momentos difíciles que vendrían después. La existencia está llena de paradojas como esta, y pensé que había valido la pena.

A las pocas semanas de mi llegada a Argentina no me quedaban ahorros, pero viviendo a pan y cuchillo en casa de mi amigo ahorré los pesos que ganaba acarreando cajas en el bar donde Frank trabajaba. Él, por cierto, había dejado el juego por completo. "Jugar de nuevo me obligaría a hablar lunfardo, y ya no estoy para esforzarme con más idiomas", me dijo. Luego me enteraría de que ese "idioma" no era una lengua, sino una jerga que se habían inventado los bandidos de Buenos Aires para comunicarse entre ellos y que no les entendiera nadie, y menos la policía.

Debía resistir en aquella situación antes de decidir qué camino tomar, si es que me quedaba alguno. Era evidente que las cosas no habían salido bien. Pasé semanas en la ciudad deambulando sin rumbo alguno en mis horas libres, pensando. En las calles se veían por todas partes rótulos de negocios que anunciaban su venta y que demostraban la crisis del país. Muchas de las tiendas habían cerrado después de que las importaciones fueron congeladas. En las puertas de los pocos negocios aún abiertos, en los mercados, en los dinteles de los boliches, se instalaban mujeres y hombres que pedían caridad, sentados en el suelo con la espalda contra la pared. Me sobrecogía ver tanta pobreza en contraste con la altura y belleza de los edificios y la iluminación pública con sus miles de lámparas brillando en las avenidas. A veces me preguntaba cómo, desde la altura de su vuelo, un cóndor recién llegado de las grandes montañas del este contemplaría aquella ciudad, jalonada de infinitas guirnaldas ardientes. Y pensaba que, sorprendido, le parecería un lago en la oscuridad, un inmenso lago reflejando la luz de millones de estrellas…»

* * *

El Hijo del doctor interrumpió su lectura. ¿De dónde habría sacado Román el impulso de aquella prosa que trascendía el significado de las palabras? Y, por cierto, ¿a quién le recordaban estas últimas? Quiso apurar los folios de las memorias de su bisabuelo.

* * *

«Habían pasado más de dos meses y ya había comprendido que no había esperanza en Buenos Aires; no quedaba sino regresar a la patria o salir a la desesperada al campo argentino. Al fin y al cabo yo era un campesino.

Una noche, frente a un mapa de Argentina que Frank tenía desplegado en el cuarto, pensé que era imposible que no hubiera para mí un solo metro de tierra en aquella inmensidad. Tomé la decisión de escapar de aquella trampa y me despedí de mi amigo dirigiéndome después a la estación del tren. El único plan que tenía en la cabeza era elegir un destino cualquiera en el campo. Estuve leyendo el cartel de avisos que anunciaban las salidas. Entre otros muchos, escrita en letras más grandes, se informaba de la salida para una población cuyo nombre desconocía. No tuve ninguna duda y saqué el billete. Algo debió de hacerme pensar que era un buen nombre para empezar mi aventura. Cañuelas me sonó muy bien, quizás había fuentes de agua. "Muchas fuentes tal vez", pensé.

Cuando llegué no había un alma en la estación. Unos pocos viajeros descendieron, mientras un carro tirado por un caballo se encontraba estacionado frente a la cantina y su cochero, algo entrado en años y con un bigote blanco, acababa de dejar unas cajas de leche con un rótulo: La Martona. Yo estaba hambriento y pregunté al hombre si podía venderme una de aquellas botellas. Me miró primero de arriba abajo y luego contestó con fuerte acento andaluz:

–No puedo vendérsela, compañero, pero se la puedo regalar.»

La Martona
1890

«Fue un momento decisivo, me refiero a ese preciso instante de subir a la calesa del cochero andaluz. Le pregunté si creía que podría conseguir un empleo en Cañuelas y él me sorprendió, lo reconozco:

–¡Oh, sí! El señor Casares da empleo a los que lo piden. ¿Sabe? Si muchos patrones fueran como él no habría hambre. Si usted quiere le llevo allí y le puede preguntar al encargado. Estamos muy cerca de la fábrica, es ahí mismo.

Claro que quería. Se tomó la molestia de explicarme su propia historia desde que salió de España pero, francamente, aquella tarde yo no podía prestarle mucha atención, pues lo único que me interesaba era saber acerca de aquella industria de la leche de la que no había tenido noticia. También me interesé por la existencia de las fuentes de Cañuelas, pero no había oído hablar de ellas.

La embotelladora La Martona había sido fundada por don Vicente Casares –un terrateniente de familia vasca y político de peso– un año antes de mi llegada. Contaba con la maquinaria más moderna vista nunca en el país. Casares fue un pionero de la industria lechera a nivel mundial, avanzándose en el tratamiento del producto con técnicas novedosas como la higienización y la pasteurización. Con gran olfato, en lugar de producir únicamente su propia leche, se abastecía de materia prima con una red de pequeños ganaderos. La Martona era la encargada del tratamiento, el embotellado higiénico y la comercialización en toda Argentina, y además de la exportación. Cuidar el lugar de venta, con establecimientos propios, todos decorados y rotulados con mensajes comerciales, fue clave. El crecimiento que le siguió fue imparable. En 1908 Argentina se convertiría en el segundo productor industrial de yogur gracias a La Martona y otras pequeñas industrias lácteas que seguirían su ejemplo en el área de Cañuelas.

El encargado me dio empleo en la envasadora. Trabajé duramente cargando cajas los tres primeros meses. Vi llorar a los tamberos reconvertidos en obreros, abrumados por la angustia. En el ajetreo y el ruido de la fábrica tenían que aprender a transportar a toda velocidad las botellas vacías, de cuatro en cuatro, sujetas por el gollete; pero se les escapaban de los dedos, gruesos y torpes, y se les caían al suelo. El vidrio que estallaba y el pánico por ser despedidos les atemorizaban más que si les hubieran amenazado con darles latigazos. No se pasa de la vida del campo a la fábrica sin sufrimiento, a pesar de que el motivo del cambio fuera que querían abandonar el trabajo de sus padres y abuelos: el de tamberos. Un poco más tarde, cuando yo mismo decidí convertirme en un estanciero, comprendí una cosa: ordeñar era un trabajo diez veces más duro. El fundador de la industria sentía preocupación por la vida de sus trabajadores, a los que facilitaba un buen salario y ayudas para la vivienda.

Vivía en las inmediaciones de la factoría, en una mansión situada dentro de un magnífico parque en construcción.

Un día conocí al hombre que estaba al cargo de las obras de aquel futuro parque. Yo acababa de hacer una entrega de leche y manteca en la mansión y el caballero se paseaba dando órdenes por el terreno contiguo, aún desnudo de césped y en su mayor parte festoneado de ronchas de tierra marrón. Caminaba en mangas de camisa mientras leía sus planos y tomaba notas. Me acerqué y entonces le reconocí: ¡era Charles Thays en persona, mi amigo francés, el jardinero que había conocido en el barco! Absorto, dibujaba árboles y plantas en su cuaderno y con toda intención levanté la voz:

–¿Tardará mucho en acabarse el parque, señor?

Respondió sin mirarme, la vista puesta en lo que estaba dibujando.

–Calculo que unos cien años, lo que tarden en crecer estos árboles.

Me divirtió la aplomada respuesta de Charles, pero noté su sobresalto al reconocer mi voz. Dejó caer los planos para tomar mis manos con evidente alegría y yo le correspondí con la misma intensidad. Éramos como esos viejos amigos que no esperaban volver a encontrarse. Enseguida hizo que nos sirvieran una limonada fría. "Sí, don *Cárlos*", dijo el criado. Me sorprendió que ahora su nombre francés se hubiera castellanizado, y él debió de notarlo. "Sí, ahora soy *Cárlos*, con acento en la a, porque si no lo impongo así, mis paisanos pronunciarían Carlós, y ya sabe que los argentinos hacen chiste de todo y más si eres extranjero."

Esa no era la única noticia que *Cárlos* tenía para contar. Se había casado con una señorita argentina, Cora, de dieciséis años –con la que se llevaba por consiguiente nada menos que veinticinco de diferencia– y era, aseguró, el hombre más feliz del mundo.

–Al principio en Argentina las cosas no fueron como me imaginaba, ¿sabe?

Sonreí. ¡Claro que sabía!

–Ya estaba a punto de embarcarme de regreso hacia Francia, casi huyendo, cuando la conocí. Y, ¿qué quiere que le diga, Román? Me dio muy fuerte aquí –señaló su pecho–, lo reconozco. Fue amor a primera vista, lo que ustedes llaman un flechazo. Todo el amor otoñal que usted quiera, pero no se crea, esperamos tener muchos hijos, ella es muy joven.

–Echar raíces, ¿no, don Carlos? –apunté con cariñosa ironía.

–Exactamente –replicó–. ¡Y espero que usted haga lo mismo!

–No se preocupe, no hay prisa, creo que mi novia... ¡aún no ha nacido!

Ahora reímos los dos.

Me despedí de él ese día, pero en los siguientes años nos veíamos con regularidad. Según supe después, era algo más que jardinero, era el arquitecto paisajista más famoso de la Argentina porque había diseñado decenas de parques y jardines en lugares públicos y también en algunas mansiones. Con los años convirtió el Buenos Aires de cemento que yo conocí en un paraíso verde. Consiguió la proeza de plantar más de ciento cincuenta mil árboles. Se decía que buscaba cada palmo de terreno libre en la ciudad para plantarlos. Por mi afición a escucharle, me gustaba ir al parque de La

Martona y conversar con ese hombre sabio. Yo no quería molestarle e intentaba abreviar estos encuentros, pero a él no parecía importarle. Podría asegurar que compartíamos un sentimiento de verdadera amistad, y por ello le hablé un día de otra persona a la que yo también admiraba por su arte, el pintor de paisajes catalán Dionís. Me preguntó por su apellido y entonces caí en la cuenta de que nunca se lo había preguntado. Me sentí estúpido.

No había dejado mis pobres tierras, mi país y a los míos para ser un asalariado. Quería establecerme como propietario para dar trabajo y medios de vida a toda mi familia, y el único camino para ello era instalarme por cuenta propia. La idea era convertirme en un proveedor importante del señor Casares, creando una buena granja de vacas, un tambo, como le llaman los argentinos siguiendo el nombre que los indios quechua daban a las granjas. Tener vacas propias no era solo perseguir un sueño: era ganar o perder una guerra. La mía.

Las decenas de pequeños o medianos tambos esparcidos por la región suministraban leche a las envasadoras, las usinas. Yo no sabía mucho de establos y de vacas, y menos de la producción de leche, pero pensé que con voluntad todo en esta vida se aprende. Había en la provincia artesanos, carpinteros, herreros y albañiles que entendían de instalaciones. Muchos de ellos eran inmigrantes como yo. Recurriría a ellos y hasta era posible que me ayudaran, al principio, fiándome algunas sumas. Mi desconocimiento sobre los problemas de montar la empresa fue una verdadera suerte. No sé si de haber sabido las dificultades que hay en una granja hubiera continuado con la idea.

Pensé que lo más importante era construir unos establos para que la crianza se realizara en condiciones de higiene. Así se evitaba el peligro mayor del negocio, una infección, lo que diezmaba la cabaña. El tema de cómo comercializaría la leche era el más fácil, porque toda la vendería a La Martona, que, junto con otras usinas de la región, la compraría a precios acordados. Normalmente las vacas eran de la raza Hollando argentina, fuerte y resistente.

Era prioritario conseguir el capital necesario para arrancar. El terreno entonces era barato, pues el gobierno extendió el ferrocarril y se necesitaban colonos, de manera que los precios de la tierra estaban subvencionados. Para empezar podría hacerlo con unas pocas hectáreas. Compraría tantas como me prestaran y arrendaría las tierras de pasto que me faltaran. Finalmente resultó que la propia empresa La Martona me avaló. Solía hacerlo con los nuevos propietarios que se aventuraban en el negocio.

Lo que sí resultó difícil fue aprender el oficio. No se puede empezar un negocio de vacas lecheras sin saber ordeñarlas. Yo creía que esta tarea era algo tan elemental como tomar un cubo, ponerlo debajo de las ubres y presionar. Por el contrario, intentar sacar leche de una teta de vaca es tan difícil como extraer una nota a una trompeta sin saber tocarla. Para empezar hay que conocer el orden del ordeño de los cuartos de la ubre (de derecha a izquierda o al revés, o en diagonal) y las diferentes técnicas de ordeño, según el estado, la raza y las circunstancias del animal. Asimismo era muy importante aprender la posición correcta del ordeñador bajo la vaca.

Tuve que pasar primero por un entrenamiento de dos meses en el tambo de un amigo de don Vicente antes de comenzar con mis primeras cinco vacas, que son las que podía ordeñar en un día y las que inicialmente compré. El aprendizaje fue una pesadilla que comenzaba a las tres de la mañana, siete días por semana, en medio de un frío terrible, con las botas en el barro y bajo un farol de queroseno. Los primeros días, cuando me hacía ya a la idea de que jamás dominaría aquellas técnicas, estuve a punto de abandonar y volver al trabajo asalariado en La Martona. Lo de madrugar más que un panadero no me importaba, se comprende que la leche cruda ha de llevarse antes del amanecer a la fábrica para ser refrigerada. Pero finalmente, poco a poco, los chorros empezaban a caer certeramente en el cubo, aunque no sé bien todavía quién se acostumbró primero, si yo o las vacas.

Como ya he dicho, el mayor problema del negocio era la salud de los animales, los cuales podían sufrir una gran mortalidad por las infecciones y además arruinar la calidad del producto. Ello requería la presencia en el tambo de algún *guachero* encargado del cuidado diario de las vacas y sus crías. Con el tiempo yo mismo me convertí en un experto curandero veterinario, sin título pero con experiencia. Me hice traer de Buenos Aires todos los libros que pude sobre veterinaria y podría decir sin petulancia que al cabo de unos meses sabía todo lo preciso sobre las vacas y sus enfermedades.

Creo que podría haber vivido holgadamente de ello. Muchos dueños de estancias venían al tambo para consultarme sobre los problemas de sus animales y gracias a eso llegaría a ser popular entre ellos. En realidad había bastante compañerismo, entre otras cosas porque no teníamos que competir entre nosotros, lo que sí tenía que hacer el verdadero patrón, don Vicente Casares.

Los ganaderos llevábamos nuestros rebaños a abrevar a una laguna natural que conocíamos como La Celina, pero estaba muy alejada de las estancias, por lo que algunos excavamos albercas en nuestras fincas, simples hoyos que se llenaban con las lluvias y con la ayuda de los torrentes. Estas balsas se habían ido ampliando hasta almacenar centenares de toneladas de agua. El problema gravísimo fue que esta se contaminó por las heces de los propios animales y desencadenó una enorme mortalidad de la cabaña de vacas en pocas semanas.

Un día, buscando posibles remedios en la biblioteca de Cañuelas, descubrí que el compuesto llamado Agua de Jane (que contiene un gas llamado cloro) se podría utilizar para desinfectar el agua contaminada. Hice las primeras pruebas en mi tambo y funcionó con tanto éxito que todos los estancieros acabaron utilizando el método. Le llamaron, con mucha exageración, el agua del gallego.

Fui el primero en beneficiarme del invento, y mucho. La granja progresaba, y si bien yo no era ni de lejos el más importante de los proveedores de don Vicente, ya ocupaba una posición destacada, sobre todo considerando que mi producción era la más constante y regular debido a que mis vacas enfermaban menos.

Decidí que mi granja no debía llamarse simplemente Tambo Muñiz, y consideré obligado ponerle un nombre comercial con el que todos los trabajadores nos pudiéramos sentir representados. Le pedí su parecer a don Vicente y me dio la razón, sugiriéndome además que buscara un nombre que tuviera algún fundamento, como había hecho él mismo con La Martona, que era el apodo que le daban a su hermana Marta. Le hice caso y se me ocurrió el nombre de Los Arcos, en recuerdo de la sierra de Arcos de mi pueblo. Lo sometí a la consideración de mis empleados y les pareció un nombre muy acertado, y con tal motivo el herrero hizo un cartel de hierro forjado que se puso en la entrada de la finca.

Ese éxito debió de ser la causa de que uno de los propietarios más importantes me ofreciera a su hija para casarme con ella. La idea del buen hombre era juntar los negocios de las dos familias, lo que no era infrecuente. Cuando llegó el ofrecimiento, ya conocía la desafección de mi mujer y la imposibilidad de que ella y yo volviéramos un día a convivir. En cambio, la cañuelense era joven, una mocita alta y pecosa, de buen ver, con una figura bonita y una sonrisa que me hizo pensar seriamente en tal posibilidad. Sin embargo, mi ensoñación solo duró unos días porque finalmente consideré que la diferencia de edad haría de mi matrimonio un desatino. Creí, además, que no podía presentarla como mi esposa a mis hijos Teresa y Pablo, que llegarían un día de España. Lo último que yo pensaba era disgustarles, precisamente a ellos; los pobres lo dejaban todo por mí. Además, mi hija Teresa tendría casi la edad de mi futura consorte. Y al fin y al cabo yo no había venido a América en busca de mujer, así que me las ingenié para argumentar a aquella buena familia, con toda clase de alusiones a las virtudes de la chica, que yo no podía casarme con ella. El pretexto o razón principal fue que ya estaba casado. Mi frustrada familia política aún porfiaría en ello un tiempo, con el argumento de que ningún funcionario se tomaría la molestia de reclamar un certificado de soltería.

No era la ilegitimidad del sacramento lo que me preocupaba. Sencillamente, no me parecía bien fundar una nueva familia sobre la mentira de una soltería inexistente. O peor, de una viudedad falsa. De todos los vicios, la mentira es el que más nos esclaviza, porque condena al mentiroso a seguir mintiendo y perder todo el valor. Un hombre vale lo que su palabra, o al menos eso es lo que pienso.

Poco después, un contratiempo grave vendría a poner en peligro, de nuevo, mi vida.»

Flor
1895

«El médico de Cañuelas, don Ramón Podestá, no pudo identificar qué enfermedad había contraído cuando caí en el lecho con temperaturas tan altas. Más tarde yo mismo pude deducir que eran las fiebres del dengue, por entonces casi desconocidas en Argentina. En pocos días, las diarreas y los vómitos me hicieron perder mucho peso. La hebilla del cinturón fue reduciendo los agujeros, hasta que se terminaron mientras yo seguía perdiendo kilos. Llegó un momento en que, debido al hecho de que siempre fui de constitución delgada, parecía más un junco que un ser humano. El espejo no mentía, mis ojos aparecían hundidos en las órbitas mientras una mancha negruzca asomaba rodeándolos, como el dibujo de unas antiparras.

A los tres días aparecieron sobre las manos unos puntos rojizos y purulentos que se fueron extendiendo por todo el cuerpo. El médico no me expresó directamente su inquietud porque no hacía falta. Mi delgadez y el resto de síntomas –que él no sabía interpretar– no podían augurar sino mi muerte en pocos días. Mientras las fiebres me consumían pasaba día y noche dormitando. Entre las miasmas de la enfermedad el sueño se me antojaba el menor de los perjuicios y a él me abandonaba. Venían entonces recuerdos del pasado que serían muy largos de relatar, aunque todos terminaban por regresar a la fuente y a las calles de Ariño.

En ese estado me hallaba cuando entró en la habitación una de las dos silenciosas mucamas que atendían la casa. Casi no me había fijado antes en ella, pero preso de una fiebre mortal pensé que era una muchacha muy joven y la imagen misma de la vida. Llevaba prendida una diadema de flores según la costumbre quechua, y en las manos sostenía una jarra con mate al que había añadido hierbas y limones exprimidos. Me obligó a beber, pues yo no tenía fuerzas ni ganas de ingerir. Después preparó una cataplasma ardiente hecha con ceniza, melaza y vegetales; la extendió sobre mi torso cubriéndolo con una tela blanca de algodón y piedras calentadas al rescoldo del hogar. Sentí el calor extremo sobre la piel y traté de retirarme el emplaste con la mano, pero ella me lo impidió. La mujer cerró mis párpados con una tela empapada en la misma infusión que antes había bebido, y mis ojos recibieron el peso de unas piedras más pequeñas.

Supe después que con ello Flor Coronel pretendía forzarme a un sueño mucho más profundo, algo que consiguió. Estuve durmiendo casi tres días con sus noches, me dijeron, cubierto el pecho por el barro pampeano que se renovaba con frecuencia mientras la fiebre descendía. Cuando desperté, Flor seguía allí. Creo que no se movió de mi lado en todo ese tiempo.

Me encontraba muy débil y en los siguientes cuatro días solo ingerí su brebaje, y aun así noté que cada amanecer, al despertar, me encontraba mejor. En la mañana del quinto día me levanté, y cuando pude asomarme al porche ya sabía que me había salvado. Lo confirmó don Ramón, quien calificó mi curación de milagro de la Virgen del Carmen, patrona de Cañuelas. Me sorprendió esta observación porque la única virgen que allí había intervenido, en mi opinión, y así se lo hice saber al médico, era la joven Flor. Estaba vivo gracias a ella.

Tenía entonces unos dieciocho años, tal vez menos, y había vivido con sus hermanas hasta entrar a mi servicio en una aldea cercana a Lobos, no lejos de Cañuelas. Inquieta por la vida del patrón, consultó acerca de la enfermedad con el *yatiri*. Flor me contó que una de las plantas empleadas había sido la *kantuta* roja y que también había añadido corteza del árbol *cinchona*, llamado así en recuerdo de la esposa del virrey español del Perú, curada de unas peligrosas calenturas a comienzos del siglo XVII. Según el *yatiri*, las piedras tenían como misión llevarse con ellas, a medida que se enfriaban, mis propias fiebres.

Después sabría que Flor Coronel era un ser único, una mujer con luz. Su tez era del color del cobre más puro. Propietaria de un cuerpo menudo que al desplazarse parecía sumergirse en una danza muda, calzaba zapatillas de esparto, silenciosas y sencillas, y cubría los pies con unos calcetines cortos blancos que escasamente le asomaban por encima del tobillo. Al caminar inclinaba ligeramente la cabeza hacia adelante como si quisiera romper el aire, y los pliegues de su falda volaban sobre unas pantorrillas perfectas; y si uno ponía atención, podía escucharse el leve *frufrú* del almidón al rozarse los volantes del vestido. Pero nunca pude oír sus pasos al llegar. Venían deslizándose sobre la suavidad de la tarima mientras llegaba a la mesita de juncos para depositar el porongo del mate ardiente.

Asocié el resto de mi vida y el sabor áspero de la hierba seca, cruda, a la exquisita niña de Cañuelas que me salvó la vida. Podría decir que lo hizo en un doble sentido. El primero fue salvaguardarme cuando ni yo, ni nadie, esperaba que sería rescatado. Pero la verdad sea dicha: tan solo un siglo antes, a ese maravilloso ser humano, capaz de salvar a un hombre desahuciado por la ciencia sin pedir nada a cambio, la hubieran condenado a muerte por bruja.

La otra manera en que Flor habría de redimir de mi melancolía fue mucho más importante que salvar mi vida.»

Crestas de gallo
1895

«De joven nunca deseé otro cuerpo que el de mi prometida, la que luego sería mi esposa. Nos casamos muy jóvenes por pura atracción. Tampoco pudo decirse que fuera una pasión a primera vista, un flechazo como se dice, porque nos conocíamos desde niños, pero nunca pensé en otra razón distinta a la más simple: nos atraíamos. Ni la proximidad vecinal, ni la influencia de la pandilla, ni que nuestros padres nos condicionaran para nada.

Antaño, lo normal en España era que las familias convinieran los matrimonios. A menudo por causa de rango social o de patrimonio, no sería imaginable otra cosa. Sin embargo, nosotros nos casamos porque nos tiraba dormir juntos y, dado el carácter de los dos –especialmente el de ella–, nadie hubiera podido interponerse.

Años después, en la Argentina, cuando todos sabían por su silencio que yo jamás volvería a verla, fue cuando perdí poco a poco el instinto del deseo. Era como si mi pulsión sexual hubiera sido dispuesta para una sola persona en el mundo, y si esta no estaba disponible, la luz del instinto se hubiera apagado. Solo cuando alguna mujer se me acercaba para ofrecerse, comprobaba, sin alarma alguna, que mi situación era esa. Al principio pensé que la causa de mi desinterés eran mis preocupaciones por la supervivencia. Pero a medida que mi situación económica mejoró, fui convenciéndome de que había perdido todo interés. Había sucedido, como otros pierden la vista, poco a poco, y eso era todo. No había nada por lo que preocuparse.

En el fondo, yo siempre había percibido el sexo prohibido como un peligro, una rémora asociada a todo tipo de debilidades. Como católicos, se nos presenta como apetito ilícito, incluso con la ayuda de la propia familia, especialmente las madres. Es decir, que el mecanismo del deseo solo funciona dentro del matrimonio. Si no, aunque uno no sea un meapilas, hay que confesarse o asumir la condena.

Entonces sucedió. Fueron la solicitud de Flor y sus cuidados los que hicieron que reparara en ella. Como ya he dicho, solo eran dos las mucamas que mantenían la casa en orden, ocupándose de las comidas, la intendencia y la limpieza. Además de las otras "chinitas" del tambo, en el doble pabellón contiguo vivían dos familias, la del encargado del ganado, el *guachero* con dos niñas pequeñas, y otra sin hijos que se ocupaba de la chacra. Tras una hilera de árboles situados en semicírculo se encontraban las viviendas separadas. La principal, la más grande, de madera y dos plantas, era la mía. Además del vestíbulo y dos estancias privadas unidas por un vestidor, en la planta baja se encontraban la cocina con comedor y el gran salón. En una de las paredes se apoyaba una estantería que contenía mi incipiente biblioteca, que se iría engrandeciendo con el tiempo hasta convertirse, creo, en la mejor surtida de la región. En la segunda planta había habitaciones para el servicio de la casa principal, pues las fámulas pasaban mucho tiempo en la hacienda.

No había sucedido nada especial entre nosotros después de pasados tres meses de aquella situación de enfermedad. Apenas habíamos cruzado palabras después de mi curación, y tras servirme el almuerzo se sentaba en un rincón del porche mirando más allá de la arboleda, ensimismada mientras el viento rizaba las copas y refrescaba el ambiente. Es cierto que ella, desde entonces, no había permitido a nadie que preparase mis comidas y que también lo hacía por las noches, cuando atizaba el fuego mientras removía la mezcla de leche y azúcar, el postre.

Flor había descubierto mi plato preferido, las crestas de gallo. Probablemente antes de la fritura les añadía algunas hierbas secretas preparadas por ella misma, evitando que nadie la viera. Dispuso un corral para los gallos grandes y de plumas coloradas; les propinaba un golpe de machete sobre el cuello y ni siquiera se daban cuenta de que habían pasado al cielo de los gallos.

Vi que Flor me observaba mientras comía. Al principio no le di ningún significado. Sus miradas eran fugaces, no precisamente melindrosas, pero era imposible que las dos brasas que eran sus ojos no fueran detectadas. Ahora pienso que ella, desde el primer momento, quiso que me percatara de aquellas miradas.

Cuando sucedió no sabía qué iba a pasar. Después comprendí que en aquella casa Flor era la más resuelta, la más intrépida, la más decidida, más incluso que yo mismo; por ello, jamás demostró flaqueza cuando me vio a punto de morir. Era consciente de que yo era el amo y ella incurriría en una enorme responsabilidad si moría, porque incluso podía ser culpada de brujería, pues en aquella sociedad rural aún pesaban las sombras de la Inquisición.

Había agarrado mi calamitoso estado con determinación y se había ido por la calle del medio sin pedir permiso. Lo hizo sin desfallecer, hasta resolver el problema. Ella era la única rosa de aquel lugar y yo no tenía ninguna intención de arrancarla del rosal. A mi edad, justamente en torno al medio siglo, ya no estaba para esos trotes. Pero como nunca fui una persona desorientada, acabé por relacionar mis renacidas erecciones, cada vez más frecuentes, con las oportunidades en que Flor Coronel guisaba sus crestas de gallo con hierbas. Y no estaba precisamente molesto con el milagro. Supuse con acierto que la ancestral raíz andina de maca –que tan bien conocían las mujeres quechuas– hacía milagros también en los hombres. Era un efecto mágico, pero no brujería.»

Leo no pudo evitar una carcajada. «Vaya con Flor. Lo tienes claro, Román, van a por ti», pensó. Por primera vez notaba una sensación de cercanía con el personaje, al que ahora ya no veía como una figura lejana. Por mucho que hubiera sido su bisabuelo, le separaba de él un abismo de tiempo, de contemporaneidad, que lo deshumanizaba. Sin embargo, ahora casi podía tratarle de tú.

El relato continuaba:

«Por eso me sorprendí aquella tarde de invierno. Yo estaba sentado arrimado a la lumbre del hogar y me incorporé para ir al comedor. Al llegar a mi silla rocé por detrás, creo que sin querer, la falda de la joven cuando ella estaba de espaldas junto a la mesa cortando el pan. Sentí su trasero en la ingle y noté una llamarada. El deseo inesperado que me asaltó no me dejaba pensar. Ella, sin apartarse un milímetro, permaneció en silencio, inmóvil, todavía de espaldas. Así estuvimos, paralizados, escuchando ambos nuestra respiración. Lentamente, ella empezó a girar su cuerpo. Ahora su rostro encendido estaba llegando frente al mío. Continuó como una estatua, impasible, sin despegarse. Supe que nuestro apetito seguía creciendo, irreprimible. Yo no pensaba, había perdido toda capacidad de hacerlo. Solo sentía mi corazón desbocado como un caballo sin jinete. Tal como estábamos, unidos, inmóviles, noté un temblor en el pecho. No era el mío, sino el suyo, que se estremecía. Y por primera vez sentí a través de la ropa la dureza de sus senos.

Flor ya no respondía a su cerebro sino a una naturaleza que se revelaría después insaciable. Habíamos acoplado nuestras bocas y las lenguas se buscaban como si luchasen contra una presa escurridiza. Comencé a desnudarla y ella me dejó hacer. Movía el cuerpo para hacerme más fácil la tarea, hasta que descubrió mi sexo estallando bajo su vientre. Entonces, ya casi desnuda, se puso de rodillas y con un inusitado instinto para una virgen comenzó a hacerlo suyo. Antes del final me contuve y tomándola por las caderas la deposité sobre la mesa. A pesar de mi excitación, que rayaba en el paroxismo –llevaba años sin tocar a una mujer–, utilicé la última reserva de juicio para poner cuidado en la operación.

Sin embargo era ella la que llevaba las riendas. Considerando su inesperada pericia, pensé que allí lo más parecido a una virgen sin duda era yo. Me volví hacia la muchacha y pude ver su expresión. Su cabeza había caído hacia atrás, más allá del borde de la mesa; sus ojos estaban cerrados mientras su boca permanecía abierta. Veía el nácar de sus dientes rodeados por unos labios en carne viva, y también su paladar rosado en un rictus que nunca había visto en ninguna mujer. Parecía un grito de dolor, pero era la plétora, la expresión de un goce definitivo. En realidad ya era otra persona; la serenidad había desaparecido de su rostro y su belleza se había trasformado en una perfección inhumana. Sentí dentro de ella que el universo era mío. Mejor dicho, que yo era el universo.

No sé por qué cuento esto, pero ¡qué importa, es la parte más interesante de mi vida y no puedo callarlo! Tardé minutos, mucho tiempo en bajar de aquella colina. Fue ese día cuando comprendí qué se siente cuando llegas a ese punto en el que ya no queda más camino por andar. No diré nada más, espero que quien lea esto tenga la suerte de entenderme. Solo lo hará si ha tenido la experiencia que yo tuve con Flor. El amor quedaba atrás, muy lejos. Ahora era el camino lo que lo inundaba todo. No dijo nada aquella tarde, ni una palabra, ni tampoco en los días siguientes. Simplemente, yo la retenía y hacíamos el amor a diario. Luego dormíamos hasta el alba.

Cuando llegaron de España mis hijos, meses más tarde, no estimé necesario ponerles al corriente de mi situación respecto a Flor, pero enseguida notaron que mi trato hacia ella era diferente. Consideraba que yo era viudo, pues eso es lo que mi mujer decía de ella misma, y por consiguiente tenía derecho a estar con quien quisiera. Cuando al cabo de algún tiempo llegó la hora de hacer testamento ante el escribano, hice pública mi intención de reservar para Flor Coronel una renta vitalicia, así como la plena disposición toda su vida de su pabellón en Los Arcos, incluso si se casaba después de mi muerte.»

* * *

«Noté que mis hijos Pablo y Teresa, cuando llegaron de España, estaban algo asustados por el cambio importante que tenía lugar en sus vidas, lo que consideré una reacción natural. El joven Pablo vino ya casado con Feliciana, una agradable mujer que mostró hacia mi persona un enorme respeto. Enseguida hice construir para ellos un nuevo pabellón, incluidas dos habitaciones para niños. Es cierto que ellos, después de unos años, decidirían fundar su propia explotación más al norte, en la provincia de Córdoba, donde los terrenos eran mucho más baratos que en Cañuelas y donde podrían crecer sin los límites de la provincia de Buenos Aires, pero ello no tuvo nada que ver con Flor, como se verá después. Simplemente las cosas son así y está bien. El casado, casa quiere, y si eso decíamos en Teruel no había de ser distinto en América.

Hacía tiempo que tenía en la cabeza la intención de escribir a Frank para que se uniera al negocio como encargado de las instalaciones del tambo Los Arcos. Le dije que estaba edificando su propio pabellón. Con este eran ya seis, contando el de mis hijos, el de Flor, los dos de los encargados y el del servicio, con una sección de invitados. Siguiendo los consejos de mi amigo el arquitecto Thays, todos los pabellones de madera estaban dispuestos en semicírculo alrededor de la casa principal, la mía, que se abría a un amplio prado verde con árboles de todas clases y que había dibujado también el paisajista. Donde antes se encontraba la alberca, que ahora se había alejado de la casa, *Cárlos* Thays había sugerido construir un estanque de ladrillo cubierto de losas azules y blancas donde flotaban plantas –nenúfares, jacintos y helechos– que refrescaban el ambiente en verano.

Al principio, lo del estanque me pareció un lujo innecesario, propio de gente de alto copete, lo que yo no era, pero él insistió en que el paisaje no es un lujo sino una fuente de salud para el cuerpo y el alma. Me pareció una observación muy razonable y por ello accedí. *Cárlos* no quiso ni oír hablar de que yo le pagara por su trabajo porque dijo que era él, si acaso, quien tenía que hacerlo por darle la oportunidad de plantar árboles... él, que se pasaba la vida haciéndolo para las ciudades más grandes del país y los hombres más poderosos y célebres de Argentina. No me extrañó nada que esa actitud, según supe después, la repitiera con otros amigos suyos. Ni tampoco que en sus ratos libres se dedicara a investigar cómo recuperar el cultivo masivo de la planta del mate, cuya antigua técnica se había perdido con la expulsión de los jesuitas, los únicos que la habían aprendido de los indígenas. *Cárlos* era un entusiasta de sus propiedades y se empeñó en que todos pudieran acceder a su portentosa infusión, lo que consiguió en unos pocos años.

El creador de tanta belleza en Argentina era un hombre providencial e incansable que un día se presentó en mi casa con la noticia de que había averiguado, gracias al dibujo que le enseñé, el que me había regalado Dionís, cómo se apellidaba mi amigo, el pintor catalán: Baixeras. A *Cárlos* Thays no se le había quitado de la cabeza conocer su nombre completo desde que se lo conté. Añadió: "Y, por cierto, he leído que Dionís Baixeras es un pintor extraordinario que trabaja en París y otras ciudades, aunque probablemente ya era famoso en Barcelona cuando usted lo conoció".

De Thays recuerdo un comentario que leí años después en la prensa de Buenos Aires. El exprimer ministro de Francia Clemenceau, visitaba la capital y dijo de él: "*Monsieur* Thays es un hombre modesto que se esfuerza en demostrar que no ha hecho nada". Aquella frase, que se corresponde puntualmente con el carácter de mi amigo, se me apareció como una revelación. Para un hombre como yo, de tan escasa y pobre formación, fue una gran enseñanza para trasmitir a los hijos. Las personas verdaderamente grandes, como Dionís Baixeras, *Cárlos* Thays y Vicente Casares, son esencialmente generosas y están dotadas de una manera diferente de ver las cosas, una sensibilidad especial que deja una huella en los demás. Pero sobre todo se empeñan en demostrar que no hacen nada.»

* * *

«Frank me dio una alegría cuando abandonó la bohemia de Buenos Aires; allí se ganaba la vida tocando tangos con el bandoneón en lugares de tanta reputación como María la Vasca o La Gringa Adela. Yo no sabía que este curioso instrumento, a medio camino entre el acordeón y un fuelle de chimenea, era originario de Alemania, donde fue ideado para interpretar música sacra, un órgano portátil que iba de pueblo en pueblo acompañando las ceremonias religiosas, y menos todavía que el bandoneón acabaría siendo en Argentina el estandarte de la música más lujuriosa y carnal que se haya bailado nunca.

Curiosamente, cuando mi amigo alemán llegó a la Gran Aldea, se empezó a introducir el bandoneón alemán, el *fueye*, por lo que siempre sospeché que Frank algo habría tenido que ver en el asunto, aunque para ello tendría que hacerse una adaptación de los botones a su mano izquierda, amputada de dedos. Cuando se lo pregunté, evadió la respuesta.

El caso es que Frank se vino a Cañuelas. La verdad es que hizo lo que pudo para adaptarse a la vida ruda del tambo, así que sus frecuentes ausencias no me resultaron un problema. En realidad le había pedido que viniera a la granja para no sentirme solo, necesitaba alguien con quien sentarme y conversar. Es cierto que ya tenía la presencia de Flor, pero quería compartir momentos con alguien con referencias comunes. En ese sentido, el amigo alemán cumplió plenamente mis expectativas, aunque el auténtico Frank era un bohemio y eso ambos sabíamos que no iba a cambiar. Permaneció conmigo hasta dos años después, cuando sufrió un fulminante ataque de corazón mientras visitaba una casa de señoritas de Cañuelas. Tiene gracia, era como si hubiera escogido el día y el lugar de su muerte.

Fue para mí las dos caras de la moneda, lo mejor y lo peor. Me traicionó para robarme y luego habría de regresar a salvarme la vida sin pedir recompensa. No se podía negar que había sido un ladrón, pero fue tan grande como Dimas, al que los romanos mandaron al Gólgota acompañando a Cristo. Aunque ya he dejado escrito que no soy un meapilas, siempre tuve simpatía por las figuras del buen ladrón y su compañero de cruz, amigos de última hora. Dicho sea con todos los respetos.

Sentí no poder despedirme de él, pero reconozco que su marcha, rápida y en buena compañía, fue mejor, sin fruslerías impropias de su carácter. Su desaparición me dolió, y en el futuro habría de echarle de menos, aunque le agradecí al destino, o lo que sea —no creo que todo sea casualidad—, la suerte de haberme tropezado con él. Le enterramos en el cementerio de Cañuelas, al lado del camino a Lobos, y puedo jurar que no me importó que fuera el primero en ocupar el panteón que yo había hecho construir, porque reconocí, después de muerto, que Frank Schmidt-Vogel había sido mucho más que un amigo. Las únicas cicatrices que aquel hombre me dejó fueron en mi espalda cuando, queriendo salvarme de las aguas del Riachuelo, por poco me atraviesa con su arpón. Las cicatrices de verdad no se cierran nunca.

El futuro de mis hijos y hasta de mis nietos estaba asegurado aquí en la Argentina. Solo era preciso no estirar más el brazo que la manga. No me casé de nuevo y nunca intenté regresar a España, porque estaba seguro de que no habría sido bien recibido. Más aún, daba por hecho que a la vista del recado que recibí, la callada por respuesta, mi mujer se habría arreglado lo suyo en la vida. Pude resignarme a tanto desdén.

Ese don de la memoria a voluntad es maravilloso y extraño. Ahora soy viejo y puedo elegir los recuerdos.

Los emigrantes añoramos el solar de nuestros ancestros. Pero descubrí que la verdadera causa de nuestro dolor no está en el hecho físico del destierro, sino en algo que nos resulta insoportable: la idea del imposible regreso.»

Ombú
1900

«He dejado para el final referirme a Flor. Aunque me cueste evocar su recuerdo no puedo concluir sin expresar qué sentí por ella, lo que todavía ahora siento.

Aquella muchacha era una niña y a la vez una mujer. La sencillez y la sabiduría, el alba y el atardecer. La tisana que hizo en mí el milagro. Llegó a mi vida cuando yo me iba. Puede que solo lo viera después, pero ella fue quien más me amó. De una manera empecinada, sin condiciones. No tuvo ataduras porque carecía de expectativas. Yo, en cambio, puedo decir que fui profundamente egoísta, como siempre; ella me regaló la nobleza de su alma y yo no le rendí la mía, atada todavía a demasiadas lealtades. Lealtades que solo eran memoria, mientras que ella existía.

La primera vez que Flor me salvó, curó con la magia de sus plantas aquellas fiebres mortales. Pero después me evitó una agonía mayor, el lento y voluntario abandono de la vida.

Ahora sé que el sueño indiano es una fantasía. Cuando quemamos las naves, muy pocos sabemos a qué pérdida infinita nos enfrentamos. Poco va a importar el éxito de la aventura. Lo que queda es un gran vacío que duele como un brazo amputado. El desarraigo es una enfermedad que no supura sino hacia adentro; la melaza amarga de la melancolía. Solo encontré el sueño y el descanso entre los libros y abrazado al cuerpo de aquella "chinita". Como muestra de mi agradecimiento me limité a regalarle un marco de plata, y ella me lo devolvió con su foto, en la que había escrito detrás "F. C., piensa en mí".

Pero mi suerte habría de ser tan corta como su vida. Un mediodía de los más tórridos que se recuerdan en el país, la hija pequeña del capataz, una niña de cuatro años, se adentró en el estanque vestida con su camisa sin que sus padres la vieran hacerlo. No era profundo, aunque en el centro, para que drenase bien, había una doble pendiente en cuña que contenía suficiente agua. Todo sucedió muy rápido y en silencio. La niña se asfixiaba y no podía siquiera gritar. Flor estaba cocinando en la casa cuando vio la escena a través de la ventana y salió inmediatamente; sin quitarse la ropa se lanzó al estanque. La alcanzó antes de que el padre de la niña llegara corriendo al lugar. Pero el limo que se había formado en las paredes inclinadas de la hondura las hacía resbalar una y otra vez y al final, exhaustas, quedaron atrapadas las dos. Murieron en segundos.

Recuerdo el día del funeral en la explanada como un sueño. Cientos, tal vez miles de personas llegaron desde todas partes de la provincia. Venían de Cañuelas, de Lobos o de otros pueblos; viajaban a pie y a caballo, cargados de flores. En silencio, aguardaban bajo el sol en una fila interminable frente a los féretros de pacará. Había flores por todas partes, salvias del campo, saucos, malvas y duraznillos, y el aire se llenó de todos aquellos olores. Parecía un día festivo, pero esta vez no se oían voces, ni músicas, solo sollozos apagados, pañuelos que retenían lágrimas de hombres hechos y derechos, tamberos que apretaban las mandíbulas para cegar sus gargantas. El calor era insoportable. Las mujeres rompían a martillazos las barras de hielo que se hicieron traer desde La Martona e introducían los pedazos en los ataúdes abiertos, cargados de flores. Los rostros de las dos niñas mantuvieron entre los témpanos su asombrosa placidez hasta el último momento, cuando el cura dio comienzo al responso y ordenó cerrarlos. Eso fue lo último que vi de ella.

Había sentido antes los zarpazos del miedo y del fracaso, de la soledad y la nostalgia; sabía distinguir sus desgarros y había aprendido a luchar contra ellos. Aunque el de la pérdida absoluta no lo había conocido. Comprendí la altura del muro de eternidad que nos separaba al cerrarse aquella tapa de madera. Entre ella y yo se había alzado algo que no tendría fin. Habría dado mi vida por creer, pero ya era tarde. De haber creído en Dios le hubiera pedido cuentas.

Posiblemente en la casa del tambo todos recuerdan los meses siguientes. Comía solo y me acostaba cuanto más tarde mejor, hasta que mi resistencia se rendía por el sueño. Sabía que el momento más difícil llegaría al alba, cuando la realidad se impone a las sombras y comienza la auténtica pesadilla. Lentamente, los sueños se fueron haciendo intermitentes, espaciándose. En ellos las imágenes de Flor se fueron mezclando con otras de mi vida pasada y acabaron conviviendo todas como si hubieran existido un tiempo juntas. Poco a poco, el trabajo y la lectura me sacaron de mi mutismo. Tal vez las noches eran infinitamente más oscuras que cuando ella estaba, pero por alguna razón inexplicable ya no me sentía más un extraño en aquella tierra. Y nunca más lo fui.

No he dejado ni un solo domingo de visitarla en nuestro pequeño panteón y el de Frank. Estaremos en el centro del triángulo que forman los tres ombús que allí mandé plantar. Crecerán hasta que sus copas, siempre verdes, se abracen en una sola, grande, cubriéndolo todo.»

Epílogo

La sobrecargo anunció por los altavoces que estaban a punto de aterrizar. En el asiento contiguo, Cuco, con cara de sueño y en silencio, despachaba su desayuno. Se giró y esbozó una sonrisa. Leo reconoció en aquel gesto la alegría del viajero que vuelve a casa sin novedad, y recordó que la tucumana Mercedes Sosa había cantado «Siempre las aves migratorias encuentran el camino de regreso».

«Ellas tal vez sí», pensó.

Cuco había levantado la cortina de la ventanilla del avión y observaba los movimientos de los operarios en la pista de aterrizaje. Entonces se volvió hacia el Hijo del doctor.

–De verdad, yo no necesito que me lo cuentes –dijo.

–Pero, hombre, ¿puedo saber exactamente qué es lo que no necesito contarte? –Se percató de que, después de tantos años de conocerse, él seguía siendo un *foraster*; tanto daba si era catalán como inglés o alemán. El lenguaje oblicuo y musical de los mallorquines seguía siendo todavía un misterio por desvelar.

–¿Has averiguado el motivo por el que Román nunca volvió a España?

Leo habría querido explicar a su amigo lo que pensaba, pero en ese momento no encontró las palabras para describir la cadena invisible que le conectaba con el pasado, a la que había estado unido sin saberlo, los lazos que le guiaron hasta el descubrimiento de un cofre de energía: las lealtades desconocidas, ignoradas, sin retorno, que se sucedieron a lo largo de los años y que a pesar de ello seguían emitiendo su luz. Tan magnífica y poderosa era su estela que seguiría brillando como una constelación en el tiempo infinito. Era una cadena que todo lo abarcaba y que se extendía durante generaciones, negándose al olvido. Esas lealtades iban más allá del ser de sus protagonistas y sus circunstancias, la tierra conquistada, el viejo océano. Algunas, ungidas por el amor, o la amistad, o la generosidad, o el sacrificio, no necesitarían su retorno a la luz, ser reconocidas por la historia o la memoria. Sin embargo, seguirían existiendo siempre a la espera de un nuevo viaje y un último viajero.

A Leo le habría gustado explicar todo eso. Aunque no, ahora no era el momento, tal vez algún día.

—No lo sé, Cuco. Seguramente no lo sabremos nunca. Quizá tú, que entiendes de pájaros, les puedas preguntar qué sienten ellos cuando, aunque conserven las alas, se dan cuenta de que no necesitan regresar.

* * *

Ya en la puerta de salida, su amigo Leo, el Hijo del doctor, quiso despedirle con un abrazo, pero conociendo el carácter del mallorquín, se contuvo. Cuco no era de la clase de hombres que se abrazan y se besan con otros por cualquier motivo. Finalmente, Leo optó por tenderle la mano.

—Buen vuelo, Cuco —dijo.

Árbol Genealógico

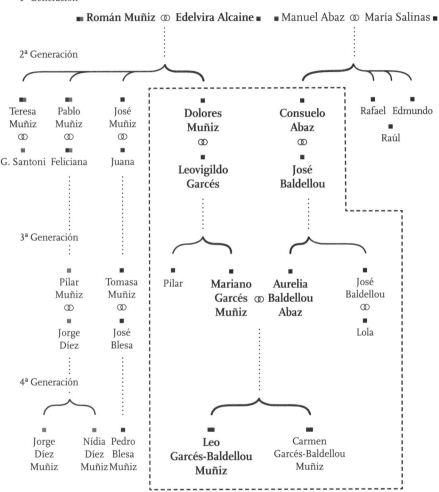

1ª Generación

▰ **Román Muñiz** ∞ **Edelvira Alcaine** ▪   ▪ Manuel Abaz ∞ María Salinas ▪

2ª Generación

Teresa
Muñiz
∞
▪
G. Santoni

Pablo
Muñiz
∞
▰
Feliciana

José
Muñiz
∞
▪
Juana

**Dolores
Muñiz**
∞
▪
**Leovigildo
Garcés**

**Consuelo
Abaz**
∞
▪
**José
Baldellou**

Rafael   Edmundo
▪
Raúl

3ª Generación

Pilar
Muñiz
∞
▰
Jorge
Díez

Tomasa
Muñiz
∞
▪
José
Blesa

Pilar   **Mariano
Garcés** ∞ **Aurelia
Muñiz**   **Baldellou
Abaz**

José
Baldellou
∞
▪
Lola

4ª Generación

Jorge
Díez
Muñiz

Nídia
Díez
Muñiz

Pedro
Blesa
Muñiz

**Leo
Garcés-Baldellou
Muñiz**

Carmen
Garcés-Baldellou
Muñiz

Agradecimientos

A Eva por su confianza y entusiasmo. A Joseph por su ejemplo creativo. A Miquel por cuidar de nuestra ínsula y tener un corazón tierno como una ensaimada. A Rosa María por sus buenos consejos. A Núria, por su ayuda, inteligencia y paciencia. A Joaquín, por sostener contra viento y marea su descubrimiento del Autor. A Ángela, por ser toda ella magia, fuerza e inspiración. A Salvador por sus reflexiones literarias. A Sergio por su desprendimiento y fina crítica. A Dani por velar por lo más importante. A Guillem y Ana por proteger mis sueños. A José María por sus buenos oficios. A José Luis G.B. por enseñarme la doble utilidad de lo breve. A Isa V. por todos los cafés que llegaron a tiempo. A Jorge, Nidia y María Luisa, por permitirme explorar el alma de América. A Andreu por mostrarme la belleza poética de las proteínas y los vegetales. Y a Xavier, el último señor de Barcelona, por recordarme la importancia de saber de dónde venimos.

A Isabel G., Yolanda, Dina, José Luis M., Griselda, Ramón, Carlos, Álvaro, David, Ángel, Evelio y Santi porque cargaron con la lectura de un áspero borrador y ayudaron al impulso de esta novela.

A mis hijos, claro que sí, por todo el tiempo que les tomé prestado sin retorno posible.

Y a Helena, por haber sido la auténtica voluntad inspiradora de que estas páginas fueran escritas.

A todas estas personas y a los muchos amigos y amigas del presente y del pasado que de otras mil maneras diferentes me ayudaron a vivir.